中南民族大学中国语言文学学科建设经费资助

多元化视域中的
新时期文学研究

杨 彬◎著

中国社会科学出版社

图书在版编目(CIP)数据

多元化视域中的新时期文学研究/杨彬著. —北京：中国社会科学
出版社，2015.6

ISBN 978-7-5161-6341-2

Ⅰ.①多…　Ⅱ.①杨…　Ⅲ.①小说研究—中国—当代
Ⅳ.①I207.42

中国版本图书馆 CIP 数据核字(2015)第 128232 号

出 版 人	赵剑英	
责任编辑	郭晓鸿	
特约编辑	王冬梅	
责任校对	邓雨婷	
责任印制	戴　宽	

出　　版	中国社会科学出版社	
社　　址	北京鼓楼西大街甲 158 号	
邮　　编	100720	
网　　址	http://www.csspw.cn	
发 行 部	010-84083685	
门 市 部	010-84029450	
经　　销	新华书店及其他书店	

印　　装	北京君升印刷有限公司	
版　　次	2015 年 6 月第 1 版	
印　　次	2015 年 6 月第 1 次印刷	

开　　本	710×1000　1/16	
印　　张	17.25	
插　　页	2	
字　　数	268 千字	
定　　价	66.00 元	

目 录

上篇 从一元到多元
——新时期文学思潮研究

中篇 从边缘到前沿
——新时期少数民族文学研究

目 录

下篇 从湖北到全国
——新时期湖北文学研究

上篇

从一元到多元

——新时期文学思潮研究

新时期小说"真实观"的嬗变

　　小说是"一种散文形式写成的具有一定长度的叙事性的虚构作品"①。小说的本质是"虚构",但是,小说创作的第一要素却是"真实"。作家要写得"真实",读者要从中看出"真实","真实"成为作家和读者的共同追求。什么是小说的"真实"?不同的创作方法和创作流派有不同的看法和追求,从而形成了小说的一个非常重要的概念——"真实观"。在现实主义一统天下的时候,现实主义小说的"真实观"被认为是最正确的,维护现实主义权威的批评家认为,只有现实主义才能最大限度地接近生活的真实,才能揭示社会和历史的本质,而其他的创作方法不是歪曲生活就是对生活的虚假反映。在中国当代文学中,革命现实主义几十年一直独尊文坛,使得批评家和读者都形成了这样一种阅读习惯和期待视野:读者要求从小说中看到他们所熟悉的生活,并把小说中的故事当作真实的生活来看待和理解。现实主义的"真实观"形成了一种僵化的模式,其本质是强调服从共性,漠视个性的,从而成为阻碍小说多元发展的桎梏。20 世纪 80年代以后,出现了先锋派小说、新写实小说、新生代小说、另类小说等非现实主义小说,对小说"真实观"的理解发生了诸多变化,出现了许多不同于现实主义的"真实观"。新时期非现实主义小说的"真实观"的出现,意味着现实主义的"真实观"从传统的一元化独尊的位置降为多元中的一元。先锋派小说、新写实小说、新生代小说、另类小说所展现的"真实

---

① 　孙子威:《文学原理》,华中师范大学出版社 1989 年版,第 178 页。

观"，使人们能够从更广阔的视野、多方面、多角度地看待和理解小说的"真实"问题。多重"真实观"支撑着的小说创作，使新时期小说呈现出真正的"百花齐放、百家争鸣"的局面。探讨新时期非现实主义小说"真实观"嬗变的精神内核，目的在于认识小说创作的本质，把握新时期小说的发展脉络，认识社会变革和文化转型期社会生活的本质。

一 探询真实的主观性和个体性

首先，鲜明地提出自己的"真实观"，大胆质询现实主义"真实观"的是先锋派小说。马原、余华、格非、苏童、孙甘露等一批先锋派作家，对"真实"的理解发生了深刻变化。他们认为，现实主义小说对"真实"的理解是不正确的，是对人生一厢情愿的粉饰，是把虚构的东西当作真实来看待。因此，先锋派作家认为小说的真实相当大的程度上属于某种文学成规所产生的艺术效果，而不能简单地等同于生活的真实。既然小说是虚构的，那么，企图把小说所描写的世界当作真实的生活，实际上是自欺欺人。因此，先锋派作家们开始解构现实主义的"真实"语境，撕裂、剥离现实主义的"真实观"，并建构起自己的一套"真实观"。

马原是最早质询现实主义小说"真实观"，并以自己的创作建立一套独特的小说"真实观"的作家。他认为，文学作品的真实性，属于某种文学陈规所产生的艺术效果，而不能简单地等同于生活的真实；同样，小说中故事的真实性也并不等于"真正发生过"，而是小说的叙述陈规所产生的效果。因此，叙述就可以产生读者所需要的任何一种效果：既可以引导人们把编造的故事当真实的事情看待，也可以把真实的故事当虚假的来看待；故事是否真实，在于你是否相信，而小说如何让人相信它所说的是"真实"的，就在于小说叙述得让人感觉到是否"真实"。因此，马原分别在他的小说《夏娃——可是……可是》和《冈底斯的诱惑》中，对小说的真实性进行实验，展现马原特有的也是先锋派小说的"真实观"。

《夏娃——可是……可是》写的是一个小伙子向自己的女朋友讲述自己在一场大地震中如何救助一个美丽姑娘的故事。虽然在讲述中，小伙子一再告诉他的女朋友这个故事是编造的，但他的女朋友却坚信这个故事真实发生过,而且,小伙子越强调是编的,他的女朋友越认为故事是真的。在这个故事的讲述中,马原实验读者(听者)为什么会把一个编造的故事当作真实的。他在这篇小说中运用了传统小说的一些叙述因素,并说明正是这些叙述的因素可以达到让读者(听者)把编造的故事当作真实的事情接收的目的。这些因素是:(一)有部分事实依据:大地震确有其事,小伙子也确实参加过抗震救灾。(二)情境联系:小伙子是在烈日炎炎下给女朋友讲述,而故事中的事情也发生在这样的情景下。(三)细节暗示:小伙子六次说他不喜欢苍蝇,而小伙子讲述的故事中讨厌的苍蝇也多次出现。(四)抓住读者(听者)的心理:小伙子反复向自己的女朋友讲述自己救助另一个美丽姑娘的经过,并且用一些诱惑性的情节激起女朋友的嫉妒,如"我"叫她夏娃;"我"抱住她柔软的身体;"我"用嘴唇去滋润她焦渴的嘴唇;"我"觉得自己爱上了她……听者的嫉妒心理就加强了故事的真实性,使她越来越相信小伙子的讲述是真实的。这是马原对小说真实性的实验之一:实验人们如何把一个编造的故事当作真实的事情。马原要告诉人们的是,故事的真实性取决于讲述的效果,而不在于事情是否真实发生过。也就是说,故事是否真实,关键在于信不信。而能否让人相信,关键在于叙述效果。

《冈底斯的诱惑》则刚好相反,马原用这篇小说实验人们如何把真实的事情当作虚假的来看待。这篇小说给人的感觉就是不可信——用现实主义的传统思维、用常规思维都让人感觉到不真实:第一,三个故事每一个都不完整,且互不关联。第二,三个故事都没有结果。第三,每一个故事都存在疑点。马原打破了人们的因果情结,把原先人们所期待的井然有序、首尾完整的故事写得杂乱无章、因果断裂,如果按照现实主义的思维方式,就让人觉得不真实。马原想要表达的是,这种让满脑子现实主义叙事陈规的人们感觉不真实的叙述也许就是生活的本质,生活并不是如现实主义小说所表达的那样因果有序、首尾完整,社会生活也许本来就杂乱无章、混沌无序。因此,小说的真实不是生活的真实,而是叙述的真实。

马原的小说实验让人们知道,现实主义"真实观"所反映的真实并不是唯一的真实。因此,马原认为在小说中最诚实的态度就是应该放弃对故事真实性的承诺:"明确地告诉读者,连我们(作者)自己也不能确切认定故事的真实性——也就是声称故事是假的,不可信,也就是强调虚拟。当然这还有一种重要的前提,就是提供可信的小说故事细节,这需要想象力和扎实的写作功底。不然一大堆虚飘的细节真的像你声明的那样,虚假、不可信、毫无价值……"① 因此,先锋派小说的"真实观"就是对现实主义的真实话语进行解构。然后建立起自己关于小说的"真实观":小说的真实不是生活的真实,而是叙述的效果。

先锋派小说推崇真实的个体性、主观性,注重对意识深层复杂性的开掘,着力凸显个体生命自身的意义和价值,不像现实主义那样关心真实的普遍性、客观性、外在性和崇尚大我的价值。余华《我的真实》一文就典型地体现了先锋派小说的"真实观":"我的这个真实,不是生活里的那个真实。我觉得生活实际上是不真实的。……真实是相对于个人而言……所以,在我的创作中,更接近个人精神的真实。"因此,余华把个人的经验视为唯一的真实。他的《十八岁出门远行》《四月三日事件》中的"我"或"他"都是基于个人经验(甚至臆测)去感知和判断外部世界。在他的小说中,个人经验既是先觉,又是归宿,感知和判断也就是个人经验的自我循环论证。余华及许多先锋派作家是极端唯我论的真实论者。余华反复强调:"对于任何个体来说,真实存在的只能是他的精神","我觉得对个人精神来说存在的都是真实的,只存在真实"。② 这种唯我论的真实论包含了对压抑个性、压抑自我的文化专制论的强烈抗议,其目的是想唤醒人们从日常生活化的感觉和感知方式中解脱出来,以自己个人的而非群体的、内心感受的而非经验的、自由自在的而非被束缚和被禁锢的方式去感知和感觉世界。从其深层角度说,也是对现实主义一贯表现必然、客观、发展等小说"真实观"的一种反叛。

因此,先锋派小说既不描写现实,也不表现未来,他们只想象"历史",因为在先锋派小说家看来,人生的秘密既不在现实也不在未来,而在人的历史中,穿越历史,就可以彻悟人生真相,揭开人生奥秘。但先锋

---

① 马原:《小说》,《文学自由谈》1989年第3期。
② 余华:《我的真实》,《人民文学》1989年第3期。

派小说绝不同于现实主义的"历史小说",先锋派小说不注重历史事实的真伪、历史年代的确切与否。先锋派小说将历史心绪化、个人化,表现心灵化的历史。先锋派小说不像现实主义小说那样表现人生的必然、人生的信念以及人定胜天的命运,而是表现生命的偶然、难逃劫数的神秘主义和悲观主义。在先锋派小说中,死亡、绝望、劫数、阴谋、残忍、卑微、性恶、沉沦、虚无等是主要因素。这些内容都充分表现了先锋派小说的个人化、心灵化、主观化的"真实观"。

二 表现真实的世俗性、生活性

和先锋派同时出现的新写实小说,虽然没有如先锋派小说作家们那样,明确提出自己的"真实观"主张,但在新写实小说的作品中,已清楚而鲜明地显示出新写实小说特有的"真实观"。方方、池莉、刘震云、刘恒、王朔等作家写出了《风景》《烦恼人生》《一地鸡毛》《伏羲伏羲》《过把瘾就死》等小说。如果说,先锋派小说是从话语方面对小说"真实观"进行解构的话,那么新写实小说则是从内容方面对现实主义小说的真实模式进行调侃与反讽。新写实小说消解现实主义小说的经典化特色,把现实主义所表现的经典化、模式化、戏剧化的生活还原于生活的原汁原味,"还原原生态"几乎成了新写实小说的一个统领性的口号。什么是"还原"?评论家王干在《近期小说的后现实主义倾向》一文中说:"'还原'在其现象学意义上正好是与'典型'相对立的。因为,'典型'的发生是依照一种思想观念去塑造人物,剪取生活,而'还原'则要求像胡塞尔说的那样,'终止判断',把现实事物'加上括号',以最大可能地呈现生活的真实状态。""后现实主义小说是通过对意义(主题概念)的消解,从而对生活进行纯粹的客观还原,以最大程度地接近生活的真实性。""以一种反意义或无意义的非判断的方式来面对生活,倒可能还原出生活的最大信息量"。因此,新写实小说首先抛弃了"塑造典型环境中典型人物"的现实主义原则,不追求生活的理想精神和文化的哲学意味的升华,它只表现现实生活的原汁原味,表现世俗化的现实生活。

新写实小说"真实观"的基本观点是还原。新写实小说家们认为,当下的日常生活是人们能拥有的唯一的真实的生活，生活既没有现实主义所描写的那么美好，也没有先锋派小说所描写的那么糟糕，生活就是这样，说不上好也说不上坏，生活就是吃喝拉撒、油盐酱醋，生活就是我们每个人都经历过而且现在正在经历的庸常、平实的生活。新写实小说认为：现实主义尤其是革命现实主义所具有的强烈的政治倾向以及与之相关的理想主义造成了对生活本身的遮蔽，从而曲解了"生活本相"和人的"真实处境"。也就是说，现实主义所描写的生活是不真实的，是经过了"典型、提炼、提高"等现实主义的手法"虚构"后的生活。因此要表现"真实"的生活，就必须去掉现实主义所提倡的典型化，从而"还原原生态"。也就是说，新写实小说既不批判、否定、超越日常生活，也不赞美、诗化日常生活，它只是以一种不浓不淡、不紧不慢的温情"描述"日常生活，"还原"日常生活。在新写实小说家看来，小说的真实是对生活进行描述而非编造。池莉说："只有生活是冷酷无情的。它并没有因为我们把它编成什么样子它就真的是那种样子。……我终于渐悟，我们的生活不是文学名著中的那种生活。"① 王朔评价刘震云的小说时说："从某种意义上说，这已经接近生活的本质了。它把我们这种波澜壮阔的历史全部庸俗化了，是不是不真实呢？我觉得更真实了。……就是说，他把生活中原本无意义的东西还原为无意义了。这种无意义的东西往往打扮得很有意义，带着很多的珠光宝气……这些全被他的作品还原了。其实生活就是这么一回事。由此给我一种深刻感。"② 崇高还原于平实，理想还原于现实，浪漫还原于普通。一句话，还原于生活的"原汁原味"。

新写实小说"真实观"的另一个观点是除幻，就是消解现实主义的神秘性和神圣性，也就是"非神圣化"。现实主义从"五四"运动时期引进我国，在经历了文学研究会的写实主义、革命现实主义、社会主义现实主义等阶段之后，逐渐完成了由独尊而神圣化的过程，现实主义逐渐经典化，社会、历史、文化和文学的话语权、解释权逐渐集中，最终脱离大众，成为文化专制的工具。现实主义的"真实观"也被经典化、神圣化

---

① 池莉：《写作的意义》，《文学评论》1994 年第 5 期。
② 王朔：《我是王朔》，国际文化出版公司 1992 年版，第 74 页。

了。一系列编造的神话被推崇为唯一的真实,遮蔽了现实。这正如荷兰批评家佛克马、易布思在论述毛泽东时代的文学时所说:"中国所有的宣传品都旨在传播这样的信念:语词与概念是一致的,而语词只要经常反复,说多了,它们所指称的东西就肯定存在现实中了。"① 现实主义小说的"真实观"就是如此,它认为只有现实主义所描述的真实,才是唯一的真实,甚至它所提炼、虚构的生活也是"高于生活"的,是比普通生活更为"真实"的生活,其他生活与感受都是不真实的。新写实小说去掉现实主义和先锋派所附于日常生活的神圣性、神秘性,去掉现实主义之"伪"。新写实小说家对现实主义的这种所谓真实,有很清醒的认识。刘震云说:"五十年代的现实主义实际上是浪漫主义,它所表现的现实生活实际在生活中是不存在的。浪漫主义在某种程度上对生活中的人起着毒化作用,让人更虚伪,不能真实地活着。'文革'以后的'伤痕'文学、'反思'文学、'改革'文学也是 20 世纪 50 年代现实主义的延续,《乔厂长上任记》的乔光朴、《新星》中的李向南如果在现实中一定撞得头破血流。"② 因此,新写实小说家首先摘下了高悬在自己头上的神圣光环,除掉自己对自己的幻觉,不再总是教导别人,高高在上,自诩为"人类灵魂的工程师",而是弯下腰蹲下身来与读者平等地游戏。正如王蒙谈论王朔的小说时所说:"他的语言鲜活上口,绝对的大白话,绝对没有洋八股、党八股与书生气。他的思想则相当平民化,既不杨子荣也不座山雕,他与他的读者完全拉平,他不但不在读者面前升华,毋宁说,他见了读者是有意识地弯腰或屈腿下蹲,一副与'下层'的人贴得近近的样子。读他的作品你觉得轻松得如同吸一口香烟或者玩一圈麻将,没有营养,不十分符合卫生原则与上级的号召,谈不上感动……但也多少满足了一下自己的个人兴趣,甚至多少尝到了一下触犯规范与调皮的快乐,不再活的那么傻,那么累。"③ 其次,新写实小说真正摆脱了对形而上的依附,不追寻、诘问生存的意义和生命的价值,消解了深度思辨。人生既无大喜也无大悲,一切都平平淡淡,正如

---

① 《二十世纪文学理论》,生活・读书・新知三联书店 1998 年版,第 123 页。

② 刘震云:《新写实作家、评论家谈"新写实小说"》,《小说评论》1991 年第 3 期。

③ 王蒙:《躲避崇高》,《读书》1993 年第 1 期。

池莉所说："冷也好热也好，活着就好。"因此，小说的真实就是如实地描写这种生活，既不需要提升，也不需要浪漫，把所有附于日常生活的精神饰物荡涤得干干净净。

新写实小说的"真实观"的第三个观点是世俗化，去掉神圣化和经典化。新写实小说在叙事模式上，抛弃了现实主义小说的"启蒙话语"和先锋派小说的"个人话语"，而采取"平民话语"，以平民化的姿态顺从现实生活，亲和世俗人生。新写实小说"真实观"的核心是描写平庸的生活，描写无可奈何又不得不过下去的生活，描写吃饭、睡觉、上班、下班，结婚、生孩子、送礼，找房子、找保姆等琐碎的生活。现实主义所描写的那种英雄主义、理想主义、浪漫激情生活在新写实小说中消失。新写实小说的真实生活是俗人的、物欲的、现实的，而不是诗人的、精神的和理想的生活。刘震云的小说《一地鸡毛》中所描写的小林由一个意气风发、雄心勃勃的大学生变成一个无可奈何忍受艰难生活的"俗人"，表明世俗生活的强大生命力。小林的生活才是我们所见的真实生活。因此，"在日常性和世俗化的'烦恼人生'面前，'新写实小说'中的任务普遍表现出对理想主义的厌弃，对激情和浪漫主义的拒绝，而无可奈何地认同于日常生活中的现存秩序；传统文学中对理想主义的炽烈向往，对改造社会而达成人人平等、世界大同的乌托邦冲动，对人生的价值及其意义进行形而上思考的真诚和执着都被日常性的生存经验、被'好好过日子'的世俗性号召所取代"[①]。

三　追求真实的私人性与瞬间性

进入 20 世纪 90 年代以后，文坛上出现新生代小说，新生代小说在"真实观"的理解上极端倾向个人性。它们解构崇高、亵渎神圣、沉潜世俗，反感文学的政治化、群体化，躲避文学的崇高与责任，在创作中将个人的生活经历与感受置于十分突出的地位，它们注重描写个体生活的真切与真实感受，个体情感的真挚与生动，而不在意所表达的思想是否崇高与

---

① 孙先科：《英雄主义与"新写实小说"》，《小说评论》1998 年第 1 期。

深刻，所描述的情节是否生动与曲折。他们将每个个体在现代都市生活中欲望的追求、心灵的困惑、人生的挣扎率真坦直地、毫不掩饰地展示出来，明明白白地描写各种欲望，诸如情欲、性、享受、金钱以及在追求这些过程中的孤独、痛苦、无奈、挣扎。新生代小说家们以现在时态反映当下都市人们的各种欲望，他们并不想去揭示当下生活的本质，只是对这种个人化、私人化的生活进行"克隆"，只采取平面化叙述的方法描写他们所反映的内容。

新生代小说继承了先锋派小说、新写实小说关于"真实观"的一些思想，但有很大的不同和超越。新生代的创作集中关注当下自我人生，因此他们的写作被称为"个人化"写作或私人写作。他们认为，个人的生活，尤其是私人性和瞬间性的个人生活才是最真实的生活。新生代十分强调对自我体验、自我感受的描写，将自己的生活细节直接平移到作品中。他们认为创作是对自身的真正面对和直接体验，因此韩东认为小说方式是以个人经验为源头的，是个人经验方式的延伸。他们把小说创作视为自己的精神自传，因此刁斗认为他的写作素材，皆来源于依据心理现象的想象。新生代的个人性"真实观"直面丰富的当下生活，具有小说真实的感性力量。

新生代小说具有非常鲜明的个性化色彩：韩东描写普通人的生存状态；徐坤展示知识分子的尴尬处境；鲁羊坦陈冥想者的生存状态和心理历程；朱文探讨现代人的生活态度与追求；刁斗呈现都市人失败的逃遁、心理的变态；李冯叙写现代人的爱情游戏与性爱追求；何顿直陈市场经济中的尔虞我诈……每个人都用自己认为最真实的经验写作小说，从个人视角描写当下生活，着力书写个体的亲身经历与内心感受，具有不同程度的自传色彩。表现在真实性上就是纯粹的"个人性""私人性"。与新写实相比，新生代小说继承了新写实对当下生活的描写方法，但抛弃了新写实小说中所表现的那种对现实生活的认同与无奈。新生代小说中所表现的是对世俗生活充满激情的追求。先锋派小说所叙述的充满迷人光彩的历史和现实主义所展望的光辉的未来在新生代小说那里都消失了，一切都是现在，"不求天长地久，只求此刻拥有"成为新生代小说的精神内蕴。

新生代作家高举欲望的旗帜，书写现代都市青年人的人生形态，着力展示在欲望的张扬中，现代人内心的孤独和痛苦，真切地描述现代人的精神困境和虚无，刁斗的《失败的逃遁》，徐坤的《斯人》，毕飞宇的《雨天的棉花糖》等作品恰如其分地展示了新生代小说的"真实观"。他们不像先锋派小说那样通过想象的王国，逃离现实来克服虚无、摆脱烦恼。而是通过对当下自身欲望的膨胀，尤其是通过性的扩张来克服精神的窘境。比如何顿的小说《就那么回事》中侯清清、小丽、林伢子都是如此，挣钱、享受、找情人，只要能今天舒服、痛快，完全不管明天怎样，他们不思考、不烦恼，一切在他们眼里都"就那么回事"。新生代小说对传统的颠覆比先锋派小说更为彻底，他们执着书写现代都市人膨胀的欲望，追求真实的极端个人性。这在新生代以后的女性写作、另类写作中表现得更为突出。

结语：从服从共性到崇尚个性

从以上分析可以看出，从现实主义小说的"真实观"发展到非现实主义小说的"真实观"，新时期小说经历了从一元化到多元化的发展历程，新时期社会生活和心灵世界也由单一走向丰富，其精神内核则是从服从共性到崇尚个性。这种变化显示了信息社会和全球化时代人们的价值取向。从现实主义的服从共性到非现实主义的追求个性，新时期小说逐渐走向小说自身，恢复文学的本体特色。这种趋势是社会改革开放和文化转型时期文学的发展必然，也是我们社会在改革开放时代发展的主要特色。在开放的时代，在文学多元共生的新世纪，我们期待小说的"真实观"更加丰富多彩、小说创作更加繁荣昌盛。

现实主义文学思潮在中国的百年嬗变

现实主义既是一种创作方法，又是一种文学思潮。人们普遍使用现实主义创作方法进行创作，就形成了现实主义文学思潮。现实主义创作方法原是西方的文学观念，20 世纪初引入我国。1902 年梁启超在《论小说与群治之关系》一文中，最先使用了"理想派小说""写实派小说"①的称谓，这是我国最早区分浪漫主义与现实主义的言论。1915 年，新文化运动领袖陈独秀在《新青年》第一卷第 3 号上发表《现代欧洲文艺史谭》一文，开始真正论及现实主义文学思潮，他说："欧洲文艺思想之变迁，由古典主义变为理想主义，再变为写实主义，更进而为自然主义。"此后，由于我国文学创作的现实主义历史传统和 20 世纪中国特殊的国情等多重原因，现实主义在 20 世纪的中国形成最大和最有影响的文学思潮。在 20 世纪中国百年文学发展过程中，现实主义文学思潮经历了多重畸变和变异，也经历了多次的"恢复"和"回归"。研究我国现实主义文学思潮的嬗变，对反映 20 世纪中国的社会生活的发展变迁，探索 20 世纪中国文学的发展规律和 21 世纪文学的发展方向都具有重要的作用。

一 现实主义最初的引进与发展

由新文化领袖们引进和倡导的现实主义创作方法，在 20 世纪 20 年代，由于文学研究会等一大批文学社团、刊物身体力行，很快初具规模，形成

---

① 梁启超：《论小说与群治的关系》，《新小说》（1 期）1902 年第 1 期；转引自刘增杰、赵福生、杜运通《中国现代文学思潮研究》，河南大学出版社 1996 年版，第 36 页。

了现实主义文学思潮。此时的现实主义文学思潮高扬"为人生"的口号，强调文学与人生社会的密切关系，力图说明文学应承担社会批判的使命。因此表现人生、改造人生就成为 20 世纪 20 年代现实主义文学思潮的大旗。这一时期，现实主义作为一种新的文学思潮和创作方法，强调文学改造社会的现实作用，突出平民在文学中的地位，表达作者的人道主义情怀，同时，逐渐放弃了西方现实主义创作的"旁观者"姿态，鲜明地表达文学的人民倾向。因此，20 世纪 20 年代的现实主义文学很快和果戈理、别林斯基等俄国现实主义作家的创作倾向一致，表现出强烈的社会责任感和参与意识，并力图运用自己的艺术活动来影响社会的历史进程。以鲁迅为代表的小说创作成为此时现实主义文学思潮的鲜明标志，鲁迅的《呐喊》《彷徨》和叶圣陶、王统照、许地山、冰心等人小说创作所体现出来的现实主义精神和创作方法，对当时文坛产生了巨大的影响，并对现实主义文学思潮的发展起到了深远的推动作用。

20 世纪 20 年代是文学多元化发展的时期，除现实主义文学思潮外，还有以郭沫若、创造社为代表的浪漫主义文学思潮；以李金发、废名为代表的现代主义文学思潮。现实主义文学思潮只是这个时期文学思潮多元中的一元。

二 现实主义文学思潮历史的嬗变

进入 20 世纪 30 年代以后，现实主义文学思潮出现了比较复杂的情况。由于受苏联"拉普"和日本"左"翼文学的影响，现实主义文学此时的表现状态经历了三个阶段："革命文学"的论争，"唯物辩证法的创作方法"的引进，"社会主义现实主义创作方法"的介入。现实主义融入了全新的时代精神，其内涵发生了深刻变化。

"革命文学"本是 20 世纪 20 年代后期创造社、太阳社倡导无产阶级革命文学运动而树起的一面大旗。"革命文学"明确高扬文学的阶级性，主张文学为无产阶级服务，强调文学就是宣传。他们认为，文艺的特殊化就是思想的组织化和情感的组织化，即所谓的"组织生活论"。他们过分强化阶级意识和宣传功能，从而导致文学作品政治价值与艺术价值的脱节，抹杀了文学创作的美学特质。因此，引发了鲁迅、茅盾与创造社、太阳社之间的一场关于"革命文学"的论争。鲁迅一针见血地指出：像创造社那样从组织生活论出发，使文学沦为单纯的宣传工具，就是"踏着'文学是宣传'的梯子而爬进唯心的城堡里去了"①。茅盾也不满意创造社、太阳社由"组织生活论"推导出来的"文艺宣传工具说"，尤其是那种在作品中"正面说教似的宣传新思想"的"标语口号文学"。② 革命文学是现实主义文学思潮进入中国后的首次变异。这场论争并未真正解决现实主义文学思潮发展中的变异问题，却为新中国成立以后尤其是 20 世纪 60—70 年代文学的发展埋下了历史的隐患，成为 20 世纪 60—70 年代"伪现实主义文学"的历史源流和理论基础。

1930 年，国际革命作家联盟大会在苏联召开，正式认可并推行"拉普"派所提出的"唯物辩证法的创作方法"。很快，"唯物辩证法的创作方法"便成为"左"翼文学"法定"的创作方法，成为现实主义文学思潮在 30 年代的又一变异状态。

"拉普"派理论家们提出的"唯物辩证法的创作方法"把世界观和创作观混为一谈，用世界观代替创作方法，并视浪漫主义为主观唯心主义，要把浪漫主义摒弃在艺术殿堂之外。中国"左"翼作家并未完全照搬"拉普"的"唯物辩证法的创作方法"，"左"翼作家注重表现社会革命斗争的重大题材，揭示生活的本质和社会发展规律，出现了一批以反帝反封建为主题、歌颂工农觉醒和自发斗争的作品，增强了文学反映现实的深刻性和战斗性。但由于"唯物辩证法的创作方法"本体的局限，此时的文学创作题材比较狭窄，有的硬塞进一些抽象的政治说教，使作品拖一条"光明"的尾巴；有的忽视典型人物和人物心理的透视，使作品概念化和人物脸谱化；甚至还出现一些完全为迎合某种斗争需要的"应景"式作品。"唯物辩证法的创作方法"限制和阻碍了现实主义的深入发展，并为 20 世纪 50—70 年代文学从属于政治提供了理论基础和创作范式。

1932 年，联共（布）中央发布改组文学艺术团体、撤销"拉普"机构

---

① 鲁迅：《壁下译丛小引》，《鲁迅全集》（10 卷），人民文学出版社 1981 年版，第 280 页。

② 茅盾：《从牯岭到北京》，《小说月报》1928 年第 19 卷第 10 期；转引自刘增杰、赵福生、杜运通《中国现代文学思潮研究》，河南大学出版社 1996 年版，第 164 页。

的决定，开始批判"唯物辩证法的创作方法"，同时开展社会主义现实主义的讨论。1934 年苏联作家第一次代表大会作了如下的概括："社会主义现实主义，作为苏联文学与苏联文学批评的基本方法，要求艺术家从现实的革命发展中真实地、历史具体地去描写现实。同时，艺术描写的真实性和历史具体性必须与用社会主义精神从思想上改造和教育劳动人民的任务结合起来。"① 很快"社会主义现实主义"创作方法占领了我国现实主义文学思潮的领地。一些"左"翼作家开始摄取自己最熟悉的生活，通过典型环境的渲染和典型形象的塑造，描写社会真相，为无产阶级文学的创作方法与作品风格的多样化开拓了广阔的前景。但是"社会主义现实主义"创作方法过分追求作品的社会价值，弱化或抑制了文学的创造性特点和审美特性。过分的政治化也使生活真实的丰富性变得单一和失真，使典型性变成了作者政治理念的代言人。社会主义现实主义的创作方法在新中国成立后的 50 年代，被第二次文代会确定为新中国过渡时期文艺创作和批评的最高准则。

20 世纪 30 年代的文学思潮除现实主义文学思潮外，还有现代主义文学思潮如新感觉派小说、现代诗派，有浪漫主义文学思潮如创作社小说、乡土文学等。现实主义文学思潮虽然是比较重要的一元，但依旧是多元中的一元。

三　现实主义文学思潮的两种状态

20 世纪 40 年代，现实主义文学思潮分野出两种状态：一是"七月派"的理论和创作，一是工农兵文学的诞生和发展。

在 20 世纪 30 年代后期和 40 年代中国文坛上，"七月派"是一个十分重要的现实主义文学流派。以胡风为代表的"揭示'精神奴役的创伤'"和"高扬作家的主观战斗精神"理论是现实主义理论在此时的重要发展。"七月派"主张关注残存在人民群众身上的"精神奴役的创伤"，要求作家保持清醒的头脑，发挥主观能动性，增强作品的批判力量。同时，"七月

---

① 转引自孙子威主编《文学原理》，华中师范大学出版社 1989 年版，第 392 页。

派"还主张同步追求社会功能与审美意识，并在诗歌、报告文学、小说的创作上，作了很好的实践和探索。在诗歌创作上，呼唤主观战斗精神，表现人物精神奴役的创伤，在"七月派"后期的政治抒情诗中表现得尤其充分，如绿原的《哑者》、阿垅的《纤夫》等塑造顽强的战斗者形象，强调生命的力量、生命的体验。在小说创作上，路翎的《饥饿的郭素娥》中的郭素娥，就是一个血肉丰满，有着强烈求生愿望的女性，作品既写她肉体的饥饿，又写她精神的饥饿，在她身上，张扬着原始生命力，用胡风的话说是"用原始的强悍碰击了这社会的铁壁，作为代价，她悲惨地献出了生命"①。

在 20 世纪 40 年代，中国工农兵文学思潮是一股发展迅猛、影响深远的文学潮流，是现实主义文学思潮在解放区的特殊发展。工农兵文学是以工农兵为描写对象、服务对象的文学，是在中国共产党领导的抗日根据地诞生和发展起来的文学。毛泽东在其著名的《在延安文艺座谈会上的讲话》中，对工农兵文学作了简洁的概括："我们的文学艺术都是为人民大众的，首先是为工农兵的，为工农兵而创作，为工农兵所利用的。"② 工农兵文学在《讲话》的指引下，为抗战服务，讴歌胜利，号召人们在屈辱中奋起，在血与火的搏斗中换来祖国的新生。解放区作家大量塑造传奇抗日英雄形象，创作出一批深受欢迎的抗日英雄传奇小说。他们在文学形式上，普遍采用人民尤其是农民喜闻乐见的形式；在文学观念上，自觉为政治服务。工农兵文学思潮的发展，使解放区文学取得很大的成就。但工农兵文学对政治过分贴近，甚至把文学功能阐释为具体政策的宣传品；过分强调"歌颂光明"，不能描写和反映革命内部的"阴暗面"和"黑暗"；过分强调学习民族民间形式，忽略向世界文化的学习，从而造成文学创作的概念化、公式化、片面化。当时，王实味、丁玲、艾青、萧军等人认识到工农兵文学的这种弊端，试图在理论上或通过创作指出这种弊端和缺陷。例如，对歌颂与暴露问题，丁玲就主张既可歌颂也可暴露。她说："有人说边区只有光明没有黑暗，所以只应写光明；有人说边区是光明的，但太阳中有黑点，太阳应该歌颂，黑

---

① 胡风：《饥饿的郭素娥序》，《饥饿的郭素娥》，《蜗牛在荆棘上》，《路翎》，《饥饿的郭素娥》，人民文学出版社 1988 年版，第 1 页。

② 毛泽东：《毛泽东选集》（3 卷），人民文学出版社 1967 年版，第 820 页。

点也不必讳言；有人说这问题不合适，不应该把黑暗与革命并列，只能说批评缺点。我以为这个表面上属于取材的问题，但实际上是立场与方法的问题。所谓缺点或黑暗问题也不是词句之争。假如我们有坚定而明确的立场和马列主义的方法，即使我们说是写黑暗也不会成问题。因为黑暗一定有其来因去果，无损于光明，且光明因此而更彰。"① 但在当时特殊情况下，他们的理论和创作不仅没有使工农兵文学倡导者们有所改进，反而受到了批判和挞伐。工农兵文学思潮是现实主义思潮在特殊时代的特殊状态，后作为新中国文学发展的方向，左右了新中国文学 30 年的发展。

四　现实主义文学思潮的畸变与一元化独尊

在 20 世纪 50—70 年代的中国，现实主义创作方法以其独特的地位和影响，依附超文学力量，完全排斥其他的文学创作方法和文学思潮，逐渐成为"独尊"乃至唯一的文学思想。在这一时期，除浪漫主义还偶有提起之外，其他文学思潮都销声匿迹。由于政治体制的更加统一、集中，意识形态权力话语的不断中心化，现实主义因此严重畸变，直至完全丧失其本真意义，取而代之的是按照极"左"路线炮制、打着现实主义旗号的"瞒"和"骗"文学。

现实主义文学思潮在 20 世纪 50—70 年代的嬗变与三次文代会和几次文艺批判运动有着非常密切的关系。

1949 年 7 月第一次文代会召开，在这次大会上，毛泽东的《在延安文艺座谈会的讲话》被确定为新中国文艺工作的总方针，确定文艺为人民大众首先为工农兵服务的方向为新中国文艺运动的总方向。20 世纪 50 年代初文学创作明显继承 20 世纪 40 年代延安工农兵文学思潮，是解放区革命现实主义传统的延续。从此，文学为工农兵服务，尤其是狭隘地为政治服务方向被写进文件，成为束缚新中国文学发展近 30 年的桎梏。第一次文代会单方面地强调学习和推广解放区的文艺经验，忽视广大国统区自新文化运动以来的优秀现实主义传统，很大程度上削弱了现实主义的表现力量。

---

① 丁玲：《还是杂文时代》，《解放日报》1942 年 3 月 12 日。

第二次文代会于 1953 年 9 月—10 月召开，大会明确提出以"社会主义现实主义"为文艺创作和批评的最高原则。这无疑是从世界观的高度给作家提出了更高的要求，它要求文艺作品在艺术描写的真实性和历史性的前提下，以社会主义精神教育人民。第二次文代会以后，我国当代文学的政治色彩和倾向更加突出。社会主义现实主义创作方法成为唯一合法的创作方法。

1958 年，毛泽东提出革命现实主义和革命浪漫主义相结合（即"两结合"）的创作方法，1960 年第三次文代会将其正式认定为我国社会主义文学的"最好的创作方法"，从而取代了原先的"社会主义现实主义"的提法。所谓的"两结合"实际上是强调"浪漫主义"，是为当时大跃进文艺提供理论依据的。大力提倡粉饰现实及功利主义和实用主义，出现了"人神同台""人鬼同台"和所谓的"畅想未来"的文学作品。因此，粉饰生活、拔高人物、神化英雄成为六七十年代的主要创作倾向。

在这三次文代会之间，文艺界开展了多次思想批判运动，其中最著名的有三次：对电影《武训传》的批判，对《红楼梦》研究的批判，对胡风文艺思想的批判。这三次文艺思想的批判，把学术问题看成政治问题，开了以群众运动和政治批判的方式处理学术问题的先河。对胡风文艺思想的批判，是对胡风文艺思想新账老账一起算的全面批判运动。胡风文艺思想是提倡现实主义文学的，但在对"五四"新文化传统的认识、对民族文化遗产的态度、对现实主义的理解和解释等方面与毛泽东文艺思想有较多相左地方。这是现实主义自身多元化发展的一个表现，纯粹是学术问题。但是对胡风文艺思想的批判很快变成一场政治斗争，把胡风及其追随者定性为"胡风反革命集团"，酿成了中国当代文学史上的一大错案。这三次文艺批判运动，实质上是文艺领域的政治运动。它们一次比一次更为严重地背离学术精神和文艺批评原则，并给文艺工作者画定了不准逾越的界线：一，文艺必须严格为工农兵服务，必须严格按照毛泽东文艺思想进行创作，如有背离，胡风便是下场；二，现实主义理论必须按照毛泽东文艺思想进行解释，如有异议，必然遭到挞伐和批判。对现实主义创作方法本身都如此限制，当然就更别说采用现实主义以外的其他方法了。因此 20 世纪

50—70年代的现实主义文学思潮只能是单一的工农兵文学。

　　"文化大革命"十年，文艺沦为"四人帮"篡党夺权的工具。他们首先将所有的文艺都打入"黑线"之列，继而提出了他们自己的一套集教条主义、封建主义和法西斯主义于一体的大杂烩式的极"左"文艺思想。所谓"从路线出发""主题先行""根本任务论"以及"三突出"原则，把丰富多彩、千变万化的生活变成了单调枯燥的公式，把生动复杂的人物变成两个对立阶级思想观念的符号。这里已完全没有什么现实主义可言了。如果说，十七年的文学创作和理论对现实主义的某些方面有所强调、有所限制、有所扭曲的话，那么，"文革"期间，现实主义的生命完全被扼杀，而作为专制文化奴婢和帮凶的"伪现实主义"则肆虐成灾。

　　在20世纪50—70年代文学发展过程中，现实主义文学思潮虽然经历如此多的畸变和变异，但是现实主义文学作为十七年的文学主潮，还是取得了一些成就，尤其是革命斗争历史题材和反映农村现实生活的文学作品取得了很大的成功。但是，由于社会主义现实主义创作方法本身的严重缺陷，加上政治对文学日渐趋紧的钳制，现实主义文学思潮越来越政治化、庸俗化、畸形化。其主要表现为：（1）主题先行。以方针政策来图解、演绎生活，将丰富多彩多样化的生活统统纳入敌、我双方斗争的框架之中，将同样丰富多彩的人物按照阶级划分来设计，现实生活的丰富性、多重性被概念化、公式化、雷同化。（2）以倾向性替代真实性。以所谓"反映生活本质"的教条来回避、掩盖、粉饰现实生活与政治宣传并不一致的真实性。革命战争、革命历史是一片"净土"；现实农村是一片"艳阳天"。至于革命战争中的残酷、现实中的苦难或讳莫如深或视而不见。（3）人物塑造方面，以主要人物来表达政治倾向和图解现实，"神话"英雄人物。（4）艺术表现手法单一，情节雷同，美学底蕴严重不足。令人遗憾的是，随着极"左"路线的泛滥和文学领域庸俗社会学的恶性膨胀，这种文学思潮被意识形态的话语霸权供奉在现实主义祭坛之上。现实主义的美学性质和精神以及文艺发展的内在要求，不断被阉割、扭曲，直至"文革"期间，彻底沦为"瞒和骗"文学。

五　现实主义文学思潮的恢复和深化

进入新时期以后，现实主义文学思潮得以恢复和发展。1979 年 10 月，第四次文代会对文艺与政治的关系作了重大的调整。1980 年 1 月 26 日《人民日报》发表社论，明确提出"文艺为人民服务，文艺为社会主义服务"的口号，代替了前 30 年的"文艺为政治服务""文艺为工农兵服务"的口号，开始了把现实主义从畸变和扭曲状态恢复过来的工作。

20 世纪 80 年代初，文艺界开展了恢复、坚持和发扬现实主义的讨论，深入批判"文革"中"假、大、空"的伪现实主义，引发对以真实性为代表的现实主义的一些问题的反思。从 1954 年批判胡风文艺思想和 1957 年批判"写真实"以来，真实性长期成为禁区。新时期之初恢复文学真实性也就成为恢复现实主义精神的第一要义。"伤痕""反思""改革"等文学创作潮流，对恢复现实主义精神和文学的真实性起了重要作用。作家们努力通过文学寻找更直接地进入社会的途径，以实现文学对现实的关注和干预。"恢复"或"回归"现实主义成为新时期初期文学的主导潮流。现实主义文学传统及其批判精神，在揭露"文革"以及极"左"思潮对我国社会和人民带来的巨大伤害的过程中复苏，在反映改革开放的现实生活的过程中得以恢复和回归。

20 世纪 80 年代以后，文学的反思以及西方现代主义文学的冲击，使现实主义不再像往日那样处于"定于一尊，攘斥百家"的地位。它必须通过与其他创作方法共处与竞争来发展自己，现实主义也因此而得以不断"深化"。作家们普遍认识到，19 世纪以来的经典现实主义并不是今天必须固守的唯一模式，现实主义在与其他创作方法和艺术流派的碰撞与融合中，必须创造出新的形态，才能适应新的社会生活。因此，现实主义广泛吸收非现实主义的手法，突破传统的单一模式，逐渐形成了多样化形态。80 年代中期以后，现实主义文学思潮呈现出新的特征，首先，是题材意识的淡化，文学不再局限于反映重大社会生活事件，小说的思想与情感之于现实及社会问题的关系也不再那样直接，而变得曲折和深层化；其次，是对人的描写开始从"英雄人物"转向"普通人"直至"人的存在状态"，对人的刻画不再仅仅表现人的阶级性和政治倾向，而是探讨人的命运、人类的命运、人的生存状态等恒久性的课题；最后，是文学传达途径的大幅度变化，这种变化表现在现实主义小说的叙述形态方面：它既保持传统现实主义的某些基本描写方式，如广义的"故事性"，描写的"写实"，人物刻画的"求真"等，又引入许多非现实主义的因素，如生命的直觉描写、意识流的心理刻画等，这种充满了包容性的叙述特点，使现实主义在80年代具有新的、更丰富的形态。

六　多元化格局中的现实主义文学思潮

20世纪80年代中后期以后，随着浪漫主义的萌发和现代主义、后现代主义的崛起，新时期文学进入了多元化发展时期。浪漫主义思潮的萌发及其在一个较短的时间内发展成为一股颇有声势的文学潮流，是新时期文学中引人注目的现象。80年代初，张承志以《黑骏马》开始了他的浪漫主义的文学创作。乌热尔图的《七插犄角的公鹿》《琥珀色的篝火》，冯苓植的《驼峰上的爱》等作品，表现出回归大自然和回归传统的倾向。另外，梁晓声、叶辛等人的知青文学所表现出来的返回青春意象，汪曾祺、刘绍棠等人的乡土风俗文学都具有明显的浪漫主义色彩。80年代初"寻根文学"的出现，其将形式环境虚拟化，人物性格精神化，艺术细节象征化等特征进一步激活了浪漫主义的创作潮流。

现代主义在新时期的崛起，有着复杂的历史和现实生活背景。从最早一些现代主义技巧的运用和"朦胧诗"的崛起，到意识流小说、现代派小说、新写实小说、先锋派文学、新历史小说、新生代文学、女性主义文学、另类写作、网络文学的兴起与发展，表明现代主义文学已成为新时期一个重要的文学思潮。新时期的现代主义文学受现代主义和后现代主义的影响，而呈现出较为复杂的状况。

虽然浪漫主义、现代主义等非现实主义文学思潮在新时期形成蔚然大观，但现实主义文学依旧贯穿其中，并在文学的多元化格局中得到很大的发展。在1993年的长篇小说热潮中，《白鹿原》《废都》《曾国藩》等都是以现实主义创作方法为主的优秀作品。在1995—1996年出现的"新现实主义"或"现实主义回归"的创作思潮中，出现了刘醒龙的《分享艰难》、谭歌的《大厂》、何申的《年前年后》等具有发展观、开放观等新特点的现实主义作品。在90年代的主旋律文学和精英文学创作中，现实主义创作方法占据着很重要的位置，比如"五个一工程"和"茅盾文学奖"获奖作品，主要都是现实主义作品。近期的"官场小说"或"反腐倡廉文学"，主要运用的也是现实主义创作方法。因此，现实主义文学思潮仍然是新时期的一个重要的文学思潮。

当然，20世纪90年代以来，新时期文坛客观上已形成多元化状态，现实主义文学思潮已不再像20世纪80年代以前处于"一元化独尊"的地位。随着浪漫主义文学思潮和现代主义文学思潮的出现和发展，随着新写实小说、先锋派文学、新生代文学、新女性文学、另类写作、网络文学等多种文学流派的交替兴盛，现实主义文学思潮开始从原先的一元化独尊的位置上被挤兑下来，而成为多元中的一元。实际上，现实主义地位的这种变化，符合文学自身发展的规律，属于现实主义文学发展的历史本相。文学发展的多元化不是仅仅在现实主义一家的内部的发展（如1956年短暂的文艺春天），而应该是有多种文学思潮发展的多元化格局。多元化格局才是真正的"百花齐放、百家争鸣"的文艺春天。

现实主义文学思潮在20世纪中国的百年嬗变，反映了中国20世纪百年历史中，文学在各个时期与社会、与政治千丝万缕的联系，既体现了现实主义文学思潮的强大生命力，又揭示了现实主义文学过分依附政治的弊病。这一过程告诉人们，多元化是文学发展的方向，是文学的生命力之所在。现实主义文学只有恢复文学的本来面目，在文学的多元化格局中才能不断向前发展。

20 世纪 90 年代作家的选择

　　进入 20 世纪 90 年代后，随着改革开放方针的继续贯彻执行，商品经济的发展给人们铺设了多条生存之路，同时，由于体制转轨过程中许多制度不完善，市场发育过程中价值观念的倾斜，文学创作失去了在 20 世纪 80 年代的辉煌，失去了在 20 世纪 80 年代中引以为豪的轰动效应，作家难以再作为时代的代言人出现。文学已经不可能用权威性语言去维护自己的统一规范：一方面，现实的关于人的想象已经解体，而新的想象尚未确立，因此，文学已无法讲述大家的共同理想，表达超越性、理想化的价值形态；另一方面，商品经济的冲击，使得人们不再去空谈理想，而是转向务实和求实，人生价值观由此出现了混乱和失落，许多有知识、有文化的人士投身商海，在商品大潮中搏击，并取得了成功。

　　在这样的社会背景下，作家头上的炫目光环逐渐失去，他们必须以一个经济人的面貌走向社会，必须以自己的产品去换取报酬。因此，原先以写作—拿工资—得稿费为生存方式，被国家"养"起来的作家们出现了生存困境，一些省市作家协会开始实行聘任制，一部分作家由被"养"变成被"聘"，铁饭碗变成了泥饭碗。作家不再是社会上最令人羡慕的职业。为了适应市场经济大潮的冲击，不失去作家在社会上应有的地位，也为了走出困境，作家们开始寻找新的方式适应市场经济要求。20 世纪 90 年代活跃在文坛的作家，除了一批 20 世纪 60 年代出生的年轻作家，其他的都是在 20 世纪 80 年代中取得了文学成就的作家。由于作家们自身的特质、创作手段、生活方式等不同，现阶段走向市场的作家呈现出几种不同的状态：有的刚刚摸索着走向市场，有的已经娴熟地运用作品这种特殊商品大胆而成功地走向市场了。

一 主动走向市场：作品成为商品

一部分作家顺应商品经济大潮的洗礼，幡然醒悟。文学作品是一种特殊的其他东西无法替代的而人们又必需的商品。作家如何让人们喜欢和接受这种商品呢？一些作家开始积极适应市场经济的需要，加强包装意识和广告攻势，他们或者在装潢设计上，在出版样式上，在书名诱惑上大做文章；或者未雨绸缪，大造声势，炒得声名鹊起。同时，在作品创作上，他们把严肃性和可读性结合起来，把人们已经接受和喜爱的新潮方法运用到新作中去，并且吸收一些通俗文学的创作方法，使作品成为具有深厚民族基础又有大众性的特殊商品，使之符合更多读者的口味，以赢得更多读者的喜欢。因此，便有一些作家以作品内在质量和商战技巧为手段，成功地走向了市场。

以作品成功走向市场的典型例子是贾平凹。贾平凹，这位 20 世纪 80 年代蜗居于商州，以优美纯情的文字歌颂商州山民的纯朴和美好的陕西作家，在市场经济大潮中，很快走向市场，并获得了成功。在 20 世纪 90 年代大款热、明星热的风潮中，他通过文学作品的市场效应，成为 20 世纪 90 年代公众关注的焦点人物，同时也成为作家中的大腕和大款。

1992 年，他创作的《废都》，完全不同于他 20 世纪 80 年代的作品，一反过去的专写商州山民的纯情和美好，而写了都市生活。此书还未出版发行，就已炒得沸沸扬扬，开始是有记者在报刊上发表文章，说该书稿酬达 300 万元，虽然后来又证实没有这么多，但已在读者心里激起了很大的波澜。后来，有人撰文称此书是"奇书"，是"当代金瓶梅"，更加激起了读者的好奇心。贾平凹则自己撰文说，该书"近乎是我生命中的另一种形式"，是"生命苦难中唯一能安妥我灵魂"的一本书，又激起了品位较高文化人的兴趣，想亲睹一番，去探讨其中的意蕴和奥妙。因此，此书一面世，销路极旺。1993 年，《废都》在《十月》杂志上全文刊登，已发行了10 万册，正式出书时印数为 48 万册，如加上盗版，合起来逾百万册。

不管评论家和其他作家对《废都》进行了怎样正正反反、长长短短的评说，单就文学作品走向市场来说，《废都》已经为文学作品走向市场创造了一个辉煌的开端。

这种轰动的市场效应，在贾平凹身上还在继续。1994年，几位作者冒充贾平凹之名，出版了长篇小说《霓裳》。因盗用贾平凹之名，贾平凹与冒名者对簿公堂，并打赢官司，获得了24万元的赔款。贾平凹再接再厉，很快又于1995年写出了第二部直接走向市场的长篇小说《白夜》。《白夜》一完成，就有大批出版社和书商准备靠此大发利市。贾平凹几易出版社，最后华夏出版社以开印底数40万册达到贾平凹的条件而成为《白夜》的出版商。第一版40万册在短短两天内就被批销一空，华夏出版社也由此大大地赚了一笔。《白夜》走向市场又取得了成功。

值得强调的是，贾平凹这类作品绝非粗制滥造，《白夜》《废都》都具有严肃性、审美性和存在价值，在当今文坛上都占有一席之地。

把作品推向市场并取得成功的，并不仅仅是贾平凹一人，在1993年的长篇小说热潮中，一些优秀的严肃文学作家在走向市场中同样取得了成功：陈忠实的《白鹿原》发行量50万册，高建群的《最后一个匈奴》两次印刷，印数高达30多万册，历史小说《曾国藩》多次印刷，行销40万册，程海《热爱命运》印数30多万册……这些作品的市场效应，给20世纪80年代末沉寂的严肃文学带来了活力和生机，从而促进了严肃文学的发展。

最近，上海成立了一家作家事务所，专为作家出书进行宣传、包装、代理版权事宜、联系出版等。王朔率先把他的作品版权委托给中华版权代理公司，陈建功又在1993年将小说《前科》的影视改编权委托给北京艾迪儿广告咨询公司。1993年是中国文稿炒卖年。继北京文稿拍卖后不久，九月深圳文稿拍卖又爆出一系列新闻：刘晓庆的自传《从电影明星到亿万富姐儿》和因自杀而震惊文坛的顾城的绝笔之作《英儿》，都炒卖出很高的价钱。

可见，作家让文学作品走向市场，让作品在市场角逐与读者选择中确立价值，是一项明智的选择，也是作家及其文学作品在市场经济条件下的一条可行之路。

二 被迫走向市场：以副养文

市场经济条件下的作家，并不是人人都如贾平凹一样，在作品推销战中取得成功。另外一些作家则采取和贾平凹们不同的方式来适应和走向市场。有的在不放弃严肃文学创作的同时，写作一些稿酬较高的亚文学（小品文、大特写、通俗小说、影视剧本、纪实文学、广告文学）作品来贴补纯文学所带来的生存困境；有的则投入商海，从另一角度来"养"文学，以这种特殊方式来发展文学事业。

由于商品经济发展中一些措施不完善，以及市场发育过程中价值观念的倾斜，原先于经济链条中处于高层的作家们出现了生存困境。当物价飞涨时，作家们的工资水准较以前没有多大提高，大部分作家都认为工资只占自己收入的一小部分，作家中有一定成就有一定知名度的，大都靠稿费养活自己，而不是靠工资。而纯文学作品的稿费很低。有资料统计表明，作家的严肃文学作品1000字稿费只有20—30元，一部长篇小说耗时两三年甚至更多的时间，扣除所得税后，稿费一般只剩六七千元或者更少。而那些文化消费类报刊却以1000字超过100元的价格吸引着作家的投稿。这种被称为"亚文学"的稿件的大量需要，使得一部分作家在写作严肃文学作品的同时，大量写作这类作品。如陈村为万国证券公司撰写《万国之路》，俞天白把笔触伸向改革开放的金融界，写了《揭开变化莫测的面纱——上海金融改革纪实》，徐珏民的《白领生涯》、陆棣的《与百万富翁同行》，则以人们极为关注、极感兴趣的改革开放现实为题材。李晓在写作先锋派小说的同时，也写武打影视剧本……这类稿件稿费较高，可以改善和提高作家的生活水平。

这些作家一方面撰写这类高稿费的亚文学稿子，另一方面继续创作一些高质量、高品位的严肃文学作品。如俞天白的《大上海漂流》、王安忆的《纪实与虚构》、陆星儿的《精神病医生》、王小鹰的《我们曾经相爱》，等等。这些作品在1993年长篇小说创作热潮中，依然称得上是重头作品。可见，他们这种用亚文学"养"纯文学之举还是比较成功的，或者说是在改革大潮中适应市场经济要求，走向市场的一种比较合理的选择。

在市场经济大潮下，作家的另一种选择是下海。作家中离开文学写作而进行商业活动的不乏其人。如胡万春从经营文化开始走向国际市场；沙叶新、宗福先两位剧作家也先后与恒通公司联姻，办起了实业；陆文夫办起了老苏州酒楼，以开酒楼的收入对他创办的具有高雅风格的《苏州杂谈》进行贴补。这些作家下海原因很多，有的是为生活所迫；有的觉得自己的劳动价值没有得到应有的尊重，想寻找另一方面的价值；有的是用商业补贴文学；有的则认为作家应有除写作以外的职业。但是，有一条是肯定的，那就是所有下海的作家都表现出对文学的留恋，都声称自己下海是为了文学。有人说胡万春在作家圈里，绝不谈生意，只谈自己近来写了什么，文学在他心目中的位置要高过商业；沙叶新也承认"一切头衔都是暂时的，只有作家才是永远"。他们下海确实对陷入困境中的文艺单位起着拯救作用，也为文学走向市场起着桥梁作用。

虽然现在这些作家精力稍稍多一些用在商业或非文学创作方面，但是这种深入商海的经验，这种文人下海的特殊经历必将给这些有着文学才华和文学成就、热爱文学的人提供深厚的生活基础。当他们静下心来可以不受其他因素干扰而安心写作的时候，他们必将为这个文学走向市场、文人下海时代写下厚重的作品。对这种由于市场经济带来的价值观念、生存方式的变化，真正的作家绝对不会无动于衷，必将以他们特有的方式有一个具有真正文学意义的交代。

三　固守文学阵地，追求文学的崇高

在一部分作家纷纷下海追求市场效应的时候，另一部分作家依然固守着纯文学阵地，继续维护着文学的纯净，追求文学的崇高。

这类作家代表有张承志、张炜、梁晓声、迟子建、王安忆、竹林、乔典运等，他们都坚持纯文学创作，比较冷静地看待现在文坛的多种现象。一方面，他们认为，文学创作不仅是自己心灵的需要，也是人类心灵的需要，只要有需要就会有文学，市场经济影响、干扰文学正常发展的状况不会长久，因此没必要放弃严肃文学的创作，也没必要所有人下海而让文学

搁浅，更没必要制作一些粗鄙庸俗的作品去迎合一些暂时的时尚。文学肯定不会消亡，真正的文学精华在市场经济中是不会被淘汰的。问题在于怎样使自己的作品具有竞争力，写出高质量、高品位的作品。在现阶段，最重要的是抵制住外界的诱惑，拒绝金钱和名声的诱惑，经得住清苦和寂寞。另一方面，他们也比较正确地认识现在的文坛状况。他们认为，文学不引起轰动才是正常的。20 世纪 80 年代把本来不是文学该承受的东西让文学承受了，现在文学回到文学本来应有的位置，应该说是社会的进步。文学呈现多元化发展的景观更接近文学发展的本来面目。

张承志，这位以《黑骏马》《北方的河》《金牧场》而享誉文坛的作家，在 20 世纪 90 年代依然固守着文学这方纯净的天空，他 20 世纪 90 年代的作品《心灵史》《荒芜英雄路》《绿风土》《清洁的精神》，以一种坚定自信的姿态捍卫着一种神圣的价值观，以一种熔铸诗歌、音乐、绘画、历史和哲学的复杂形态创造着"美文"，以那种具有燃烧性和震撼力的语言和思想，显示出在商品经济大潮下中国当代文学的独创性魅力。

《荒芜英雄路》是张承志的一个随笔集，收进了张承志的 42 篇随笔、散文，内容涉及人、人类和人生道路，在作品里，张承志讴歌那些衣衫褴褛的心灵富翁。在这本集子中，不管涉及什么具体内容，每一篇都可以感受到一个心声，那就是人的真诚。

在物欲横流的今天，真诚对于人们的心灵之域，对于渴望真诚的人们，无疑是雪中送炭。张承志正是凭借着信仰和真诚赢得了无数渴望真诚、在虚假中翻滚跌打的读者。《荒芜英雄路》第一版发行 10000 册，很快销售一空。不久，再版时又印了 10000 册，销售量又极好。由此看来，张承志固守着文学阵地并没有被市场所抛弃，反而以文学的高品位走向市场赢得了成功，赢得了渴望真诚、欣赏高品位作品的读者。

和张承志有着同样感触和做法的还有梁晓声、张炜、迟子建、竹林、王安忆、乔典运等。他们继续坚持纯文学的创作，并且都拿出了厚重的作品。如张炜的《九月寓言》《柏慧》，迟子建的《晨钟响彻黄昏》，王安忆的《叔叔的故事》，等等。王安忆撰文批评一些文人急功近利，缺乏理想，失去文学应有的本质。迟子建对出版社极端庸俗化包装她的作品感到愤慨。竹林认为文学肯定要走向市场，重要的在于作品是否具有竞争力。乔典运则质朴地表白："我也曾想过下海，想下去捞个够，可不会游泳不淹死了？人各有各的路，走这个路已走了大半辈子，也就走下去吧，再说，大家都下海，岸上没人啦，那不也太单一？"林斤澜也这样评价当今的文坛："这几年，很多人说文学不行。我说不是这样，文学没有以前那样轰动了，并不等于说文学走入了低谷。从作品本身而言，这几年出了很多好小说，比 80 年代初、中期好多了。……散文是进入 90 年代才走向繁荣的。"

可见，在市场经济大潮中，依旧坚守文学阵地，追求文学崇高，也是作家的一条可行之路，严肃文学作品依旧有其读者群和市场效应。

四 走向市场的一个极端——媚俗和粗鄙

20 世纪 90 年代占据书摊主要市场的，不再是 20 世纪 80 年代的言情、武侠、纪实文学和推理小说，而是越来越多的长篇小说新作。长篇小说创作数量在 20 世纪 90 年代达到新中国成立以来的高潮。而且，现在这种长篇热还在继续升温。在这个热潮中，除了一部分好的和比较好的作品外，有一部分作品是重包装，轻内容，封面花里胡哨，标题刺激诱人的粗鄙之作。

这类作品动辄标名为"骚土""骚腿""骚宅"。在广告词中公开标榜"比土街还土，比骚土还骚，比苦界还苦，比废都还废"。有的作家热衷于"产房、病房、卧房"三房题材，有的作家喜好帝王后妃畸形的恋情，有的乐道贫困地区毫无人性的性关系……帝王将相粉墨登场，风尘女子频频亮相，毫无美感可言。青年评论家李洁非这样描绘今天的文坛："我们有整天躲在大漠深处捏造一些赌徒、怪客、马贼的作家，有沉溺于偎红依翠、争风吃醋的大户人家隐私秘事之中的才子，有仿古风格的美文爱好者，用死去的语言描述当代生活的文体异癖者，还有闲适的笔记体作家，油腔滑调的市民趣味贩卖者，对往昔岁月梦魂萦绕的感伤怀旧的文人……"性、暴力和粗鄙成为这类文学中常见的要素。

性、暴力、粗鄙进入文学作品并不奇怪，只要处理得当，也会成为一部作品的一部分。但是上面我们所说的这类作品却不分青红皂白、不分场合、不分情节、不分事件地把性、暴力、粗鄙写入作品，写性一定是三角甚至是多角的，写暴力一定是血淋淋的，标题渲染欲擒故纵，书中内容名不副实，粗制滥造，毫无新意和个性可言。

在市场经济大潮中，面对金钱的诱惑，这类作家的作品，把文学创作最珍贵的东西，即充满个性的创作精神丧失殆尽，内容苍白、虚弱，虽然这类作品有一定的市场，但市场效应不是特别突出，相反，一些优秀的严肃文学作品发行量则很大，市场效应很好。可见，人们可能一时接受这类作品，但绝对不会长久地爱好，这类作品也不可能长久占据市场，真正占据市场的依旧是高品位同时又符合大众口味的健康作品。

随着市场经济走向正轨，根据真正的文化市场的需要，这些作家必将调整自己的状态，按照文学发展自身规律，写出既符合文化市场的需要，又符合人们渴望真、善、美精神需求的高品位的作品。

综观以上几个方面的情况，我们可以看出，我国作家在 20 世纪 90 年代已经从各个方面以不同的方式开始走向市场。在这个过程中，不可避免地会出现许多问题，许多缺陷，但有一条必须相信，不管怎样选择，作家们都必将面向市场，融于市场。

论先锋派作家"回归传统"的创作倾向

先锋派作家在 20 世纪 80 年代中后期出现，他们循入历史，注重文本意识和叙述策略，拓展了文学的功能和表现力，使新时期文学呈现出多元化的格局。但他们过分追求叙述功能，逐渐使他们创作的先锋派小说成为远离大众读者的"新精英文学"，在 20 世纪 90 年代，先锋派作家开始"回归传统"，向现实性和可读性转型，在进入 21 世纪的今天，有必要对先锋派作家的这种变化进行一番梳理和总结。

一 注重叙事策略的先锋写作

由于市场经济的发展，在 20 世纪 80 年代中后期，经济利益开始超越其神圣化、神秘化的意识形态占据主导地位。发轫于革命文学时期，其后被文艺界长期沿袭并过度膨胀的"题材决定论"此时已难以充分、全面地反映社会生活和人们心灵世界的深刻变化。在"摸着石头过河"这样一个变革时代，存在主义、符号学、结构主义、意识流、黑色幽默、魔幻现实主义等西方现代主义、后现代主义潮水般涌入初开的国门，冲击着被文化专制主义压抑已久的文艺界，并对一批有着标新立异的先锋意识的青年作家产生了深刻的影响，他们面对苦难的历史、严酷的现实，力图重释历史，反映他们心中的现实。传统的、独尊的、已被超文化力量扭曲的现实主义创作方法实际上已成他们心中的桎梏。这种时候，对传统形式的突破本身即已具有革命和抚慰伤痕的意义。后被人们称为"先锋派"的作家们就是在这种特殊的历史时期走进人们的视野并在中国文坛风行一时的。他们开始转换思维，探索小说的写作态度和写作方式的变革，把"写什么"转换为"怎么写"，他们把创作立场由"创作"转向"写作"，开始对小说形式进行全方位甚至是本质意义的变革。他们破坏传统小说的文体规范，使小说呈现出一种随心所欲、无所不包、无所不能的形式。因此，评论家们把他们称作"先锋派"，把他们的作品称作"先锋派小说"。

马原是最早开始进行先锋派小说写作的作家。他在1984年就发表了《拉萨河女神》，接着又发表了《冈底斯的诱惑》(1985)、《虚构》(1986)、《大师》(1987)等作品，这些小说以完全不同于传统的写法而引起人们的极大兴趣，并且名噪一时。在这些作品中，马原创造了一种马原特有的"叙述圈套"，用叙述人视点的变换达到虚构与真实的交替转换。他的作品引起人们的关注，不在于塑造了成功的人物形象，也不在于主题意义的深远，而在于他叙述形式的新颖，在于他不同寻常的叙述形式和叙述视角。马原可称得上是"先锋派小说"的开启者，但他的创作没有持续下去，真正形成先锋派小说潮流的是在他之后的苏童、格非、余华、残雪、孙甘露等人及其作品的横空出世。

先锋派作家的大量创作出现在1987年。当时的《人民文学》和《收获》杂志成了先锋派作家发表作品的两个重要阵地。1987年《人民文学》1—2期合刊发表了一系列先锋派小说，有孙甘露的《我是少年酒坛子》、北村的《谐振》、叶曙明的《环食、空城》、姚菲的《红宙二题》、乐陵的《扳网》、杨争光的《土声》等，这几篇小说有不同于以往小说的共同特征：淡化故事情节，注重叙述人的视角，小说呈现整体寓言性。孙甘露的《我是少年酒坛子》从严格意义上来说不能称为小说，评论家陈晓明称《我是少年酒坛子》是"亚小说"，是"散文、诗、哲学、寓言等等的混合物"。北村的《谐振》，叶曙明的《环食、空城》表现的是当代人们生存困境的荒诞性主题。

《收获》则在1987至1988年，相继发表一系列先锋派作家的作品。它们是：苏童的《一九三四年的逃亡》《罂粟之家》，余华的《河边的错误》《现实的一种》《世事如烟》《难逃劫数》，格非的《迷舟》《褐色鸟群》，孙甘露的《信使之函》，潘军的《南方的情绪》，扎西达娃的《悬崖之光》等等。这些作品，比较完整地表达出先锋派小说的特质。

苏童的《一九三四年的逃亡》从历史中去寻找叙事技巧，赋予历史一种迷人的光辉，并逐渐向个人隐秘的记忆角落伸展。这篇作品确立了苏童小说的先锋派特色，作品中的历史话语、文本意识、叙事技巧、个人记忆，成为先锋派小说的主要工具。1988 年年底苏童发表的《罂粟之家》散发出淡淡的历史忧郁之情，并显示出苏童不同于其他先锋派作家的特点：故事明白晓畅却充满深邃诡秘之气。他的这篇小说具有很强的先锋意味，作品自始至终弥漫着一股历史颓败气息。

余华的小说充满死亡、残忍、暴力、劫数等悲观主义的内容以及在这些内容中所包含的绝望感。他淋漓尽致地描写怪诞、罪孽、阴谋、苦难、变态，并经常展现鲜血淋漓令人毛骨悚然、惨不忍睹的场景。在他的笔下，时间与空间、实在与幻觉、善与恶的界限都被拆除，而阴谋、暴力和死亡则是最主要和最必要的内容。余华不是纯粹为了展现残酷，他的作品呈现出寓言化的特色。余华在《一九八六年》中以最强烈的感官刺激对记忆中的历史体验作了寓言化的描写：

　　时间已到了一九八六年，作品中的疯子却在众人面前对自己施剐、刖、宫、大劈等刑：

　　他（疯子）猛地抓起（烙铁）来往脸上贴去，于是一股白烟从脸上升腾起来，焦臭无比，他嘴里大喊一声："剐！"然后将钢锯放在鼻子下面，锯齿对准鼻子。那如手臂一样黑糊糊的嘴唇抖动起来，像在笑。接着两条手臂有力地摆动了，每摆动一下他都要拼命地喊一声："剐！"钢锯开始锯过去，鲜血开始渗出来。于是黑乎乎的嘴唇开始红润了。不一会钢锯锯到了鼻骨上，发出沙沙的轻微摩擦声。于是他不像刚才那样喊叫，而是微微的摇头晃脑，罪戾相应的发出沙沙的声音。那锯子对着鼻骨的样子，让人感到他此刻正怡然自乐地吹着口琴。然而不久他又一声一声狂喊起来，刚才那短的麻木过去之后，更

---

① 余华：《一九八六年》，《收获》1986 年第 6 期。

沉重的疼痛来到了。他的脸开始歪了过去。锯了一会，他实在疼痛难熬，便将锯子取下来搁在腿上。然后大口大口地喘气，鲜血此刻畅流而下，不一会工夫整个嘴唇和下巴都染得通红，胸膛上出现无数歪曲交叉的雪流，——他喘了一口气，又将钢锯举了起来，举到眼前，对着阳光仔细打量起来。接着伸出长得出奇也已经染红的指甲，去抠嵌入在锯齿里的骨，已被鲜血浸透，在阳光里闪烁着红光。……抠了一阵后，他又认认真真检查了一阵。随后用手将鼻子往外拉，另一只手把钢锯放了进去。但这次他的双手没有再摆动，只是虚张声势地狂喊一阵。接着，就将钢锯取了出来，再用手去摇摇鼻子，于是鼻子秋千般的在脸上荡了起来。

接下来的描写，更加鲜血淋漓，令人毛骨悚然。余华的这种描写，是关于"文革"的暴力和残酷的寓言化的描写，疯子对自己的这种让人毛骨悚然的施刑，暗示着暴力渗透了历史与人心。因此，在余华早期的大部分小说中，如《现实的一种》《世事如烟》《难逃劫数》等，以死亡、罪孽、残酷、嗜血、欲望、劫数等彻底的绝望和悲观主义来展示人性中最恶劣部分。

孙甘露的《信使之函》是一篇非常奇特的作品，陈晓明说："如果把孙甘露的《信使之函》称为小说的话，那么是迄今为止当代文学最放肆的一次写作。"这篇小说没有人物、没有时间、地点，也没有具体的故事情节，这个作品只是把毫无节制的夸夸其谈和东方智者的沉思默想相结合，把人类拙劣的日常行为与超越生存的形而上的阐发混为一谈。看过这篇作品后，人们会问：这叫小说吗？如果这也叫小说的话，那么现在的小说写作确实没有任何规范可言了。

格非小说以解构小说的故事性为最显著的特点。他的小说常常出现"本原性的缺乏"，也就是说，格非小说外表上看似乎有很强的故事性，但是你读完他的作品后，你就会发现，你不知道他讲了一个什么故事，所有作为悬念而引起的期待到了最后都成了无底之谜。在他的作品中，传统小说的因果关系产生了断裂，作品悬念重重，充满了宿命的神秘意味。他作品中的"故事迷宫"有很多无解之谜。有一点格非是和余华等其他的先锋派作家一致的，那就是死亡，他的作品如《褐色鸟群》《青黄》《迷舟》《敌人》都具有这样的特点，死亡就像是一个个预谋早已安排就绪，悬念只是诱惑人们读完一个又一个的死亡故事。因此格非的小说结构多是"探访性"的结构。如《青黄》就是一个"探访性"的作品，小说的整个线索就是通过消亡了的九姓渔户船队来探访"青黄"一词的确切含义，我决心探访"青黄"一词的含义，但实际上，结果早已有了，谭教授说："你到那里将一无所获。寻访的结果除了留下一大堆疑团，什么也没有得到，作品布满了疑点、矛盾、裂隙，作品中想要寻访的东西永远是悬念，永远是无底之谜。"表面上看，格非小说似乎故事性很强，实际上没有构成任何一个完整的故事。

《敌人》是格非的长篇小说，这部作品把传统小说的因果关系完全断裂，原因和结果、行为和动机都没有必然的联系，原因永远无可知晓，动机成为不可知而陷入了神秘，从而让惯常以结果来推导原因或以原因推导结果的人们无所适从。动机在格非的作品中就同他作品中人物的命运一样，是一个神秘莫测的黑暗世界，是永恒的无解之谜。

《敌人》写一场大火把赵家的家业店铺化为灰烬。是谁放了这把火？谁是"敌人"？这是小说的悬念。祖父赵伯衡写下密密麻麻的人名，到死也不知是谁，父亲赵景轩一个一个核实一个一个排除，到父亲死时还有三个名字。赵少忠在父亲死后把名单烧了。这三个人是"敌人"吗？他们还会给赵家带来灾难吗？读者期待着答案，但是，作品在继续的叙述中不仅没有给读者答案，反而让读者更加迷惑。

小说在继续叙述中，赵家经历了一次又一次的厄运，每一次厄运来临，读者都以为会得到答案，但结果却带来更多的疑点：猴子（赵龙之子）死了，赵虎（赵少忠长子）死了，赵柳（赵少忠之女）死了，赵龙（赵少忠二子）死了——每一个人都死于非命，每一个人之死都让人感觉到是被谋杀，但却让人无法知道究竟谁是谋杀者？谁是"敌人"？显然，"敌人是谁"是作品的一个永远的悬念，作者并不打算告诉读者"敌人"是谁，他只是利用"敌人"这一悬念制造恐惧感、神秘感。也就是说"敌人"的可解释性或终极意义已经消解，剩下的只是一个无底的悬念。格非利用这个悬念把人们引进一个神秘莫测的世界中去，让读者用另一种思维去思考，换一个角度去理解。

格非的另一部小说《褐色鸟群》可以说是先锋派小说中最具先锋性的作品。他把形而上的时间、实在、幻想、永恒、真理等哲学性的思考与重复性叙述结合在一起，读过此篇作品后往往需要高明的"解读者"的帮助才能明白其写作的是什么，而"解读"又取消了他的叙述意味而背离他的写作原意。

从以上先锋派作家发表的作品看，在这一时期他们极力挖掘小说的最大限度的写法，对拓展小说的功能和表现力，使文学呈现多样化的格局，打破小说的单一格局和单一思维确实有很大的贡献。但是，他们主要在个人化的经验中循环往复，写作中过分注重叙述功能，叙述形式大于内容，人物成为一种符号，因而阅读起来费时费解，对大部分读者来说缺少可读性。同时先锋派作家完全抛弃了现实而从历史中寻找与之对应的个人体验，对历史光彩和颓败充满怀想和追忆，缺少现实性。

二　拓展小说功能和过分沉入感觉

先锋派自己在其发展过程中，对打破单一的小说创造模式和思维模式起到了积极的作用，拓展了小说的功能，有其独特的贡献。

先锋派作家最主要的成就是把小说的写作核心从"写什么"转移到"怎么写"，其实质是打破了小说创作的题材决定论。尤其是打破了政治原则的所谓"有意义题材""政治题材""重大题材"的束缚，大胆开拓了作家的思路，使作家们可以完全跳开题材和现实观念的束缚来组织自己的写作。这对整个新时期文学的发展都具有重要作用。

先锋派作家尽可能地拓展小说的功能和表现力，使小说呈现多样化的格局。比如小说诗意化、小说寓言化、小说散文化等，破坏了小说创作由一种类型或一种类型的变体垄断文坛的状况，使当代小说无所不能、无所不包。小说因此表现领域也扩大了。

先锋派作家注重强化个人感觉和独特的语言风格。先锋派作家几乎每个人都以自己独特的个人感觉来进行创造，这些个人感觉在他们那奇异的叙述角度和叙述视觉的带动下，形成一个个独特的、以往人们从未在小说中看见过的世界。他们的语言也打破传统的习惯定势，他们的语言具有表达感觉无限天空的能力。

先锋派作家非常注重叙事策略。先锋派作家主要注重写作技巧和叙事策略，他们的作品没有多少可读性因素，全靠叙事技巧和叙事策略推动，从而使习惯于一种叙事方式的读者大开眼界，给新时期文学创作提供了新的视觉和新的方法，从而使文学创作从形式上呈现出多元化的格局。

先锋派作家使"反讽"用法进一步明确其具体含义。"反讽"首先被王朔使用并运用得较好。所谓"反讽"是指语言的字面含义和语言在特定的语境下所表达的含义刚好相反。先锋派作家比起王朔来，运用"反讽"要心平气和得多，不再像王朔那样充满激情和调侃。先锋派作家只是表达一种非常清醒的思维状态，一种生活态度和感觉方式，从而使"反讽"意义更接近于其基本含义。

从先锋派作家在 80 年代的写作看，他们本身存在着一些局限：

先锋派作家主要从历史中去寻找题材。他们非常青睐那些陈年往事，使当代文学在这一阶段逸出现实、逸出当代的视野之外，向个人隐秘的记忆角落伸展，从而使先锋派小说和现实保持着很大一段距离，无法对现实作出明确的判断，纷繁的现实生活在先锋派自己的眼里中散落，当下的体验在他们那里也成为一个"空缺"。因此先锋派作家远离当代、远离现实，从而使先锋派小说缺乏激动人心和引人共鸣的内容。

先锋派作家忽略人物形象的塑造。他们从来没把塑造人物当作主要任务，不仅没有塑造出具有肯定价值的人物形象，也没有塑造出具有艺术价值的反面人物形象。在先锋派小说中，人物都退居到叙述角度和叙述视觉的背后，人物成为代号或符号，被称为"符码化"。

先锋派作家的作品没有扎实的内容。先锋派作家越来越多地考虑其写作的视点、角度、动机、句式、语感以及个人化感觉，但却没有扎实的内容支撑，因此失去了许多读者。先锋派自己的形式探索表明，过于极端的硬性的形式追求和脱离内容的叙述技巧，在破坏传统的同时，也损害了自身的美学趣味。

先锋派作家专注于发掘个人化经验，因而作品没有较广泛的社会内涵，其结果是在个人化的纯粹经验挖掘中、在语言的歧途上永无休止地循环往复和自我消解。

三 先锋派作家的"回归传统"

先锋派自己一直回避着现实题材，甚至可以说是抛弃了现实。可以说，历史的土壤孕育了先锋派作家，先锋派作家也赋予历史一种迷人的光辉。而对当代性或现实性来说，先锋派小说是一个空洞。先锋派作家在历史颓败中越走越远，而对形式的探索却越来越高，过分注重文本意义，叙述方式大于叙述内容，普通读者越来越看不懂了。这使得先锋派小说远离了广大读者大众，成了"新的精英文学"，这在 20 世纪 90 年代是与后现代主义和大众文化合流的趋向背道而驰的。在这种情况下，文学界在 20 世纪 90 年代提出了"返回传统"的口号，先锋派作家也开始"回归传统"，开始向现实性和可读性转型。

20 世纪 80 年代末，先锋派作家的转型已初现端倪，形式方面的探索势头明显减弱，故事和古典意味开始在他们的作品中出现。格非 1989 年发表的《风琴》颇具古典意味，他以往作品中形而上的观念和"本原性"缺乏的"叙事空缺"已不在作品中起作用，故事性已很强。而此时余华的小说《鲜血梅花》则看上去像一篇武侠小说，颇具可读性。叶兆言在 1989 年以后发表的《状元镜》《追月楼》《半边营》《十字街》等小说，虽然仍然从历史中寻找题材，写 30 年代那些被遗忘和被淹没的故事，但叙述方式已不完全是文本和叙述的堆砌，作品中有人物、有故事、有细节，可读性已大大增强。

1989 年苏童发表了《妻妾成群》，后因张艺谋拍成《大红灯笼高高挂》而名噪一时，可见其已颇具故事性。虽然仍然刻画的是"历史颓败"情景，但这篇作品已非常好读，而且该作品中浓郁的抒情意味有非让你读下去不可的诱惑力，读后给人的感觉好像是抚摩苏州丝绸的感觉——光滑且有弹性。《妻妾成群》故事性已非常强，陈家大院的四房姨太太的你争我夺，可以看出《家》《春》《秋》的痕迹，甚至可以看出《红楼梦》《金瓶梅》这种古典传统的影响。在《妻妾成群》中苏童以前所未有的细腻丰富的直线型叙述，详细地描述了陈氏家庭中一群姨太太的凄婉遭遇和可悲命运。苏童舍弃了他以往常用的第一人称的叙述视觉，而以四太太颂莲的眼睛为观察和叙述的视觉。颂莲既是小说主人公，又是作者的叙述主体。身为一个从富贵堕入风尘的少妇，颂莲以她敏感而多疑的眼光一点不漏地扫描了陈家所发生的一切，当所有的变故都展现在颂莲的视觉中并在她的内心投下深刻的阴影后，颂莲发疯了。最后一节，叙述视觉则转移到陈家新娶的五姨太文竹眼里，和颂莲刚进陈家一样，文竹又将在陈府上演另一个颂莲的故事。这是苏童的高明之处，这也是传统小说中常用的手法。苏童的聪明在于《妻妾成群》的终篇以另一个故事的开始结尾，留下一个令人想象的空间，余味无穷。

苏童在20世纪90年代发表的长篇小说《米》，已具有传统小说的框架和形式很强的故事性。只是在故事中加入了一些形而上的东西，在叙述过程中还有一些难以用传统思维解释的意韵，这使《米》仍具有先锋意味。在大约16万字的篇幅里，苏童以相当恢宏的气势和更加精到的笔力，充分展示了大鸿米店近四十年间的变迁，这是一个旧时代里的颓败故事。《米》没有采用他在80年代惯常使用的以主观视觉进入文本的方法，大都以主人公五龙作为叙述视觉，只有极少数地方因主人公视线所不及，才由其他视觉代替。在《米》里，苏童刻画了几个个性鲜明的人物形象，甚至有人说"五龙、织云、绮云这三人堪称典型"。这几个人物形象在以往的文学作品中还没有见过，可以说，填补了这一方面的空白。《米》通过故事情节和人物形象的刻画，极其触目惊心地表现了梦幻破灭后的乡村农民向往城市，企图寻找乡村无法实现的理想，结果却一步步陷入城市的罪恶，自己也沦为冷酷残忍之人。五龙在受尽城市侮辱、享遍城市荣华、做绝城市恶行之后，在回乡的路上结束了生命，从而使苏童的"乡村—城市"写作形成一个完整主题。

可见，苏童在写作中已比较完整地向可读性和现实性回归。但苏童并没有完全放弃先锋特点，他的转型并没有割断同先锋派的内在联系。也就是说，苏童只是在其先锋派小说中加进了可读性和现实性成分，苏童20世纪90年代的作品依旧具有先锋派的特色。其他许多先锋派作家在90年代的作品也具有这个特点。

余华20世纪90年代初发表的《活着》《在细雨中呼喊》及在20世纪90年代中期发表的《许三观卖血记》与他在20世纪80年代发表的作品已有很大的差别。他在20世纪90年代的作品已不再是为了"怎么写"而给人一种纯粹的个人化的怪异感觉。虽然依旧是表现苦难，但给人的印象已是用故事和现实来表达。《活着》中福贵的一生是用小故事组成大故事来一线贯穿的，这是传统小说的最基本写法。《在细雨中呼喊》发表于1991年，这部作品以一个弃儿"我"的少年眼光来看待一切。和他20世纪80年代的作品比，故事性强多了，并涉及许多现实问题。人们在读了这个作品后，可以清晰地知道该作品写了什么：作品写"我"小时候由于亲生父母不喜欢，也由于家境困难，被父母送给孙荡镇王立强、孙秀英做养子。在养父自杀、养母失踪后又回到亲生父母身边，目睹弟弟之死、父亲暴虐、祖父惨死，也展示"我"和苏余的友谊、描写苏杭顽劣的行为。作品写了一系列小故事：哥哥的故事、弟弟的故事、父亲的故事、养父的故事、祖父的故事、苏余苏杭的故事、冯玉春的故事、刘小青的故事、鲁鲁的故事等。这些故事既互相联系，又相互独立，虽然没有一个起承转合的程序，但作品的故事性及可读性已大大增强了。余华叙述这些小故事的时候，非常注重细节的真实和传神，比如刘小青的当街乞求、鲁鲁谎称自己有哥哥给自己壮胆、弟弟死后父亲希望以此风光一下的心理都写得惟妙惟肖、真实自然，且富有韵味。

1995年，余华发表了《许三观卖血记》，这是余华继《活着》和《在细雨中呼喊》后向现实性和可读性转型的又一部重要著作。

《许三观卖血记》描写许三观在长达四十年里的几次卖血经历。在每一次生活艰难、走投无路的情况下，许三观就去卖血：自然灾害那年，为了让孩子吃上一顿面，他去卖了血；二儿子下乡插队的那一年，他卖了两次血，目的是为了讨好生产队长使儿子不受欺凌；大儿子生疟疾的那年他卖了三次血——虽然原因不尽相同，但大都是为生活所迫。在该作品中余华以一种喜剧的形式表达悲剧内容。照理说许三观因生活所迫去卖血，这是很悲惨的情节。但余华在艺术处理上却没有有意识地去渲染和铺陈其悲剧性，相反，余华以一种轻松甚至是戏谑的笔调来写许三观卖血的"平常"。比如，许三观第二次卖血后为事前没喝水而后悔不已；第三次卖血后在胜利饭店因是在夏天，叫人把黄酒"温一温"而"落下笑柄"——余华不去渲染许三观卖血的种种痛楚，而是细腻地描述许三观卖血前及卖血后到饭店叫上一盘炒猪肝和二两黄酒然后慢慢享受的惬意。余华就在这样不动声色中展示其卖血的生活及其中蕴涵的意味。

余华在形式上一改过去注重文本意识、注重叙事策略的写作方法，在《许三观卖血》中以一种十分质朴的线性叙事结构描写人物形象。许三观的形象，已不再是某种先锋的理念和符号，而是一个有血有肉、具有现实意味的、生动的人物形象。余华在塑造许三观时，采取不动声色、言有尽而意无穷、寓悲于喜等传统手法，取得了较好的效果。《许三观卖血记》可以说是余华小说也是先锋派小说向现实性和可读性转型的代表作品。

20世纪90年代初，苏童、叶兆言、孙甘露等开始写作一些现实题材小说，如苏童的《已婚男人杨泊》《离婚指南》，叶兆言的《人类起源》《爱情规则》，孙甘露的《呼吸》，北村的《公民凯恩》等，表现了先锋派小说回归现实的一种可能性。

先锋派作家已在20世纪90年代向现实性和可读性转型，逐渐抛弃那种纯粹意义的文本意识、叙事策略、历史话语而向现实性和可读性回归，成为20世纪90年代文学大潮中"返回传统"中的一道风景线。

先锋派作家在纯文学跌入低谷时出现，受现代、后现代主义的直接影响，找到一条对小说进行形式变革的道路，在现实主义大一统的一元化的文坛上，使小说多元化成为可能，对文学发展的积极意义是不容低估的，他们为21世纪文学的多元化发展提供了宽阔的视野和多重途径。但先锋派作家的创作也给我们提供了许多经验，他们循入历史，进行纯粹意义的文本、叙述的实验，使他们的作品远离现实，缺乏可读性，成了远离大众读者的"新精英文学"，在20世纪90年代"返回传统"的口号下，先锋派小说具有明显的"返回"倾向，向现实性和可读性回归，在 20 世纪 90 年代和进入 21 世纪的今天，先锋派作家既关注现实、追求可读性，又具有他们自己的独特的感悟和表达方式，从而使他们转型和回归后的作品，依旧成为令人瞩目的文学景观。

乡土中国的浪漫主义表现

——论新时期浪漫主义乡土小说的发展

一 浪漫主义乡土小说在新时期的发展

中国乡土小说发展的历史源流有三种类型：一是以鲁迅为代表的批判现实主义乡土小说，以直面现实、直面生活的态度描写乡土的现实；二是以沈从文为代表的田园牧歌式的浪漫主义乡土小说，歌颂乡土的纯情和美好；三是以周立波为代表的现实主义和浪漫主义相结合的乡土小说，寓时代风云于诗情画意之中。本文主要研究新时期浪漫主义乡土小说的发展与成就，探讨新时期浪漫主义乡土小说的现实基础与文化内核。

浪漫主义小说从 20 世纪 30 年代开始逐渐衰落，此后，随着现实主义的一统天下，真正的浪漫主义文学基本销声匿迹。进入新时期后，随着现实主义文学的复归、深化以及现代主义小说的出现，浪漫主义小说也成为和现实主义分天下的重要一元，成为新时期非现实主义小说的一个重要思潮。一般来说，许多人都把现实主义小说、浪漫主义小说和现代主义小说称为新时期小说的三足，把三者并立起来，但是现代主义小说比较复杂，包含了现代、后现代等多种状态，在新时期还有许多无法归类的小说形式，比如网络文学等。因此，我把除现实主义之外的所有小说流派都称为非现实主义小说，浪漫主义也属于这个范畴。

浪漫主义思潮在 20 世纪 80 年代初萌发，并很快在一个较短的时间内逐渐发展成为一股颇有声势的文学潮流。20 世纪 80 年代初，张承志以《黑骏马》开始了他的浪漫主义的文学创作，乌热尔图的《七插犄角的公鹿》《琥珀色的篝火》，冯苓植的《驼峰上的爱》等作品，表现出回归大自然和传统的倾向。汪曾祺、刘绍棠等人的乡土风俗文学所表现出来的返回传统的意象都具有明显的浪漫主义色彩。80 年代初"寻根文学"出现，其将形式环境虚化，人物性格精神化，艺术细节象征化等特征则进一步激活了浪漫主义的创作潮流。

在 20 世纪 80 年代初期，现实主义仍然居于主导地位，现代主义小说（如意识流小说、现代派小说）初试锋芒而大获成功。社会转型使巨大的历史变革与深固的传统之间的冲突尤为激烈，主体意识的增强足以使作家对现代化进程中的种种现象作出自己的情感的判断，在这样的历史进程和情感氛围中，寻找和描绘在记忆里的过去，使之成为一种精神力量来抵御现代化、商品化进程中对传统美与善的亵渎和毁弃，处于物欲和商品挤压下，用浪漫主义来追求淳朴的情感和心灵的自由，在现代文明的水准上重新发现和感悟辽远的过去和广漠的自然，在现代人情感和精神匮乏的过程中追寻性精神力量和道德力量，是浪漫主义小说思潮出现的第一个原因。

浪漫主义小说思潮出现的第二个原因则是对具有强烈政治化倾向的现实主义文学的反拨。20 世纪 80 年代以后，虽然有形的政治桎梏已被打碎，但无形的"政治情结"仍然禁锢着包括作家在内的人们，新时期的现实主义小说仍然是在政治前提下的写作，只不过"政治"属性变化了而已。现实主义小说依然是唯一的审美方式和审美形式。因此，一批不满意政治对文学的束缚而期望文学有所超越的作家，开始进行浪漫主义小说创作，他们对文学的超越有两层含义：一是在内容上超越政治性束缚，二是在形式上超越现实主义成规，从而打破政治是文学活动唯一的出发点和归宿。文学对于政治观念和政治内容的表达具有极大优越性的束缚，使人们能在张承志的"草原"和"青春"中感受人伦的温情和饱满的人生体验，能在汪曾祺的高邮水乡嗅到田园乡土气息，能在贾平凹的商州大地领略到意趣飞扬、拙朴空灵的道家意韵……这些浪漫主义小说的出现使文学真正成为审美的文学。

浪漫主义小说出现的第三个原因是在全球化浪潮中对文学一味西化的反拨。在全球化的过程中，一批作家弘扬中国传统的民族精神和文化精髓，试图在全球化的过程中创造独具中国特色的文学图景，为全球化增添独特的色彩。这批作家就是浪漫主义文学思潮中的人们，他们创作的寻根小说、乡土风俗小说、知青小说以其特有的中国特色，弘扬民族主义精神、弘扬中国传统的文学魂，试图在全球化的过程中展现具有中国鲜明本土特色的一元，从而使全球化成为具有中国独特声音的多元化的格局。

新时期浪漫主义小说最主要的表现方式是乡土小说，乡土小说退避政治，寄情于过去了的乡情、乡思、乡俗，去表现民间贩夫走卒的俚俗谐趣，古代文人隐士的流风遗韵，自然田园的闲情逸致。把那些以往被政治和"历史"排除在外的美好人和事告诉人们，用花草虫鱼、饮食男女、琴棋书画、苍云白日、小桥流水代替以往的政治主题，表现乡土小说回归审美主体的倾向。汪曾祺从古人所说的"为文无法"中为小说的"散文化"找到了根据，如《破戒》《大淖记事》；何立伟以唐人绝句和中国文人画为楷模，把小说当诗来写，如《白色鸟》《一夕三逝》；贾平凹学习陶渊明、韩愈、苏轼至曹雪芹、蒲松龄等的作品，从中悟出"空灵"的意韵，如"商州系列小说"……这些具有纯粹中国特色的浪漫主义手法，和那些极力学习西方现代、后现代方法的创作形成了鲜明的对照，从而具有浓郁的中国特色。

二 浪漫主义乡土小说在新时期的超越

新时期乡土小说从历史传承上来说，主要有两种传统：一是20世纪30年代沈从文的田园小说，沈从文歌颂原始与蛮荒，以批判现代都市文明；讴歌淳朴的风土人情，以抨击都市文明对素朴人性的破坏。这一点在新时期以汪曾祺为代表的浪漫主义小说中得到进一步发扬光大，尤其是在摆脱文学政治性的束缚上，乡土风俗、人伦温馨、素朴情感的描绘成为新时期浪漫主义小说的主要武器。二是周立波的潇湘风情小说,作品用优美的笔触描摹了自然朴素的民间生活,展现了湖南乡村醇美和谐的风土人情,并细腻地描写了农民的文化心理、伦理风俗的深层变化,寓时代风云于诗情画意之中,创造了一个乡土风俗画式的艺术审美空间。周立波的乡土小说创作是现实主义和浪漫主义的结合,在现实主义的描绘中凸显浪漫主义特色,主旨还是现实主义的。因此本文探讨新时期浪漫主义乡土小说范畴主要是以第一种传承为主。

新时期浪漫主义文学思潮具有这样几个特点:(一)情感方面:在现代文明和古老文化和蛮荒大自然之间倾向后者。往往把后者置于现代文明的对立面加以肯定、讴歌、赞颂,并赋予隆重的理想化色彩。(二)取材方面:在过去和现在之间,背向现实,面向过去。描写古老的传统、遥远的过去、逝去的青春。在政治和人性之间,退避政治,反映人性,描写那些被排除在政治和历史之外的花草虫鱼、饮食男女、琴棋书画、苍云白日、小桥流水等。(三)艺术表现方面:经常运用浓郁的抒情、奇特的想象、大胆的夸张、深邃的意境、隐奥的象征等手法,具有浓郁的浪漫主义色彩。①

具体分析,新时期浪漫主义乡土小说在以下几个方面取得了突出的成就:

第一,表现和发扬中国传统民族文化。最具中国特色的传统民族文化是儒家文化、道家文化和佛家文化,这三家文化对中国文化的形成和发展都具有决定性的意义,它们从根本上塑造了中国文化的特质。浪漫主义小说思潮中的寻根小说和乡土风俗小说在他们的作品中表现和发扬民族文化传统,民族文化成为他们作品的灵魂。他们"返回"到民族传统文化,在颇具浪漫的描述中为自己伟大的民族文化而深深自豪。"一种混合着诗人心灵变化多端的想象和轻快、洒脱、飘逸的幻想,在同一部作品中将近处和远方、今天和远古、真实存在和虚无缥缈结合在一起,合并了人和神、民间传说和深意寓言,把它们塑造成为一个伟大的象征的整体。"② 一部分

---

① 王庆生主编:《中国当代文学》下卷,华中师范大学出版社 1999 年版,第 27 页。
② 〔丹麦〕勃兰兑斯:《19 世纪文学主流·法国的浪漫派》,人民文学出版社 1983 年版,第 26—27 页。

作家在他们的作品中表现和发扬儒家文化。汪曾祺以"世道人心"为自己的创作目的，在他的作品中着力歌颂我们民族的以仁爱之心待人、互相帮助、扶危济困、淡泊自守、通达正直、讲求名节等特点。张炜的作品则以儒家文化反观商品经济条件下的世风日下、道德沦丧。儒家的伦理道德在寻根小说思潮中作为一种民族命运的思考，并表现了传统的仁义观念在历史巨变中的延伸和变化。另一部分作家则着重表现道家文化，以老庄朴素博大的精神与自由的活力展示自在自为、自由庄重的人性思想。因此，阿城的《棋王》《树王》中，宇宙、自然、人高度合一，带有鲜明的道家意味。

第二，描绘和展现地域文化。浪漫主义思潮中寻根小说和乡土风俗小说以不同的人文地理区域的风情文化营造风格，以各自不同的地域文化展示独特的民族风俗画，这些作品以鲜明的地域特色，构成一道独特的风景线。李杭育的"葛川江"系列小说以江南的自然山川、历史风情作为文化背景，通过"最后一个"的形象，表明他对古老文化、地域文化的留恋与怀旧，也表明他以地域文化和古老中国传统文化为骄傲的创作本质。他作品中浓郁的吴越文化特色，使他的作品具有独特的地域文化内涵。郑义的《远村》《老井》等作品展现了晋地儒家文化的特色，积极、入世、进取，强悍、坚忍，从而使他的作品中人物具有执着、壮烈的特征。杨万牛在屈辱的生活中升华出崇高的人格力量；旺泉和老井村的农民为打井忍辱负重，展现了晋文化坚韧不拔的精神。邓友梅的京味小说具有鲜明的市井风味与北京味，他的作品中展现了许多北京民俗，这使他的作品具有民俗学、文化学的意义，而他作品中人物则浸染着浓厚的京城特色，如那五是北京纨绔子弟的活画像，他身上包含着丰富的没落八旗文化和市民文化。

第三，追求传统的审美意识。中国文学具有自己独特的审美意识：重感觉、重意境、重简约、空灵、含蓄、淡雅、重炼字、炼句，以及追求人与自然的融合（即"天人合一"）、表现对自由境界的向往、挥洒主观情感、扩张想象力和创造力等。追求文学民族化的作家以这些中国特有的审美意识为指导，创作出一批具有中国独特的浪漫主义审美意识的作品。何立伟说："西方尚理，东方崇情。西方人凭脑子驰笔，东方人依心臆挥毫。固然无分厚薄，但私心所爱，仍是东方民族所注重的一个'情'字。试想我们民族多少永不为时间尘砾所埋没的优秀瑰丽的篇什，莫非以情动人，且以情见长啊。"[1] 贾平凹也说："从而悟出要做我文，万不可类那声色俱厉之道，亦不可沦那种清糜浮华之艳，'卧虎'，重精神、重情感、重整体、重气韵，具体而单一，抽象而丰富，正是我求之而苦不能的啊。"[2]《白色鸟》《一夕三逝》《商州初录》《棋王》《受戒》等作品都是这种审美追求的成果，从而使这些作品具有中国特有的浪漫主义美学意韵。汪曾祺从古人所说的"为文无法"中为小说的"散文化"找到了根据，如《破戒》《大淖记事》；何立伟以唐人绝句和中国文人画为楷模，把小说当诗来写，如《白色鸟》《一夕三逝》；贾平凹学习陶渊明、韩愈、苏轼至曹雪芹、蒲松龄等的作品，从中悟出"空灵"的意韵，如"商州系列小说"。在全球化过程中，许多人追求西方现代、后现代手法的审美意识，逐渐全球化而缺少中国特色，在这样的环境下，这些追求中国传统审美意识的浪漫主义作品确实具有特殊的意义。

三 乡土中国的浪漫主义表现

1. 表现乡土风俗的恬静和谐

新时期乡土风俗小说的代表作家是汪曾祺、刘绍棠、何立伟和李杭育、郑万龙、张承志、莫言等。前者以汪曾祺为代表，主要描述乡土风俗的和谐与恬静，以此表现浪漫主义的自然和谐、温馨美丽，具有纤巧的、田园牧歌式的特色，表现人与自然的声息相通、心灵相通。后者以张承志为代表，主要描述乡土风俗的强悍、野蛮、严酷，以揭示自然的神秘莫测，从人与自然的对抗中表现出浪漫主义精神。

表现乡土风俗的恬静和谐的浪漫主义小说，以沈从文的田园小说为楷模，退避于政治，偏离那些与政治结合得很紧密的主流文学即现实主义文

---

① 何立伟：《关于白色鸟》，《小说选刊》1985 年第 6 期。
② 贾平凹：《卧虎说——文外谈文之二·贾平凹散文自选集》，漓江出版社 1990 年版，第 555—556 页。

学,退避于政治浪潮之外的古镇市井,退避于受政治过多侵蚀的乡土民俗之间,这与中国传统文人的退避政治,寄情于江湖有较多的联系,但是退避政治不是不关心政治,只是不如现实主义小说那样完全被政治所左右。新时期乡土风俗小说所要表现的是相对于现实主义完全被政治所束缚的生活,一种置身于政治和历史之外的自在生活和自由精神,去描写民间贩夫走卒的俚俗谐趣、古代文人隐士的流风意韵、自然田园山水的闲情逸致;去描写花草虫鱼、饮食男女、琴棋书画、诗词歌赋、苍云白日、小桥流水,把那些排除在政治和历史之外的美好的人和事告诉人们。在这些美丽的、令人无限向往的乡土风俗中寄予无限的浪漫主义向往。这些作品中所展现的人与自然的融合、对于自由境界的向往、主观情感的洋溢、想象力和创造力的扩张,都具有明显的浪漫主义特征。

汪曾祺的小说出现后,给人们带来一股特有的清新、飘逸的感觉,和以往现实主义小说不同的是,他的小说不再表现如火如荼的斗争生活,也没有那些好像在现实主义作品中必须具有的政治性主题,他的作品描写田园旧话、乡土风情、自然的清新、身心的自由、人伦的温馨、道德的纯朴,或化为对乡土的诗话写意、或化为对先人的神话崇拜、或化为对童年的美好追忆……乡土风俗中素朴的生活方式、情感方式、价值观念、道德规范在作家心中经过过滤,经过净化、诗化和理想化等浪漫主义手法,显示出独特的浪漫主义文学的神韵。

汪曾祺的乡土风俗小说有《受戒》《大淖记事》《岁寒三友》《故里杂记》《晚饭后》等作品,这些作品给我们带来的是荷风荇水、春雨秋露,是田园旧话、乡土风情,是淡淡的忧郁和微微的揶揄,是风格的轻快和飘逸。这是在卸去了现实主义文学沉重的政治主题、不拘囿于政治观念之后的浪漫主义风采。汪曾祺的风俗小说主要描写他家乡高邮水乡三四十年代的生活,描写当时市民阶层的各色人物如商人、工匠、和尚、医生、渔夫、小商贩等。这些人物构成了江苏高邮地区那早已过去却令汪曾祺魂萦梦牵的水乡乡土生活。

《受戒》是汪曾祺的代表作,他自己曾说,这是写的他四十年前的一个梦。作品以浓郁的浪漫主义手法,歌颂和赞美了合乎人天性的纯洁美好的爱情。荸荠庵的小和尚明海和庵赵庄的小姑娘小英子的爱情，宣告了冷若冰霜、扼杀人性的佛门戒律的虚伪破产和人性的胜利。作者把和尚当人来写，和尚也是人，人所具有的情欲和尚都有。汪曾祺在这里用浪漫主义的手法描绘出一幅人们不曾见过的荸荠庵风俗图：在荸荠庵里，没有一般和尚庙的清规戒律，明海的师傅们的生活和普通人没有什么两样，除了普照师叔整日坐在房里不食人间烟火外，其他几个和尚和普通人一样，做和尚只是他们谋生的一种手段，仁山如此；仁海有家眷，在农闲时还到庙里来住一段时间；仁渡是个花和尚，喜欢在姑娘媳妇面前风流打俏，唱调情小调。他们与放鸭人一起聚赌，吃猪肉也不避人，而且年下还杀猪，在庵的大殿上杀，和普通人不同的只是杀之前给猪念一道"往生咒"……明海就生活在这样一个特殊环境里，他日日跑到小英子家里替她做农活、车水、薅草，和小英子肩并肩站在一个滚子看场，帮小英子姐姐描花样……小英子在薅荸荠时故意用自己的脚丫子去踩明海的脚，明海看着小英子在河滩留下的一串串脚印，心里萌动着一种从未有过的感觉，小和尚的心被搅动了。明海去善因寺烧戒疤，小英子用船去送他，叫他不要做方丈，也不要做沙弥，并问："我给你做老婆，要不要？"作品在香烟缭绕的寺庙里，描绘出与世俗红尘一样的饮食起居、七情六欲，热情洋溢地为人性欢歌，满含着对生活、对人生的热爱，也表现出对个性解放的执着追求，具有浓郁的浪漫主义色彩。

这种浪漫主义的神韵在他的《大淖记事》中也有明显的表现。小锡匠十一子与漂亮姑娘巧云之间那美好而充满磨难的爱情，那超越世俗、纯洁执着的爱情，有一种憾人心旌、震人心魄的力量。

在他的作品中，还歌颂了那理想化的传统美德。在《岁寒三友》中，开绒线店的王瘦吾、开爆竹店的陶虎臣、画师靳彝甫三人那相濡以沫、艰苦与共的患难情谊令人为之赞叹不已，王、陶为靳凑路费、本钱供他出远门求生，而当他日，王、陶二人小本经营破产，陷入贫病窘困的绝境时，靳彝甫毫不犹豫地卖掉祖传宝物救朋友。在《鉴赏家》中，引当地人骄傲的大人物，名闻全国的大画家、大收藏家，在上海一个艺术专科学校当过教授的季匋民，却与贩果子为生的叶三相知，叶三识字不多，却有丰富的阅历和相当质朴的鉴赏力，让季匋民大为感动，专门为他作画题款相赠。季匋民死后，画价大涨，日本人高价收买，叶三不卖，临终时叫儿子把画放在棺材里永远相伴。

汪曾祺在他的作品里，构筑了一个优美、平和的世界，在这个世界里，他塑造的人物都扶危济困、淡泊自守、通达正直、轻财重义、讲求名节。这是汪曾祺构造的纯洁无瑕的灵魂世界，是他对世界的理想主义的构图。这种浪漫主义的理想凝聚着他作为传统的知识分子的生活情操、审美趣味和文化期待。他的作品让你在大千世界芸芸众生的喜怒哀乐中去咀嚼，让你在民情风俗的天光水色中去体味，让你在作品的意趣氛围行文谴字中去领略，从而使他的这种浪漫主义作品思想意韵隽永、生活内涵丰厚、审美韵味悠长。

2. 张扬乡土生命力的激情澎湃

在强悍、野蛮、严酷的大自然中表现人与自然的对抗，在这种特殊的乡土风俗中，展现人与大自然的特殊关系，从而形成与纤巧、田园诗化的乡土风俗小说不同的另一种浪漫主义特色。

在这类浪漫主义的乡土风俗小说中，自然被作家描绘成为一个不言不语、神秘莫测、具有崇高感的威严世界，人在与这威严的世界共生的过程中形成了特殊的乡土风俗，以各自不同的方式展示着生命的伟大。在这些浪漫主义作家的笔下，社会历史的因素被过滤得很干净，蛮荒的自然和狂野的生命合二为一，显出一种亘古的神秘。这类浪漫主义小说展现出的特殊乡土风俗更多的是非伦理道德所能评价的原生形态。这类作品有张承志的《黑骏马》《大坂》《北方的河》，李杭育的《最后一个渔佬儿》《沙灶遗风》，郑万龙的"异乡异闻"系列，莫言的《红高粱》系列，邓刚的《迷人的海》等等。人与自然对抗所形成的特殊风俗，在张承志早期作品中得到极大的展示：那茫茫蒙古草原上奔驰的骏马，那难以用现代观念评价的特殊的生育习俗，那如同父亲的北方的河，那最初给他严酷而后给他安慰的大坂、冰峰……都在张承志的精神上打下浪漫主义的印记，使他在对人与自然关系的领悟中抛弃自己的怯懦、软弱和卑微，在精神上与他所面对的崇高自然一同升华，从而进入新境界。

　　浪漫主义对生命力的张扬在这类小说中也得到充分的表现。在对生命力的歌颂与张扬中，这类作品主要是通过一种特殊的原始生命力的展现而表现出来的，这种没有理性、道德和文明的束缚的生命力展示，形成了一种现代人无法企及的特殊的乡土风俗。莫言的《红高粱》系列作品，就是这种特殊乡土风俗的最好的展示。莫言的高密东北乡里，性爱与死亡、土匪与劫杀充斥其间，既是杀人越货和精忠报国的英雄纵横驰骋的世界又是充满浪漫主义爱情的世界。一个"伟岸坚硬的男子""我爷爷"和一个"丰满秀丽的女子""我奶奶"的爱情故事，虽然和现代文明的一些所谓爱情大不一样，但那种生命力的张扬、生命本能的迸发以及对原始生命力的无所顾忌的展示，却具有不同凡响的浪漫主义色彩。郑万龙曾说过："我追求一种极浓的山林色彩、粗犷的旋律和寒冷的感觉。……我怀念那里的苍茫、荒凉与阴暗，也无法忘记在桦树林里面漂流出来的鲜血、狂放的笑声和铁一样的脸孔，以及那对大自然原始崇拜的歌吟。……在这个世界里，我企图表现一种生与死、人性与非人性、欲望与机会、爱与性、痛苦和期待以及一种来自自然的神秘的力量。"① 郑万龙在他的《异乡异闻》中借助东北边陲少数民族与移民近乎原始状态的生活场景，描写了人类在残酷、野蛮环境中的生存状态，从而张扬人的原始的、极富活力的生命力，在他的笔下，"不论是淘金还是狩猎、酗酒还是做爱、掠夺还是虐杀。一任自然法则展开，即使有祖先的遗训、江湖的规则，但说到底是弱肉强食、适者生存，猎物、金子和女人作为生存欲望和生命意志的对象都没有什么差别，都必须以强力去占有，因此男人的残忍和暴戾是野性的，惟其野性才见出生命的新鲜和健旺；因此'桦树林里面漂流出来的鲜血'不仅是死的象征，更是生的象征，不管是刀砍枪崩，一个人的死就意味着另一个人的生，是战胜了一次死亡的更加强悍的生。这些山野、风雪、莽林、篝火磨砺出的生命依照这人兽共享的原则而延续，于是就有了一代又一代的男人、女人和孩子。……"② 这些不同寻常的风俗以原始的生命力张扬着独特的浪漫主义内涵。

---

　　① 郑万龙：《我的根》，《生命的图腾代后记》，中国文联出版公司 1980 年版。
　　② 王又平：《世纪的跨越》，华中师范大学出版社 1999 年版，第 41 页。

3. 寻找乡土文化之根的深厚遥远

寻根小说是 20 世纪 80 年代中期一个重要的小说流派，寻根小说的重要特点是通过文化寻根、回归传统来振兴文学，这本身就包含了浪漫主义的期待。表现了新时期浪漫主义乡土小说的深层次追求，即对文化本源的追求。"所以寻根作家大都有将环境虚拟化、人物性格精神化、艺术细节象征化的共同取向，这无疑进一步激活了浪漫主义的创作潮流。阿城的'三王'系列和'遍地风流'系列开拓出一种超越现实、回归古典或自然的人生境界，来稀释现实的大苦难、大悲哀；韩少功的'楚文化'小说虽然不乏批判性，但在《爸爸爸》中以瑰丽奇诡的色彩描绘的野蛮愚昧却同悲壮得令人景仰的部族大迁徙糅合在一起，不禁使人对先民的神话生出膜拜之心。李杭育和郑义俱采用写实的手法，但前者为被现代文明所送走的'最后一个'们唱出了深情的挽歌，后者则为民族传统的道德精神举行了庄重的祭祀。总的说来，这些作品中大多可以发现勃兰兑斯说的那种'真正的浪漫的禀赋'。"[1] 从这些寻根小说中可以发现其特有的浪漫主义色彩。

在中国古典文学中，老庄的汪洋恣肆，道家的淡泊、静虚都具有浓郁的浪漫主义色彩，寻根小说中有一部分作品就具有明显的道家风范，这类作品的代表是阿城的"三王系列"，尤其是他的《棋王》。阿城用一种静观默察、虚静空明的观照方式写作，以求达到老子所说的"致虚极，守静笃，万物并作，吾以观复"的境界，他采取无所谓喜忧、无所谓褒贬的方式写作。在他的《棋王》中，"我"的父母在运动中被打死，剩下"我"一人到农村去插队，在车站"我"以非常平静的心情看着那些闹闹哄哄、哭哭笑笑的人群，没有如常人那样大悲大痛；在他的《树王》中，对知青们砍树的愚昧之举无所谓贬，对"树王"以身护树的耿耿之心也无所谓褒，依旧用一种心静如水、不动声色的语气描写；在《孩子王》中，在让"我"去教书的时候，大家都很羡慕，"我"没有什么高兴的表现，后来不要"我"教书了，大家都为"我"叹息，"我"也没有什么难受的表

---

[1]　王庆生主编：《中国当代文学》下卷，华中师范大学出版社 1999 年版，第 26 页。

情。作者以浪漫主义特有的静虚方式，以自由平和的心境，描绘出自由的境界。这在很大程度上，克服了现实主义创作方法理念化太强、审美化不足的毛病。

在作品意韵上，阿城追求道家的"身心合一、天人合一"的境界。在《棋王》中，王一生沉迷于下棋，对其他则清心寡欲，喜吃而不馋，寡欲而无忧，连他的外形也是一副仙风道骨的样子。王一生强调"吃"，而反对"馋"，因为，吃是养生，馋是超出了养生的需求而追求感官的享乐、追求对欲望的满足。这在王一生和"我"在火车上分别讲的"吃"的故事中得到充分的表现，"我"讲了巴尔扎克的《帮斯舅舅》的故事，王一生说："这个故事不好，这是一个馋的故事，不是吃的故事，帮斯这个老头儿若只是吃而不馋，不会死。"这实际上就是老庄所谓"弃五色，绝五音，摒五味"的境界。

另外，王一生寡欲，因为寡欲所以无忧，王一生说："'忧'这玩意儿，是他妈文人的作料，我们这种人，没有什么忧，顶多有一些不痛快。"在清心寡欲的基础上，王一生追求的是养性，他以"心"超然物外。他说，书搜走了就看不成了，而棋在他心里，谁也夺不走，他下棋可以不要棋盘、棋子，即使是他一人下九局连环，也是在心里下。他有一副母亲用牙刷把子磨成的棋子，他不让给上面刻子，成为一副"无字棋"，这"无字棋"在他的心里，体现了"棋"的真精神。在《棋王》中作者还追求一种心对身的超越，王一生大战九局连环所体现的就是心对身、神对形的超越："王一生孤身一人坐在大屋子中央，瞪眼看我们，双手支在膝上，铁铸一个细树桩，似无所见，似无所闻。高高的一盏电灯，暗暗地照在他脸上，眼睛深陷下去，黑黑的似俯瞰大千世界，茫茫宇宙。那生命像聚在那一头乱发中，久久不散，又慢慢弥漫开来，灼得人脸热。"这段描写体现了阿城对生命的超越世俗、超越现实的理解，其实也是人与天接、天人合一的象征。这种"天人合一"的意韵在阿城的《树王》中表现得尤为充分，该作品首先强调的是自然与人的和谐，自然和人的关系一旦被破坏，人和自然的关系就会失去平衡。作品中那棵巨大的树叫"树王"，那个以树为生命的人"肖疙瘩"也叫"树王"，人与树相伴而生，结为一体，当大树被砍倒时，肖疙瘩也猝然而死，肖疙瘩死后老天连下了一个星期的雨，大雨过后，肖疙瘩的棺木被残根新芽高高托出地面，肖疙瘩的骨殖被埋葬后，不久就长出一片草，开白花，那白花可以医刀伤……这种描写具有浓郁的浪漫主义特色，表现了中国浪漫主义的本质即天人相通、天人感应的内涵。

在其他寻根小说中，也都具有许多浪漫主义的特点。张承志的小说具有浓郁的浪漫主义特色。他的小说跳动着诗的韵律，飞动着浪漫主义的激情。他以诗的激情构思小说，以象征性的描写表达主题。在他早期的小说《骑手为什么歌颂母亲》中，通过一个蒙古族额吉的感人故事表现"母亲——人民"这一浪漫主义主题。在他的《绿夜》《静时》以及他的成名作《黑骏马》中，母亲、额吉、草原的意象叠化在一起，成为他倾心赞美的对象，从而形成一股超凡的浪漫主义的冲击力和震撼力。而在他后期的作品中，这种浪漫主义的表现达到了物我同一、情景交融的境界。《北方的河》中，主人公"我"的人生经历和情感经历始终和北方的五条河的描绘与想象联系在一切，主人公对北方的河的探寻，实际上是在寻找一种理想化的、面向主观、面向自我的超现实的永恒精神。张承志不仅写出了北方河的自然景观、地理特性，而且写出了它们作为中华文化、当代精神体现的精神个性，展现了张承志心中浪漫主义的理想境界。长篇小说《金牧场》虽然是通过主人公的个人经历、心理历程和情感体验来表现一代人的奋斗历程，但作者深层所要表现的是对生命本质的高尚、纯真、热烈、自由的歌颂，表现青春理想历经漫漫长征、冒死迁徙以及物欲诱惑反而日渐执着、苍凉悲壮；表现了一代人的生命本质及对生命的崇拜。张承志说："生命，也许是宇宙之间唯一应该受到崇拜的因素。生命的孕育、诞生和显示本质是一种无比激动人心的过程。""是的，生命就是希望。我崇拜的只是生命。真正高尚的生命简直就是一个秘密。它飘荡无定，自由自在，它使人类中总有一支血脉不甘于失败，九死不悔地追求自己的金牧场"。"金牧场"是理想主义的象征，是张承志浪漫主义文学的总的概括。

新时期浪漫主义乡土小说是在新时期社会开放的形式下，现代社会和现代意识充溢作家头脑中，主体具有与历史和现实抗衡的个体精神时出现的产物，也是文学多元化状态下的产物。在这样的历史背景下，唤回存活在记忆里的过去，使之成为一种精神力量来抵御现代化进程中对传统中的美与善的亵渎、毁弃，从而反抗政治对文学的过分束缚，使文学真正回归文学本身。

实现历史的多重讲述

——西方新历史主义理论对新时期历史小说创作的影响

一 新历史主义理论与历史多重讲述的可能

20 世纪 80 年代，西方现代思潮中出现了一种反抗传统的历史主义、清理形式主义的理论即新历史主义理论。它对"历史与人"的命题进行颠覆，对旧历史主义的一系列思维模式、文本策略和叙事方法进行了重新界定。新历史主义理论的代表是斯蒂芬·格林布拉特、路易斯·蒙特洛斯、多利莫尔、海登·怀特等，他们强调历史的非连续性和中断论，否定旧历史主义关于历史的整体性、未来乌托邦、历史决定论、历史命运说和历史终结说等传统的历史观点。1982 年，美国加州大学教授格林布拉特在一份集体宣言中宣布新历史主义学派的成立，并将其工作重点放在对半个世纪以来的形式主义批判和对历史主义的清算上。此后，新历史主义理论在文化、历史和文学领域风靡全球，并对新时期小说创作产生深刻影响，新历史小说由此产生并力图实现历史的多重讲述。

美国著名理论家海登·怀特创立了"元历史理论"。海登·怀特认为："历史话语具有三种解释性策略：形式论证、情节叙事、意识形态意义。在每一种解释策略中，都有四种相对应的可能表达的方式供历史学家选择。对形式主义、有机主义、机械论和语境而言，可用形式论证解释；对传奇原型、喜剧原理、悲剧原型和反讽原型而言，可用情节叙事解释；对无政府主义、保守主义、激进主义和自由主义而言，可以用意识形态解释。从这个意义上说，历史学家像诗人一样去预想历史的展开和范畴，使其得以负载他用以解释真实事件的理论。"① 海登·怀特认为历史事实、历史意识和历史阐释是处在同一位置上的，历史事实、历史意识都是经过历史阐释后获得的。不可能找到原生态的"历史"，因为那是业已逝去、不可重现和复原的，我们看到的是历史的叙述，是被阐释和编织过的"历史"。因此，不可能有什么真的历史讲述。被阐释过的历史都具有虚构性，呈现在我们面前的历史就不止一种，有多少种理论的阐释就有多少种历史。人们只选择自己认同的被阐释过的"历史"，而这种选择不是认识论的，而是审美的和道德的。这种"元历史观"打破了传统历史主义的单一性、必然性和权威性，为历史的多种讲述提供了基础性的理论依据。

格林布拉特的"文化诗学"是新历史主义的一个重要理论。它大胆跨越文学与非文学、历史学与人类学、艺术与哲学、政治学与经济学的学科界限，广泛吸收了西方马克思主义的批判武器、女权主义的激进话语、解构主义的消解策略、拉康的新弗洛伊德主义、后现代主义的游戏方略、福柯的权力话语等方法，追求文化批评的开放性和多维视野。"文化诗学"强调"文化的政治学"属性和"历史意识形态"性质。前者使文学与文学史研究成为论证意识形态、社会心理、权力斗争、民族传统、文化差异的标本；后者在格林布拉特看来，人是各种历史合力的产物，人对个体控制怀有对抗性，文学在文化中具有颠覆性和抗争性作用，文化颠覆就是一种文化通过策略向主导意识系统的挑战。"文化诗学"善于将"大历史"化为"小历史"，它不是去研究正史，而是研究那些为正史所不记载的小问题、细部问题和一些被忽视的问题，它认为，为王者写的大历史是充满谎言的，而"小历史"因其具体而更真实。

新历史小说，就是在西方新历史主义文论的直接影响下出现的，另一方面，也与我国 20 世纪 90 年代的社会现实与文学发展状况有关。20 世纪

---

① 王岳川：《后殖民主义与新历史主义文论》，山东教育出版社 1999 年版，第 203 页。

80 年代中后期以后，商品经济已成为社会的主流，文学此时也在经历了意识流小说、现代派小说、新写实小说、先锋派小说等非现实主义文学后而呈现出多元化的状态，现实主义的创作成规已无法束缚作家的思想。新历史主义文论解构"宏大叙事"的观点刚好和一批想冲破现实主义的"宏大叙事"的作家不谋而合。在中国当代文学的现实主义历史小说中，曾形成了一套权威性和正统性的"宏大叙事"：即阶级斗争、人民解放、伟大胜利、历史必然、壮丽远景等都是绝对的真实，是颠扑不破的真理，只有按照这样的模式写作历史小说，尤其是革命历史小说才是符合规范的，才能达到所谓的"历史真实与现实真实"的结合。这种创作观支配着中国几乎所有的作家的头脑。但进入 80 年代以来，由于社会的转型，稳定和统一的文化语境出现了裂隙，单一的、模式化的历史小说创作观已无法让人感到满足，宏大叙事的合法性和权威性受到怀疑，正史的合法性和权威性也在动摇。从 20 世纪 80 年代中期起，大量未见诸正史的历史材料逐渐被披露出来，尤其是 80 年代中期的纪实文学，描述了许多以前未写或遮盖的历史，出现了许多"秘史""秘闻""实录""写真"等形式，如《雪白血红》《走下神坛的毛泽东》以及关于国民党正面战场的种种实录，完全不同于以往现实主义小说关于历史的评述，它跳出了现实主义小说的元叙事、元话语的成规，开始按照自己认可的真实性来选择史实、讲述历史和评价历史，开始运用自己的话语而非官方的正统的话语叙述历史。新历史主义的解构宏大叙事、解构正史、改写"元叙事"和元话语、颠覆"王者视野"等文论，使作家们开始认识到，现实主义的成规可以超越，宏大叙事也可以解构，正史的中心地位和权威性已经动摇。正如现实主义被从一元化独尊的位置挤兑下来成为多元化中的一种一样，正史也从元叙事和元话语的权威位置上被挤兑出来，成为历史多种叙事、多种话语中的一种。因此，新历史主义理论和时代的变革都给历史的多重讲述提供了可能。

因此，我国文坛上出现了新历史小说的创作潮流。叶兆言的《秦淮夜泊》《枣树的故事》，刘震云的《故乡天下黄花》《故乡相处流传》《故乡面和花朵》，刘恒的《苍河白日梦》，苏童的《红粉》，余华的《一个地主的死》《活着》，李晓的《相会 K 市》，李锐的《旧址》等小说和以往传统历史小说注重客观性、历史规律性、宏大叙事大不相同，他们开始运用后现代话语描述历史，以主体化的多种视觉，或者把历史作为一种寓言、一种假定，或者改写以往的历史；或者只是作为叙述游戏的一个依据。开始以多重方式讲述历史，彻底改变了传统历史小说的面目。

二 改写和拆解传统历史小说的历史话语和历史叙事

现实主义历史小说追求历史真实的普遍性、客观性，注重对群体命运与大我价值的思索和探究，坚决反对表现个体性、主观性。因此，现实主义历史小说是按照"宏大叙事"来描述历史，以"元话语"的标准来拟定历史真实的标准，从而形成了一系列现实主义小说历史观：历史真实必须符合正史规范，必须严肃，必须对现实生活有所启迪，必须符合当时的一系列历史主义话语规范，如历史是人民创造的，历史的必然性、规律性等等。现实主义历史小说必须表现历史的必然性、发展观、合理性，而决不能表现历史的偶然性、静止观和荒诞性。

我国 20 世纪 50—70 年代的历史小说都是在这种历史观的规范下写作的。其历史小说尤其是革命历史小说有自己的一套"宏大叙事"，它们以毋庸置疑的、超越文学的权威性和正统性向读者展示，阶级斗争、人民解放、伟大胜利、历史必然、壮丽远景都是绝对的真实，是颠扑不破的真理。

新历史小说首先运用后现代理论解构这种"宏大叙事"，改写现实主义历史小说的元话语。按新历史主义的观点，历史是按照话语的形态展现给我们的，而历史话语又产生于叙述，历史的原本状态已无法知晓，因此，现实主义历史小说认为只有自己表现了历史的真实，其实是一种话语霸权。在此基础上，新历史小说对现实主义一贯奉为至宝和真理的历史话语进行改写，去叙述另一种历史状态，以自己的方式或个人的话语讲述一些过去历史小说中无法见到的故事。描述个人感受的历史，描述非本质、非主流的历史。新历史小说采取改写的方法，首先是对已被叙述过的历史事件和历史人物进行改写，即新历史小说用现实主义的历史小说做参照物，使之"导致文本内部的互文性；两部次文本彼此反映、相互影响，进行复制和被复制的文本之间，存在着一种彼此相似的关系"①。形成了一种反讽的效果，达到解构现实主义历史话语神圣性和权威性的目的。苏童在他的小说《红粉》中充分运用了这种改写的手法，对新中国成立初我国政府对妓女进行改造的故事运用新历史小说的方法进行了改写，他把原先现实主义历史小说中关于妓女盼望跳出火坑的话语进行改写，讲述两个妓女为了不参加劳动改造，而甘心情愿恢复过去生活的故事。苏童并不是有意颠覆整个妓女改造的历史，而只是把改写作为一种策略，说明社会历史的进程与个人的历史遭遇之间可能存在的悖反性，他只是以这两个妓女的特殊经历，说明历史除了具有正史的面目以外，还有另一种个性化的面貌。

现实主义历史小说也承认虚构，但是，强调这种虚构必须符合历史规律和历史进程，是在历史真实这个框架内进行的，一旦符合所谓的历史规律和历史必然，虚构便成了真实，这种真实就成为现实主义历史小说的元叙事。在现实主义历史小说尤其是革命历史小说中"元叙事是由人民的革命和解放、壮阔的时代风云、沸腾的时代生活、决定民族和社会命运的重大冲突、肩负着阶级和历史使命的英雄人物等等宏大叙事所构成的。宏大叙事归根结底就是元叙事的体现，同时它们作为元叙事的'运行部件'又构成了当代小说中正统的历史叙述"②。在现实主义历史小说中，只有符合以上这些元叙事规范才能达到所谓的"历史真实"，其他任何叙述都是虚构。实际上，现实主义历史小说把所谓"符合历史真实"的虚构当作了唯一的历史真实。正如荷兰批评家佛克马和易布思在论述毛泽东时代的文学时说："中国所有的宣传品都旨在传播这样的信念：词语与概念是一体的，而词语只要经过反复，说多了，他们所指称的东西就肯定存在于现实中了。"③

新历史小说对现实主义历史小说的"真实观"进行了颠覆，运用新历史主义理论刻意把宏大叙事庸俗化，运用滑稽模仿等手法，以证明现实主

---

① ［荷］佛克马、易布思：《走向后现代主义》，北京大学出版社1991年版，第166页。

② 王又平：《新时期文学转型中的小说创作潮流》，华中师范大学出版社2001年版，第330页。

③ ［荷］佛克马、易布思：《二十世纪文学理论》，生活·读书·新知三联书店1988年版，第123页。

义历史小说所谓的真实也不过是一种虚构，和其他虚构一样，而没有什么神圣性可言。只要是叙事就是虚构，元叙事也不例外，这是典型的后现代主义话语。这种创作观念在刘震云的新历史小说《故乡相处流传》中得到非常明确的展示。他对历史上几个重要人物曹操、朱元璋、慈禧太后、毛泽东作了完全荒诞不经的描述，他在叙述时运用将宏大叙事庸俗化、滑稽模仿等手法，让看惯了现实主义历史小说的人大跌眼镜。实际上，刘震云的写作是一种典型的新历史主义的写法，他解构了现实主义历史小说的所谓"历史真实"。说明现实主义历史小说的"真实"也是一种虚构的效果，他认为，历史是无法去恢复真实面目的，我们看到的一切历史都是在某种历史话语下的虚构和叙述，历史没有真实性可言。新历史小说拒绝对历史的真实性作出承诺，历史在新历史小说那里成了怎么讲都行的叙事。

三　以个人视野和民间视野看历史

现实主义历史小说是以官方的、胜利者的视野来看待历史，站在胜利者的立场上，以对胜利者有利的话语霸权对历史进行言说，现实主义历史尤其是革命历史小说是站在胜利、革命、进步、集体、人民等角度来选择所讲述的历史或讲述的角度。现实主义历史小说就形成了一种模式：革命历史小说基本上都是革命史的形象化描述，是在革命者认可的范畴内对革命历史的一种形象化图解，不仅如此，还必须遵守只写光明、不写黑暗，只写悲壮、不写悲惨，重主流而轻支流、重必然而轻偶然、重本质而轻现象、重群体而轻个体等限制。现实主义历史小说是拒绝用个人视野和民间视野看待历史的，否则，就会被安上"暴露阴暗""缺德文学"的帽子。因此，现实主义历史小说只能是革命历史的形象化叙述。

新历史小说认为现实主义历史小说的这种视野模式遮盖了许多历史的真相，新历史小说运用新历史主义理论从个人视野和民间视野所看的历史，不再像官方和胜利者视野里的历史，认为自己认可的历史就是历史真实，自己就是全面、权威的历史。它承认历史所存在的缺陷，如不连贯性、非权威性、不可靠性等。而且还极力展示这种缺陷，以说明历史的不可知性。反过来也说明现实主义历史小说的视野也是以遮蔽某一种历史真相而存在的，不能以此就以历史真实、历史规律等权威性而自居。刘恒的新历史小说《苍河白日梦》就是以个人视野描述历史的典型作品，该作品以一个百岁老人（小名叫耳朵）来讲述八十多年前曹家大院里发生的故事。这是以耳朵的个人视野讲述的故事。作品强调了耳朵作为个体对整个故事的不完整和片面的讲述。首先，作为百岁老人有很多东西已经忘记了，随着时间的推移，许多社会和生活观念也发生了变化，老人只能在当下的环境中回忆，因此他的讲述与当时的真实情况相比就发生了很多变化。其次，耳朵当年在曹家大院里的仆人身份，使他对当时的事件就只能一知半解，他作为老太爷的耳目，他到处探视，能看的就看，不能看的就听，听不见的就猜，猜不着的就编，从而达到让老太爷满意的目的，因此在当时，进入耳朵思维的故事就不是完整的，也是不可靠的。所以新历史小说认为，历史是无法以完整的、呈规律性的面目展现在我们面前的，现实主义所谓有条有理、符合逻辑思维、符合所谓社会发展规律的历史也是在不连贯、不完整、不符合逻辑的基础上，为了某种目的而编造和虚构的。

另外，新历史小说强调以民间视野看历史。这和现实主义历史小说以官方视野、政治视野看刚好相反。民间是相对于主流社会和主流文化而存在的，民间去掉了政治性，而纯粹按照民间的观念和话语看待一切，不管官方和主流社会如何上纲上线，民间只以民间经验看待一切，对于民间来说，社会就是老百姓如何活着，活得好不好，就是衣食住行、婚丧嫁娶等一系列日常生活，所谓的政治、重大历史事件也许会给他们的生活带来一些变化，但变化过后还是该怎么就怎么过日子。叶兆言的小说系列《夜泊秦淮》就是用民间视野描述历史的作品。《夜泊秦淮》系列都是以20世纪初的重大历史事件为背景的；《状元镜》是以辛亥革命和张勋复辟为背景的，但作品没有去表现这场轰轰烈烈推翻帝制的伟大革命，而只是描写一个会拉二胡名叫张二胡的人，怎样在这次事件中得到一个大帅不要的女人做老婆，而这个一身毛病的女人又怎样给他带来许多麻烦；《追月楼》的背景是抗战时期日寇占领南京，这个作品没有如现实主义历史小说那样去表现中国人民的浴血奋斗和奋起反抗，作品只是写丁老先生空有一腔热血做烈士而不得，在无事的等待中，把侍女小文变为姨太太的平凡生活。作品把重大历史事件日常化、平淡化。正如有人所说："我们阅读《夜泊秦淮》，事实上并不只是在重温一段历史，而是在阅读我们自在的日常性生活。"①

四　以偶然性、荒诞性和静止观表现历史

现实主义历史小说运用马克思主义的社会历史观表现历史，运用阶级分析观点、社会发展的观点、社会革命的观点，强调历史必然性、发展观和合理性。认为历史就是真实发生过的事情，历史小说就是要客观真实地再现历史的真实，而且要写出历史的"本质""主流""必然""规律"等。而新历史小说则恰恰相反，新历史主义理论认为历史还有非主流、非本质、非必然的一面。传统历史小说是要写出历史的必然性，认为任何偶然都是必然的结果。运用新历史理论分析，任何历史都充满了偶然性，正是一系列的偶然性才构成了历史。李晓的《相会 K 市》就是以偶然性描述历史的代表。小说写的是一个叫刘东的大学生是怎样因一连串的偶然因素而成为"烈士"的，一连串的偶然决定了一个人的命运，与必然性没有任何关系。作品针对刘东描写了一系列偶然事件，刘东和小丽的爸爸决定一起去参加新四军，但在出发的当晚小丽的爸爸被抓到了日本宪兵队，刘东一人去了苏北，却被当作日军的奸细处决了，后来刘东又被批准为烈士。这一切让习惯了现实主义历史的陈陈相因、逻辑连贯的读者按照常规去联想，去想象刘东怎么被冤、怎么为革命事业作出特殊贡献等，这一切描述必须符合时代必然性和生活的逻辑性，否则就是"乱编"，就是虚假。李晓在这篇新历史小说中却用一系列的偶然因素来描述这一切：小丽的爸爸被抓不是因为有人告密，而是小丽的房东太太丢了手镯怀疑小丽的爸爸偷了，于是叫在宪兵队的外甥把他弄到牢房扣押了几天。刘东被当作奸细处决是新四军的秘密行为，杀手没有暴露身份，刘东却自认为是被敌人所杀，也就没有作任何申辩。刘东后来被当作烈士申报，则是老周的一闪念，因为老周认为对历史来说，多一个烈士比多一个叛徒要好……等等。

---

① 蔡翔：《日常生活与诗情消解》，学林出版社 1994 年版，第 141 页。

作品这一系列的偶然性因素，决定了刘东的命运。新历史主义理论的偶然性历史观在这篇作品中展现无遗。

现实主义历史小说强调历史的发展，把历史描述成一个动态发展的过程。而新历史小说则去描述历史的静止性、重复性，打破历史发展变化的模式，描述历史的静止的一面，以此打破现实主义历史小说的模式。新历史小说主要去描述一种凝滞的缺乏变化的生活状态，这种历史的静止观在新写实那里被称作"原生态"的生活。刘震云的新历史小说《故乡天下黄花》就是反映历史静止观的作品。《故乡天下黄花》选择的历史背景是中国近现代历史上最有代表的几个时期：民国初年、抗日战争、土改运动、"文化大革命"，但是作品没有如现实主义历史小说那样展现时代风云、揭示历史发展的规律、歌颂中国人民伟大的斗争，作品中所描写的是一些我们从未见过的凌乱琐屑的世俗生活，是为了个人的贪欲而循环往复的权力斗争，这些权力斗争没有任何理想、任何高尚可言，只不过是为了自己的私利和欲望而阴谋暗算、钩心斗角。不管什么时期不管什么人，也不管说着哪个时代的语言实际上都是如此。作品中用"演戏""上台""下台"等语言描述着这种历史的本质，时代变化了无数次，而其本质没有变化，都是为了个人的私利和欲望在无休止地争斗，作品以旁观者的口吻揭示一个似乎人人都明白、而人人都不明就里的道理：即人们永远在谋求权力，却永远为权力所戏弄。

在偶然性和静止观等新历史主义理论指导下的新历史小说创作，有一种让习惯于现实主义历史观的人们看似荒诞的叙述。所谓荒诞就是指极端的不真实，因此荒诞也是相对的。在某些人看来是真实的东西，在其他人看来是荒诞的；而在某些人看来是荒诞的东西，在另一些人看来则是真实的。这其中的原因，说通俗点是站的角度不同或标准不一样，从新历史主义的观点来说就是话语霸权的不同。因此，当历史被认为是由一系列偶然事件所构成，历史的有序发展被看成是无意义的重复和凝滞时，历史就被理解为荒诞。而这种理解其实还是站在现实主义的历史观的角度理解的。其实新历史小说认为这种偶然性、静止性的历史是真实的，并非荒诞的。

新历史小说在新历史主义理论的直接影响下出现和发展，它以解构现实主义历史小说的话语霸权为己任，用新历史主义的观念、方法和话语对历史进行重新言说，试图打破现实主义历史小说一元独尊的状态，实现历史的多重讲述，为新时期小说的多元化发展增加了卓有成就的、具有实绩的一元。新历史小说成功地解构了历史，并没有说明自己讲述的历史图景就是真实的历史，只是为了说明历史不是以往所讲述的一种，而是有多种讲述的可能。从而引导人们不沉迷于一种历史思维，打破束缚，用个性的而非固有的思维去思考历史与现实，这对激励人们的创新思维，具有很大的作用。

从文学的发展看全球化进程中中国文化的选择

在改革开放的过程中，全球化已成为我们的经济、文化事实和生活现实，我们已置身于一个全球化的强大趋势中。对于全球化浪潮的冲击，中国文化在全球化进程中具有两种趋势，一是积极迎接和接纳全球化的成果，和全球化接轨。另一种是固守自己的民族文化传统，以保持和捍卫民族文化传统，使具有悠久历史传统的中国文化成为全球化体系中生命力强盛的一元。这两种特点在新时期文学的发展中具有明显的表现。本文从新时期文学发展的视角，探讨中国文化在全球化中的选择。

一　迎接和跟进——新时期文化和全球化的接轨

文学，是文化的主要形式之一，是文化的生产和消费形式之一，文学在承载文化的内涵和表现文化的发展变化中，是起着带头作用的。文化的发展，首先必须有全球化的观点，学习世界先进文化，和世界文化的发展保持一致。而我们在很长一段时间里，固步自封、封闭保守，使得我们的文化及文学和世界文化及文学有很大一段距离。因此，我们进入新时期后，首先是解放思想、改革开放，迎接和跟进世界文化和文学的发展步伐，主动迎接和学习全球化的成果。文学方面，在迎接和跟进世界文学的发展步伐方面就做得很好。先锋派文学、新生代文学、新历史小说以及女性主义文学等的兴起和发展，是主动接纳和迎接全球化的成果，是在现代、后现代主义思潮影响下的直接结果。在我国改革开放及商品经济条件下，一批试图打破现实主义一元化独尊、锐意求新的作家，对全球化的成果及发展采取积极的接纳的态度，文学全球化的鲜明特征——现代主义、后现代主义的理论和成果，给那些想突破单一文学创作模式的作家，带来打破旧的格局的范式和思维，他们用一种全新的方式进行创作，和世界文学接轨，向融入全球化做着不懈的努力。从王蒙的意识流写作到现在，新时期文学的全球化步伐经历了由错位到同步的过程。

在20世纪80年代初出现的意识流小说和现代派文学，是新时期文学融入全球化的起步阶段。王蒙运用意识流手法进行小说创作，使新时期文学开始了全球化的步伐，他在打破现实主义一元化独尊格局的同时，也展现了新时期文学从封闭保守到面向世界的姿态和努力。这种努力在新时期是具有突破性意义的，当时让几十年闭关自守、习惯于一种现实主义创作方法的中国读者目瞪口呆、大跌眼镜，甚至有读者和评论家对他大加挞伐。实际上，王蒙只是运用了意识流的方法，作品所反映的依旧是社会生活本质，是社会现实在人物心理的聚集，从心理流程来剖析中国传统思想的精神世界。意识流小说思潮是20世纪20年代就出现的现代主义文学思潮，王蒙在20世纪80年代开始运用，却引起轩然大波，足见我们的封闭程度以及和世界文学的差距。现代派文学的出现，比王蒙的意识流小说进了一步，现代派小说不只是运用一种方法，在其创作内核和观念上已具有真正的现代意义。刘索拉的《你别无选择》、徐星的《无主题变奏》等作品具有"黑色幽默"的特点，使我们新时期文学在全球化过程中向前推进了几十年。但是黑色幽默是西方20世纪60年代的文学思潮，而我们却在20世纪80年代中期才开始出现。而此时，西方的后现代主义、新历史主义、女性主义正方兴未艾，我们却还在争论中国有无现代主义文学。可见我们和世界文学的差距。莫言、扎西达娃小说的魔幻特点，也是学习和运用拉丁美洲的魔幻现实主义方法的结果。魔幻现实主义是20世纪60—70年代出现的文学流派，我们在惊叹于莫言、扎西达娃小说的魔幻色彩时，岂不知西方魔幻现实主义思潮已盛行了二十多年。因此新时期文学的全球化步伐在20世纪80年代与世界文学发展是一种错位的关系，这是在融入全球化的过程中存在着的滞后现象，也是中国文学由封闭走向世界的一个过渡阶段。

在 20 世纪 80 年代中后期，随着先锋派文学、新写实小说以及王朔小说的出现，新时期文学的全球化步伐和世界的距离逐渐缩小。先锋派文学有着明显的后现代主义特色，残雪、马原、洪峰、苏童、格非、余华等先锋派作家的作品明显可以看出海勒、塞林格、冯尼戈特、罗伯·格利耶、博尔赫斯这些后现代主义作家的创作模式和语言技巧的影响。在他们的作品中，充满了能指和所指符号的无端角逐和游戏活动，相互碰撞、相互交融乃至相互颠覆，既拆散了文本的内在结构，又消解了语言的含义，比如马原的"叙事圈套"，格非的"叙事空缺"。余华、格非、孙甘露等的先锋派小说明显受到"新小说"的影响，先锋派文学破坏小说的文体规范，使小说诗意化、语言化、无情节化、无人物化等，并且强调极端的个性化的感受，着重强调叙述人的叙述视觉，先锋派文学可以没有人物，没有时间、地点，更谈不上故事，具有明显的后现代主义色彩。后现代主义文学思潮是战后出现一直延续到 20 世纪 70 年代的世界文学思潮，新时期文学的后现代特色在 20 世纪 80 年代中后期出现，明显和世界文学主要思潮的距离缩短，虽然仍旧滞后，但距离越来越短，可见我们新时期文学全球化步伐已迈得很大，正努力向着和世界文学思潮同步的目标迈进。

进入 20 世纪 90 年代以后，随着中国改革开放的深入，以及中西文化和文学理论之间交流的扩大和深入，新时期文学的发展和世界文学的发展逐步同步。20 世纪 90 年代以后，西方的文学理论和文学批评进入了"后现代主义之后"的阶段，女性主义、新历史主义和后殖民主义文论，尤其是文化研究的出现，使得我们文学和文化的联系进入了一个前所未有的新阶段。这些新的文论的介绍已和西方的发展开始同步，在这些新的文论的指导下，20 世纪 90 年代新时期出现了"女性主义小说""新历史小说"以及具有"后殖民"色彩的文学。女性主义文学是直接在 20 世纪 90 年代西方女性主义与后现代思潮结合的理论指导下，以解构男权话语霸权，建立女性话语的写作为己任，其中包含着强烈的文化色彩，林白、陈染的小说就明显具有这种特色，可以说 20 世纪 90 年代的女性主义文学已和世界主要文化思潮开始同步。而新历史小说也是在新历史主义的指导下的写作，斯蒂芬·格林布拉特、海登·怀特等人的新历史主义否定历史整体性、历史命运说、历史决定论等旧历史主义观点，否定正史、大事件和所谓伟大人物及宏大叙事，而以普通人和一些逸闻趣事作为分析对象，看其人性的扭曲或人性的生长。20 世纪 90 年代的一些作家如刘震云、苏童、李锐、李晓等人，就是在这些新历史主义的指导下进行写作的，他们解构当代文学中的宏大叙事，以个人性代替集体性，以民间视野代替"王者视野"，形成了 20 世纪 90 年代颇具规模的新历史小说创作思潮。当"后殖民"理论正在西方方兴未艾之时，徐小斌的《敦煌遗梦》就创造出一个颇有"东方主义"异国情调的介于现实和虚构之间的世界，从而为后殖民批评提供了难得的文本。可见，20 世纪 90 年代新时期文学的发展已与世界主要的文化思潮的发展同步，开始融入全球化的进程。

二　固守与保持——以中国特色的文化为全球化增添独特的色彩

全球化不是单方面的向世界其他民族文化的学习，全球化也绝不是美国化。全球化一方面是学习西方的先进文化，另一方面我们必须弘扬我们的传统优秀文化，让我们的传统优秀文化作为全球化中的一元，使具有悠久历史传统的中国文化成为全球化体系中生命力强盛的一元，而立于世界民族文化之林。因此我们必须发扬我们的优秀文化，固守和保持我们的民族文化。以中国特有的文化为全球化增添独特的色彩。在这方面，新时期文学做出了应有的贡献。一批作家在全球化进程中，弘扬中国传统的民族精神和文化精髓，试图在全球化的过程中创造独具中国特色的文学图景，为全球化增添独特的色彩。这批作家就是我们称作浪漫主义文学思潮的人们，他们创作的寻根文学、乡土风俗文学、知青文学以其特有的中国特色、弘扬民族主义精神、弘扬中国传统的文学魂，试图在全球化的过程中展现具有中国鲜明本土特色的一元，从而使全球化成为具有中国独特声音的多元化的格局。

浪漫主义文学思潮包括寻根文学、知青文学和乡土文学。寻根文学一改往日歌颂或批判的现实主义模式，发掘民族文化意识的源流、继承关系，表现置身于政治和"历史"以外的自在生活和自由精神。

张承志的《黑骏马》《北方的河》、阿城的《棋王》、汪曾祺的《破戒》、韩少功的《爸爸爸》、贾平凹的"商州文化系列小说"、李杭育的"葛川江系列小说"等作品，将笔触伸向民族传统中具有封闭性的文化心理结构，揭示出这种文化心理结构中合理的文化传统因素和落后的封闭因素，再一次提出如何继承传统文化的精神优势、继承中国古典哲学的合理内核并以此为基础建构新的文学。从中国传统文学的内蕴中弘扬传统的民族精神和文化精髓。

乡土文学退避政治，寄情于过去了的乡情、乡思、乡俗，去表现民间贩夫走卒的俚俗谐趣，古代文人隐士的流风遗韵，自然田园的闲情逸致。把那些以往被政治和"历史"排除在外的美好人和事告诉人们，用花草虫鱼、饮食男女、琴棋书画、苍云白日、小桥流水代替以往的政治主题。表现乡土小说回归审美主体的倾向。这些具有纯粹中国特色的内容和方法，和那些极力学习西方现代、后现代方法的创作形成了鲜明的对照，从而具有浓郁的中国特色。

在全球化的过程中，追求文学的民族化，试图以自己民族的特色为全球化增添独特色彩，其努力主要表现在以下几个方面：

第一，表现和发扬中国传统民族文化。最具中国特色的传统民族文化是儒家文化、道家文化和佛家文化，这三家文化对中国文化的形成和发展都具有决定性的意义，它们从根本上塑造了中国文化的特质。浪漫主义小说思潮中的寻根小说和乡土风俗小说在他们的作品中表现和发扬民族文化传统，民族文化成为他们作品的灵魂。他们"返回"到民族传统文化之中，在颇具浪漫的描述中为自己伟大的民族文化而深深自豪。"一种混合着诗人心灵变化多端的想象和轻快、洒脱、飘逸的幻想，在同一部作品中将近处和远方、今天和远古、真实存在和虚无缥缈结合在一起，合并了人和神、民间传说和深意寓言，把它们塑造成为一个伟大的象征的整体。"①一部分作家在他们的作品中表现和发扬儒家文化。汪曾祺以"世道人心"

---

① 《19世纪文学主流》，湖南人民出版社1983年版，第26—27页。

为自己的创作目的，在他的作品中着力歌颂我们民族的以仁爱之心待人、互相帮助、扶危济困、淡泊自守、通达正直、讲求名节等特点。张炜的作品则以儒家文化反观商品经济条件下的世风日下、道德沦丧。儒家的伦理道德在寻根小说思潮中作为一种民族命运的思考，表现了传统的仁义观念在历史巨变中的延伸和变化。另一部分作家则着重表现道家文化，以老庄朴素博大的精神与自由的活力展示自在自为、自由庄重的人性思想。因此，在阿城的《棋王》《树王》中，宇宙、自然、人高度合一，带有鲜明的道家意味。贾平凹借助古老的观物方式，在"浮躁"的时代气氛中，试图以老庄的思维方式来调试民族心理。张炜的《古船》让主人公手里拿着两本书，一本是《共产党宣言》，一本是《天问》。可以看出他以老庄宇宙观容纳现代人对宇宙的幻想。道家的朴素自然、天人合一、静虚平和、真诚散淡的人格理想在他们的作品中得到发扬光大。还有一部分作家在他们作品中表现佛教特色，比如范小青的《瑞云》《牵手》，贾平凹的《烟》，史铁生的《老屋小记》等作品，表现了佛教的慈悲为怀、普度众生、顿悟真谛、豁达处事的特点。

第二，描绘和展现地域文化。浪漫主义思潮中寻根小说和乡土风俗小说以不同的人文地理区域的风情文化营造风格，以各自不同的地域文化展示独特的民族风俗画，这些作品以鲜明的地域特色，构成一道独特的风景线。李杭育的"葛川江"系列小说以江南的自然山川、历史风情作为文化背景加以描写，他通过"最后一个"的形象，表明他对古老文化、地域文化的留恋与怀旧，也表明他以地域文化和古老中国传统文化为骄傲的创作本质。他作品中浓郁的吴越文化特色，使他的作品具有独特的地域文化内涵。

郑义的《远村》《老井》等作品展现了晋地儒家文化的特色，积极、入世、进取、强悍，作品中人物具有执着、壮烈的特征。杨万牛在屈辱的生活中升华出崇高的人格力量；旺泉和老井村的农民为打井忍辱负重，展现了晋文化坚韧不拔的精神。邓友梅的京味小说具有鲜明的市井风味与北京味，他的作品中展现了许多北京民俗，这使他的作品具有民俗学、文化学的意义，而他作品中人物则浸染着浓厚的京城特色，如那五是北京纨绔子弟的活画像，他身上包含着丰富的没落的八旗文化和市民文化。

另外还有贾平凹的"商州系列小说"的秦汉地域文化，张炜、矫健小说中的山东半岛的儒家文化色彩，汪曾祺的江苏高邮水乡特色，刘绍棠的京东北运河岸的田园风光，陆文夫小说的苏州市井风俗，湖南作家群的潇湘风情……他们在各自的地域中辛勤耕耘，对"绚丽、奇瑰"的楚文化，对"清雅、幽默"的吴越文化以及各具特色的地域文化深入挖掘，展现出颇具特色的地域文化的深层内涵。

第三，追求传统的审美意识。中国文学具有自己独特的审美意识：重感觉、重意境、重简约、空灵、含蓄、淡雅、重炼字、炼句，以及追求人与自然的融合，即"天人合一"，表现对自由境界的向往，挥洒主观情感，扩张想象力和创造力等。追求文学民族化的作家以这些中国特有的审美意识为指导，创作出一批具有独特审美意识的作品。何立伟说："西方尚理，东方崇情。西方人凭脑子驰笔，东方人依心臆挥毫。固然无分厚薄，但私心所爱，仍是东方民族性所注重的一个'情'字。试想我们民族多少永不为时间尘砾所埋没的优秀瑰丽的篇什，莫非以情动人，且以情见长啊。"[1]贾平凹也说："从而悟出要做我文，万不可类那声色俱厉之道，亦不可沦那种清糜浮华之艳，'卧虎'，重精神、重情感、重整体、重气韵，具体而单一，抽象而丰富，正是我求之而苦不能的啊。"[2]《白色鸟》《一夕三逝》《商州初录》《棋王》《受戒》等作品都是这种审美追求的成果，从而使这些作品具有中国特有的美学意韵。

汪曾祺从古人所说的"为文无法"中为小说的"散文化"找到了根据，如《破戒》《大淖记事》；何立伟以唐人绝句和中国文人画为楷模，把小说当诗来写，如《白色鸟》《一夕三逝》；贾平凹学习陶渊明、韩愈、苏轼至曹雪芹、蒲松龄等的作品，从中悟出"空灵"的意韵，如"商州系列小说"。在全球化过程中，许多人追求西方现代、后现代手法的审美意识，逐渐全球化而缺少中国特色，在这样的环境下，这些追求中国传统审美意

---

[1] 何立伟：《关于白色鸟》，《小说选刊》1985 年第 6 期。

[2] 贾平凹：《卧虎论——文外谈文之二》，《贾平凹散文自选集》，漓江出版社 1990 年版，第 555—556 页。

识的作品确实具有特殊的意义。

三 迎接与保持的有机结合——全球化进程中中国文化的发展方向

以上两种选择都有其积极意义和局限。第一种选择使中国文学融入了全球化的进程，使中国文学和世界文学的发展一致，打破了以前文学的单一化局面。但是由于有的作家过于全盘西化，过于学习西方而抛弃中国文学的传统特点，使有的小说没有读者，而失去了小说应有的作用和意义。如先锋派小说过于注重形式的创新，他们循入历史，进行纯粹意义的文本、叙述的实验，因而他们的作品远离现实，缺乏可读性，成了远离大众读者的作品。先锋派作家在 20 世纪 90 年代后认识到这一点，开始向现实性和故事性回归，实际上是向民族性和传统文化回归。第二种选择在全球化进程中，弘扬中国传统的民族精神和文化精髓，试图在全球化的过程中创造独具中国特色的文学图景，为全球化增添独特的色彩。这种选择和努力具有积极意义，今天，鲁迅的"愈是民族的愈是世界的"这句话依旧具有积极意义，只有保持我们的民族文化和特色，我们才不会失去自我，也才会在世界文学的发展中具有我们的地位和价值。但是我们必须看到，现在是全球化的时期，纯粹的不受世界影响的民族文化是不存在的，民族文化也在全球化进程中有了新的形态和特质，因此我们在弘扬民族传统时，应该要注意民族文化、传统文化的发展和开放的特点。其实在新时期浪漫主义作家、新时期地域文化作家那里，我们看到他们已经开始注意民族文化的发展和开放特点。他们一方面注重民族文化的展示，另一方面也注重民族文化的发展和开放特色，而且在写作方式上也在使民族性和世界性有机结合。因此，迎接和保持的有机结合，既迎接西方现代、后现代文学思潮的东西，又保持我们的民族文化特色，是新世纪中国文学的发展方向。我们要创作既具有世界性又具有民族性的文学。不管是残雪的"浮云"，还是格非的"迷舟"，不管是刘索拉的"音乐学院"，还是莫言的"高密东北乡"都明显具有中国的氛围和特色，是在中国土地上出现的能让世界认可的文学。

在这方面，我认为小说《尘埃落定》做得很好，为中国文学在全球化过程中做到迎接和保持的有机结合作出了榜样。《尘埃落定》所描述的内容是民族性的，它描述了一个藏族部落的兴衰。藏族特有风俗习惯的丰富多彩，藏传佛教的神秘博大，雪山的美丽和神圣等等都具有浓郁的中国文化特色，具有浓郁的藏民族特色。这只能是中国的西藏才具有的民族文化特色。但是在阿来小说的方法和技巧上，则明显可以看出西方现代、后现代文学思潮的影响，作品用一个傻子来叙述，这明显可以看出受福克纳的《喧哗与骚动》中用白痴讲故事的影响，这就增强了故事的具体性和原初性，一种不加任何意识形态化和抽象化的原初景象，使文学的叙述具有质感和强烈的真实感。另外，《尘埃落定》的整体氛围具有魔幻现实主义特色，它把虚构与真实，神话与现实，历史与现在交替在一起，同时糅合西藏的奇异自然、民族风情和神秘的宗教文化。夸张和神奇、怪诞与幻想使作品具有一种特有的魔幻色彩。可见阿来是用全球化的形式表现民族性的内容。所以《尘埃落定》是一部具有世界意义的作品。因此，用全球化的形式表现民族文化的内容，让全世界都认可的方法为我们民族文化的传播和发扬光大服务，应该是我们中国文化在全球化进程中的一条可行的道路。

全球化过程中我们文化的这两种态度，无所谓对错，在文化相对主义、文化多元主义的今天，不再是非此即彼、非彼即此，而可以亦此亦彼，它们同时存在，也说明了后现代主义的影响和作用。二者不是完全对立的，实际上，这两种态度所指导下的选择，并不是完全按照某一种观点的纯粹的选择，而是以自己的观点为基础，兼容对方的优点，形成一种融会中西文化精神与文化传统，以开阔的气势、兼容并包的胸怀、创新求变的热情，在全球化的环境中选择、接受，融会中西文化的优点，创作出优秀的文学作品。使中国文学作品既具有民族性特点又具有世界意义，那将是我们新世纪文学发展的方向，也是中国文化在全球化中的正确选择。

新时期女性主义小说的困惑与出路

20 世纪中国文学的发展，不能不记取一个重大的文学现象，那就是女性主义文学的产生与发展。在 20 世纪中国文学发展史上，出现了一个以女性性别命名的文学思潮并取得了突出的成就，这不能不说是女性主义的胜利。女性主义文学以其强烈的反传统和反文化的姿态，站在女性的立场反对男性中心主义和与之相关的社会及文化体制，以提高女性的意识和觉悟为己任，解构和颠覆以男性或父权为主宰的权利关系，解构男权话语霸权，并试图建立女性自己的话语体系。女性主义文学发展的主要体裁是小说，因此本文从女性主义小说的发展入手，分析中国女性主义文学在发展过程中的弊端和困惑，探讨中国女性主义文学发展的出路。

一　新时期女性主义小说的发展和成就

新时期女性主义小说从 20 世纪 80 年代开始出现，在三十多年的发展过程中，取得了令人瞩目的成就。新时期女性主义小说的发展，可以分为两个阶段：

1. 追求精神的平等：20 世纪 80 年代女性主义小说

进入新时期的第一个文学思潮是人道主义文学思潮，在这里"人"是包括男人和女人在内的"大写的人"，此时，女作家和男作家一起为争取人的共同权利而努力，同时也在人道主义的文学思潮中展现出不可替代的独特风采。随着人道主义文学的深入和女作家创作的继续，一批对女性意识有着独特感受的女作家，在人道主义的内涵中，逐渐展现出不同于男性的创作特色，挖掘出女性主义的内涵：那就是首先是人，然后才是女人。她们首先争取到和男性同等的"人"的权利，然后才能去追求女性的特点。从 20 世纪 80 年代的女性主义小说作品中我们可以看到，此时女性主义小说的本质是追求精神的平等。因此，张抗抗、方方都宣称：我们首先是作家，其次才是女作家。其实际含义是：我们在生理上和男性有差别，但在精神上和智慧上一点也不比男性差，不需要用"女"字把我们划归到另类，不需要居高临下地用"女"字来所谓照顾我们，我们在精神上、智慧上和男性完全平等，我们甚至在某些方面比男性更优秀。当然，她们也清楚地看到女性在男权霸权压抑下的实际状况。这种对女性现实地位和处境的确认，对人道原则和理想的渴望，是女性意识觉醒的第一步，正是这第一步的迈出，才带来了新时期女性主义小说的蓬勃发展。

因此，一批女作家开始逐渐偏离男性的主流话语，进行女性主义文学的创作，其代表是张辛欣和张洁。

张辛欣是新时期较早探讨女性问题和反思女性处于男权压制下处境的作家之一。她的作品《我们这个年纪的梦》《我在哪儿错过了你》《最后的停泊地》等作品，对女性知识分子在男权统治下的处境作了详细的描述，用女性主义的视觉对女性的多重矛盾心理做了逼真的描写。它对青年知识女性的人格独立、事业抱负与女性对家庭、婚姻等传统义务的冲突，女性争取精神平等和男权对女性的压制等矛盾作了集中的展现。

张洁的女性小说中的女性意识比张辛欣的要深入一些，她不再愿意为了所谓的爱情去迁就男性，而是以更为强烈的反抗来表现她的女性意识。她发表了一系列具有女性意识的小说，如《爱，是不能忘记的》《方舟》《祖母绿》等。张洁对女性处境看得更加清楚，因此她的反抗也比张辛欣更为激烈。在张洁眼里，男人是如此让女性失望，男性在她的眼里，鄙俗、自私、怯懦、虚伪、卑劣，没有一个是能称作男子汉的人。这类作品还有张抗抗的《北极光》、铁凝的《麦秸垛》、陆星儿的《今天没有太阳》等。

2. 张扬女性内在体验：20 世纪 90 年代的女性写作

20 世纪 90 年代以后，新时期的女性主义小说进入了"女性写作"阶段。女作家更多地关心个人的生命体验和生存状态，站在女性的立场上，以一种无所顾忌、我行我素的姿态挑战男权文化。此时女性主义文学以女性视觉直面女性的生存状态更加有力度，表达女性自己的感受更加孤独和执着。一些作家将女性的性别体验以一种"私语"的方式描绘出来，从而形成了20世纪90年代"女性写作"的创作热潮，成为90年代文坛一道颇为靓丽的风景线。女性写作的代表作家有林白、陈染、海男、徐坤等，她们的写作具有女性主义和先锋派的双重特色，她们借助一种解构性的文学实验大胆描写特有的女性经验，如陈染的《与往事干杯》中对少女成长心路的表现，林白的《同心爱者不能分手》中的女性潜意识心理的发掘以及对女性隐秘的性经验的描述，使女性主义小说进入了具有文化内涵的"女性写作"阶段。

20世纪90年代的女性写作有两种走向：一种是描写女性独特的体验，沉浸在女性细密的情感世界和身体世界。这类作品往往以一个女性叙述人为中心，讲述女性或女性家族的成长历程和历史经验。如铁凝的《玫瑰门》，林白的《一个人的战争》等。性别差异在这里体现为女主人公独特的人生经验和成长经历，也体现为女叙述人对这一经验的认同性叙述方式，主人公的人生经历主要都是与身体有关的私密性生活，比如对性的体验，对身体的感性认识，对性生活的披露等，并且刻画了一批与传统女性截然不同的人物形象，这些人物大都具有在传统观念看来"越轨"的行为和做法，因而对传统的阅读经验造成强大的冲击力。另一种走向是在日常生活场景中体察男权社会的强悍与冷酷，于最不引人注目的角落拆解男女平等的神话。这类作品突出暴露女性在现实中的困境。比如徐坤的《狗日的足球》《相聚梁山泊》等作品沉重而冷酷地粉碎了现代女性独立自主的虚妄地位，让男性主流社会的铁青面目暴露无遗。

二　新时期女性主义小说的弊端和困惑

20世纪中国女性主义文学发出了女性反抗男权霸权的声音。它以从未有过的姿态展示女性追求男女平等的种种努力。但是，新时期女性主义文学在发展过程中也出现了一些弊端和困惑，它们影响着女性主义文学的生命力及其发展路径。这些弊端和困惑主要表现在以下几个方面。

1. 困惑一：女性主义就是驱逐男性吗？

女性主义文学的出发点是反抗男尊女卑的社会、文化现实，因此，在新时期女性主义文学发展的初期，女性主义作家们首先是反抗男权霸权，展示女性在现实生活中被男性压抑的现实。女作家在反抗男尊女卑的过程中，逐渐发现自己的能力和优点，发现女性不比男性差，甚至在很多方面比男性强。于是，一些具有女性意识的女作家开始打心眼里瞧不起男性，她们认为男人是如此让女性失望，男性在她们眼里，鄙俗、自私、怯懦、虚伪、卑劣。这在张洁的作品中有非常明显的表现。在《方舟》中她描写了三个在事业和"做女人的乐趣"之间毅然选择了事业的优秀。知识女性柳泉、梁倩、荆华，她们和丈夫离婚后住在了一起，互相帮助、互相关照，也一起反抗着男性对她们的刁难、报复、嘲弄甚至性骚扰，她们不是小鸟依人的女人，她们不愿做男人所规定的"好女人"，魏经理、谢主任、白复山、铁司机等人共同组成男权中心主义的世界，共同压制着不愿意完全屈服于他们的女性。而这些男性是什么样的人呢，他们没有信念、没有理想，目光短浅、玩弄权术，既对人缺乏理解和同情，又无法对社会和家庭承担责任，一句话，他们身上没有让女人看得起的地方。张洁用以毒攻毒的方式，把男性神话完全撕碎，踩在脚下。男性的面具在张洁的笔下完全被撕开，露出丑恶、猥琐的本来面目。

张洁在她的《祖母绿》中，展示了男人的虚伪、丑陋本质，而女性则坚强、独立和充满爱心。曾令儿一次次在生活的激流旋涡中救助左葳，换来的却是一次次背叛和伤害。张洁在"痴情女子负心汉"故事的现代版中，把男性的本质揭示得淋漓尽致：男人不停地向女人索取，索取"爱情"、索取"忠贞"、索取"痴情"，还索取种种实惠，他们的人生法则就是索取和占有；而女性却是不断地给予，给予温馨、给予柔情、给予爱、给予男性所需要的一切东西。在男女对比中，张洁对女性的赞美和对男性神话的颠覆表现得非常明确，为女性写作颠覆男性话语霸权提供了颇有成就的蓝本。

随着张洁对男性本质认识的深入，她的作品开始把男性排除在她的视野之外，开始着重对女性生活进行单性的展示。在《世界上那个最疼我的人去了》中，张洁展示女性的单性生活，不再以男性作为自己的伴侣，而是展示女性之间的智慧、能力和相互理解。这是一篇关于"母女情谊"的典型书写。张洁是唯一宣称自己的祖籍随母亲而不是随父亲的人。在自传中她这样写道："张洁，女，1937 年生于北京，随母亲而不是随父亲祖籍辽宁抚顺章党区下哈达村。"① 张洁追忆母亲的生活，母亲和张洁共同支撑着一份女性的天空，母亲承担了母亲和父亲的双重角色，母亲给予她以爱、平等、希望，给了她一切。而她作为另一个母亲，再将这种爱给予母亲和女儿。在她们的世界里所有男人都是外人，父亲是从来就不存在的，即使是自己的先生，也是不能进入她们的世界，因为只有"母亲才是自己人，而先生是外人"。

《玫瑰门》是铁凝于 20 世纪 80 年代末完成的一部长篇小说，该作品是以母亲或者说以女性的血缘为线索建构的小说，作品从母系谱系的梳理出发，探讨女性的原欲世界。作品是关于三代女人——外婆、儿媳、孙女在"文革"中特殊生活的描写，揭示了三代女人隐秘的内心世界。在这个由三代女人所构成的世界中男性全部缺席，这是一个纯粹由母系构成的世界，铁凝在这种结构的设置中，完全流于单性生活的展示。

此后，林白、陈染的女性写作，除了为表现对男性的仇视而描写男性以外，许多作品都是男性缺席，只描写女性的单性生活。在《回廊之椅》中，林白详细描写了朱凉和七叶两个女人之间相濡以沫、相依为命的情感，她们的同性之爱，在林白的笔下闪烁着温馨、圣洁的光辉，它不是人们常说的"友谊"，它接近爱情，又超乎肉欲。林白写出了她们对同性之爱的渴望和憧憬，写出了女性对女性的理解和爱。

中国女性主义小说从反抗男性到疏远男性，直至驱赶男性，刻意塑造了一个没有男性只有女性的世界。她们试图证明："男性匮乏的世界依然是一个世界——一个自足的世界、一个不依恃男性造物主的世界。"② 显然，这是女性主义小说的弊端。这个世界是由男性和女性共同构成的，不

① 张洁：《张洁文集》，人民文学出版社 1992 年版，第 1 页。
② 王又平：《新时期文学转型中的小说创作潮流》，华中师范大学出版社 2001 年版，第 446 页。

会也不可能只有女性单独存在。女性主义的最终目标是两性和谐美好，仅仅靠驱赶男性、建立一个没有男性存在的世界只是女性主义者的一种虚妄，也达不到反抗男权霸权的目的。

2. 困惑二：女性主义就是展示女性的隐私吗？

女性写作最主要的方法是对女性隐秘体验的展示，而所谓女性隐秘主要是女性生理隐私和性隐私。这类小说往往以一个女性叙述人为中心，讲述女性或女性家族的成长历程和历史经验。林白的《一个人的战争》《守望空心岁月》，陈染的《私人生活》《无处告别》，徐小斌的《羽蛇》《迷幻花园》，海男的《我的情人们》《女人传》等都是如此。她们对主人公的人生经历的描写主要是展示其生理隐私和性隐私，比如对性的体验，对身体的感性认识，对性生活的披露等，女性的天地仅限于幽暗的窗帘之内，镜子、浴室等是小说中最常见的道具，女性意识主要是表现女性的自慰、自恋以及对男性的仇恨。这些作品刻画了一批与传统女性截然不同的人物形象，她们大都具有在传统看来"激进"的行为和做法。

林白的《一个人的战争》描写了一个女人的成长故事，作品从多米作为小女孩的感受开始写女性意识的萌动和苏醒，多米在看计划生育的宣传画时知道了男女的性别差异，偷偷看女人生孩子知道了女人人生中一个重要阶段。她在对自己发育的感知、对女人身体的偷窥以及对成人的模仿中，逐渐认识女性的身体。人们都只看见了合乎社会规范的女性，但不知道这个塑造过程中的内在一面，不知道一个女孩成长为一个女人的内在感受和内在经验。林白详细地描写了多米的"初夜"，那种与爱情无关的暴力入侵彻底地撕碎了两情相悦的神话。至于"爱情"，当 N 用欺骗和伤害彻底杀死多米的爱情后，多米说："我想我此生再也不要爱情了。我将不再爱男人，直到我死。"林白把女性的成长看成一场不见硝烟的战争，这是女性和男性的战争。在"性"与"性别"的交互影响中，伴随着女性极端的隐秘的体验，多米由一个女孩成长为一个女人。

陈染的"个人化写作"，描写都市女性的内在体验，尤其是女性的性体验。《与往事干杯》描写了少女肖蒙在成长过程中所经历的青春期的躁动、渴望、恐惧等心理体验，用大量的篇幅描写了女性原欲觉醒的过程。

而《私人生活》则通过女性心理隐私和性隐私展示女性的隐密世界，展示了女性不为人知的隐秘生活，从生理和性的角度展现女性对自身的独特思考。

这种女性生理隐秘体验的展示，目的是反抗男权压迫，打破几千年来由父权文化制度所造成的女性内在体验的神秘化。但是，过分展示和描绘女性的生理隐私和性隐私，把女性解放等同于身体解放，实际上是将女性解放和性解放混同，女性解放就成了乌托邦。

三 新时期女性主义小说的目标与出路

1. 反抗男权霸权依旧是新时期女性主义小说发展的初级目标，也是女性主义小说发展的基本出路。

女性主义小说发展到今天，反抗男尊女卑依旧是女性主义的主要目标，也只有反抗男尊女卑，女性主义小说才有出路。虽然今天女性的地位大大提高，女性追求平等的意识越来越强，但男尊女卑的现象并没有消失，男权霸权在很多方面还非常明显和强大，男尊女卑的现象依旧非常严重。近来媒体曾经大张旗鼓地讨论女性"干得好不如嫁得好"就是这种现象的明显例证。反抗男尊女卑依旧是新世纪很长一阶段女性主义文学的主要目标。

徐坤的作品突出展现了当今社会男尊女卑的本质。她的作品不是强调女性个性化的体验，而是用讽刺的手法暴露女性生存的困境。她不像林白、陈染那样以女性的隐秘体验来建立一个女性的私秘世界，而是反映时时处处都存在的男性霸权的现实，使所谓男女平等的神话在她的作品中不复存在。

《狗日的足球》就是这种拆解男女平等神话的典型。主人公柳莺是个平常的女人，没有什么特殊的女权思想，她爱好足球，只是因为男朋友喜欢而已。但在一次和男朋友去看球时，她发现千百万人铺天盖地使用污损女性的语言，这让她感到非常震惊和悲愤，女性的自尊使她无法忍受这种不把女性当人的、充满了侮辱的语言，而在这种状态中，柳莺无法使用属于女性的语言，此时，没有一种不侮辱女性的语言能使用。"这个世界根本没有供她使用的语言，所有的语言都被他们发明来攻击第二性的，所有的语言都被他们垄断了。"柳莺在屈辱中想反击，却发现根本就"没有了自己的声音"。于是，她只好悲愤地吹响她手中的小喇叭，"她感到自己的反抗力量正在一点点被耗尽。在尖利的号声中她听到自己的嗓音断裂了，裙子断裂了，性别断裂了，一颗优柔善感的心，也最后断裂了"。徐坤就在这非常平常的一次足球赛中，把男性对女性的压制和强权展现得淋漓尽致。

如果说，陈染、林白小说是在幽闭中呈现女性的隐秘，那么，卫慧、绵绵在她们的《上海宝贝》《糖》等作品中，则是在开放中暴露女性情欲，"身体写作"成了身体展示，女性主义在卫慧、绵绵那里不过是女性在自慰和与男性的交往中追求性的满足，只不过把原先被男性占有的身体，变为主动。实际上，女性"另类写作"已成为大众传媒炒作和庸俗商业化的载体，成为那些不怀善意的"窥阴"操纵与个别书写者内在的迎合。所以有人说，在另类写作中，表面上好像是女性主义的书写，实际上，却隐藏着真正的男权意识。表面上，她们将"他们"玩弄于股掌之中，实际上她们却更深地被男性所控制。她们眼里的女性主义，就是能够随心所欲地左右、抛弃男性。应该说，这与真正的女性主义并不相符。她们对男性物质上剥削，精神上把玩、游戏的态度，正是男权主义对女性的态度。她们对于男性在物质上的依赖，使得她们在精神上、心智上不可能得到自立；她们从一位男性不停地切换到另一位男性，表面上看起来体现了"新"女性的自由，其实表现了男性对她们的更深控制：她们作为女性的魅力，只能够通过男性的肯定才得到确立；离开了男性，她们作为女性的意义将消失；她们需要男性的赏识、追逐，得不到这个，她们作为女性的心理优势将不复存在，这与女性主义倡导的女性独立南辕北辙。卫慧小说的坚硬、甚至强悍的文风、对性充满兴趣的女主人公往往使人产生错觉——卫慧是女性主义者，可是小说中体现的却是女性对于男权社会更深的依赖。

因此，追求男女平等不仅仅是反抗男权霸权，更重要的是追求男性与女性人格和精神的平等。

2. 追求人格和精神的平等是新时期女性主义小说发展的中级目标，也是女性主义小说发展的必然出路。

当男女在物质上和一些权利上开始平等后，女性主义应该追求的是人格和精神上的平等。精神上的平等不是泛平等，不是 20 世纪 50—70 年代的那种"男女都一样"，而是超越男女现实的差别所达到的一种平等，是在承认女性特点的前提下，强调在精神上的平等。女性在生理上和男性有差别，但在精神上、在人格上、在智慧上一点也不比男性差，不需要用"女"字把女性划归到另类，不需要居高临下用"女"字来所谓照顾女性，女性在精神上、智慧上和男性完全平等。

在追求男女平等的过程中，曾经有过所谓的绝对平等的时期，在 20 世纪 50—70 年代，曾大张旗鼓地提倡过"时代不同了，男女都一样"，毛泽东曾在他的《为女民兵题照》中宣称："中华儿女多奇志，不爱红装爱武装"，表面上看是男女平等，但那是泯灭了女性特点的所谓平等。因此，在 20 世纪 50—60 年代，女性爱美、爱打扮被当作资产阶级思想，是要受到批判甚至更严厉打击的，女性越男性化越受称道，于是，出现了和男人一样的"铁姑娘"以及没有女性特征的"女英雄"形象。其实从女性角度来说，这些"铁姑娘"和"女英雄"是在表面上仿佛平等情况下，遭受更为严酷的身体和精神的双重摧残。

追求精神平等所要反对的还有表面上的平等而实质上的不平等。20 世纪 80 年代以后，女性的处境比起 20 世纪 50—60 年代要好得多，女性的一些基本需求得到满足，女性爱美、爱打扮不再会受到批判，女性的性别特征开始得以正常地展现。但是，从本质来说，男性依旧是不承认男女平等的，几千年的男权文化并没有因为女性和男性有了一些平等的权利，就真正实现了男女平等。当今社会，男女不平等主要表现在精神上的不平等和文化上的不平等，在于人人都喊着男女平等的口号下掩藏着的实际上的不平等。有时男性好像特别大方，说我们是男人，让着你们（女性）吧，在选举时，专门选一个女性，以显示我们社会尊重女性，一些奖项评奖时，权力机构（其实是男权掌握的）会说她是女的，评一个给她吧；当某个女性在某方面作出成就后，他们却认为女性的成功是靠性别而不是靠智慧，在我们现实生活中，这样的例子随处可见。

在知识女性中，精神上的不平等还有另一重含义。知识女性是女性中的精英，是追求男女平等的先行者。但是，在当今社会中，知识女性感受到的男权压力比其他女性要大得多。这在张辛欣的作品中有突出的表现。在《同一地平线上》中，作为夫妻的男画家和女导演好像是处在同一地平线上，而实际上，作为妻子的女主人公，却处在明显的不平等之中。女性要追求事业，但必须是在承担了家庭的各种义务、做好贤妻良母后才可以。因此，女性在追求事业时比起男性要付出双份甚至更多的代价。这样还不行，因为女性如果顽强地追求事业上的成就，就难免淡化妻子、母亲的角色，成为男性不喜欢的"女强人"；如果只是扮演贤妻良母的形象，又会失去与"他"在事业上、精神上"对话"的条件，仍然会失去"他"。张辛欣感受到男权霸权对女性的压制，清楚地认识到所谓"男女都一样"在男性那里的本质，却不知道该怎么办。她无力也无法为女性指出一条真正通畅的大路。在《我在哪儿错过了你》中，她表达了这种困惑：作为女性，拼尽全力，像男人一样努力奋斗，结果把自己变成了"一个男性气质过多的女性"，这并不是男人所喜欢的女人。为此，她们感到焦虑和惶惑。实际上，具有了女性意识的女性是痛苦的女性，她们的痛苦不仅来自男权的压制，还来自她们的内心，她们找不到真实、可靠的归宿，也找不到最后的"停泊地"。张辛欣在发表了《最后的停泊地》后就终止了女性小说的创作，其原因是她无法在强大的男权社会里为女性找到真正的出路，因此，除了给女性的心灵添加痛苦以外，别无他用。所以，张辛欣说她不再写女性小说是不想再用女性的困惑来困惑别的女性。

女性的这种处境，经过了 20 世纪 90 年代以及新世纪的今天不仅没有得到改善，反而因为物质生活和商品社会的进一步发展，女性的处境更为艰难。在近期的热门小说《女博士的风流韵事》中，知识女性的处境更为艰难，遭受的男性压力也更为强大。女博士梦雪科研能力、管理能力都很强，她还是一位作家。就是这样一个优秀的女人，她在工作生活中还是处处受到男权霸权的压制。在家她得忍受丈夫的猜疑和牵制，在工作中她遭受贾教授、袁骅驹、方国豪等人从各方面施加的压制、排挤和骚扰。而女博士涂颖伟没有逃掉几千年来"痴情女子负心汉"的命运，她的结局更为悲惨，她先是想研制一种"钟情剂"注射到丈夫身上，希望丈夫不变心，在无果的情况下，她研制了一种新型病菌杀死丈夫，自己也割腕自尽。一个优秀的病毒学专家就这样在男权的压制下死去。这部作品出现在新世纪之初，可以揭示当今女性主义小说现状的本质，可以看出女性主义小说发展了这么长时间，女性主义口号呼喊这么多年，女性的状况还是没有得到本质的改变，尤其是在精神方面还远远没有达到平等。因此，追求精神平等是新时期女性主义小说主要追求的目标。

3. 追求两性和谐美好是新时期女性主义文学的高级目标，也是女性主义小说发展的最终出路。

女性主义文学反抗男权霸权，追求精神上的平等，最终目的是要达到两性和谐美好。两性和谐美好不仅仅是女性单方面的目标，也应该是男性所追求的关于男女关系的一种美好目标。其实，在男女不平等的状况下，居于霸权地位的男性也没有享受到两性和谐美好的感觉，女性的悲剧和状况虽然是由男性造成的，反过来也会给男性带来很多痛苦和艰难的处境。有人说，人类的历史就是两性的战争史。我想人人都不喜欢战争，人人都希望和平。那么，总有一天男女两性都会放下各自的武器，进入一种真正和谐美好的和平时期。

因为有男尊女卑的现实，有强大的男权霸权，有女性所遭受的性别压制，所以有男女两性的不平等。在不平等的两性关系中，哪有两性和谐美好的局面？女性主义所做的一切努力，就是要改变几千年来形成的男尊女卑的社会现实，争取女性和男性在社会、经济、文化、精神等多方面的平等。平等是两性和谐美好的基础，当前，这个基础还远远没有构筑坚实。所以，女性主义者仍然任重而道远，反抗男权霸权，追求男女平等，仍然是新世纪女性主义文学的重要任务。

女性主义小说一出现，就以反抗男权霸权为己任。在所有的女性主义小说中，也只有一个主题，那就是反抗男性霸权。但是，女性主义者的最终目标并不是要建立女性霸权，不是要有一天反个个儿来，实现女尊男卑，以女性压倒男性。女性主义所追求的高级目标是两性和谐美好，希望两性和谐、平等、共存和互相尊重，以和谐美好的两性关系应对人类共同的困难，共同创造人类美好的未来，共同在这样一种和谐美好的关系状态中延续人类的生存与发展，这是女性主义文学的最终目标，也是女性主义文学发展的最终出路。

现代、后现代文学思潮对新时期文学的影响

　　进入新时期以来，由于改革开放，国门敞开，西方现代、后现代思潮如潮水般涌了进来，使我们在短短几年时间内，浏览了西方近一个世纪的思想文化成就。这些西方现代、后现代文学思潮对新时期文学的影响是有目共睹和巨大的，本文着重分析西方现代、后现代对新时期文学的影响，探讨西方现代、后现代文学思潮的中国化进程。

一

　　现代主义文学思潮是 20 世纪上期西方诸多具有反传统特征的文学流派的总称。其特点是描写现代人生活在荒诞世界中的异化，以非理性代替理性，弘扬个性和自我，放弃现实主义的客观真实和浪漫主义的情感表现，强调非理性，崇尚生命直觉。对以往的一切艺术遗产和人类生活中现存文化表现出强烈的反叛意识，着力探讨现代社会中人的苦闷和焦虑。在形式上标新求异，不追求主题思想，淡化故事情节，也不刻意塑造人物形象，打破现实主义小说的语言规范，不受正常语法、句法的限制，运用意象比喻、不同文体、标点符号、拼写方法、排列方式来创造朦胧、晦涩、变幻莫测的语言境界。在艺术结构上，强调自由联想，不受形式逻辑的约束，采用时序颠倒、多角度展示等方法。

　　在新时期，最先被中国作家纳入视野的西方现代文学思潮和手法是意识流小说。威廉·詹姆斯的《心理学原理》和柏格森的"心理时间说"，使新时期的许多作家了解了"意识流"和把意识的流动诉诸具体的心理时

间的"意识流"观念，而弗洛伊德心理学的再一次被大规模介绍，使无意识学说成为新时期作家开拓又一广阔的心理探索空间的法宝。对新时期文学影响更大的是乔伊斯的《尤利西斯》、普鲁斯特的《寻找失去的时间》（又译为《追忆似水年华》）和福克纳的《喧哗与骚动》等"意识流"文学的译介。意识流小说作为西方 20 世纪的一个文学流派，其艺术特征为："其一，打破了小说由作家出面介绍人物、安排情节、评论人物的心理活动方式，重在表现人物的各种意识流动的过程。其二，自由联想是意识流小说的又一艺术特征。自由联想包括事实与梦幻、现实与回忆的相互交织，来回流动。意识流小说直接从弗洛伊德那里吸取了'自由联想'的理论，把它们作为自己创作的基本方法之一……而意识流小说家在运用自由联想时，却表现出意识流动的跳跃性、随意性和突兀多变、无规则的特点。其三，打破时空界限，进行立体交叉式的叙述以及多层次结构是意识流小说的第三个特征。……意识流小说……直接从哲学家柏格森那里吸取了'心理时间'的理论，用它来表现人物的内心世界，把过去、现在和未来互相倒置，甚至互相渗透，而导致作品在时间与空间上形成多层次的结构，颇具立体感。其四，在创作技巧上，意识流小说大量运用内心独白手法，表现了人物心理活动的全过程。"[①] 意识流小说的这些特征，强烈而清晰地打破了独霸中国当代文学几十年的现实主义创作方法，使新时期作家在现实主义之外发现还有其他的创作方法。以王蒙为代表的意识流小说开始出现。王蒙的意识流小说虽然只是吸收西方意识流小说的手法，但王蒙的这类小说再也不能称为现实主义小说或现实主义的开放性小说了。被命名为"意识流小说"，就说明他的小说创作已超越了现实主义而具有了较多的现代主义特征。而莫言以及以后的小说，则可以发现乔伊斯、福克纳和柏格森将意识流诉诸时间的影响，现代主义的特征更加明显。

　　萨特的存在主义文学对新时期文学的影响也是巨大的。在新时期之初，萨特的存在主义和他的作品都被介绍到中国，他的作品描写人的异

---

① 徐曙玉、边国恩编：《20 世纪西方现代主义文学》，百花文艺出版社 2001 年版，第45—46 页。

化、人与社会的格格不入，并主张恢复人的尊严，这些因素和当时的"伤痕文学"在某些方面有共通之处，因此，荒诞"文革"中人的"异化"，"文革"中人的尊严所受到的严酷的践踏，正常人与当时社会的格格不入等，被许多作家用存在主义的话语所描述。如戴厚英的《人啊，人!》、谌容的《杨月月和萨特研究》以及刘索拉的《你别无选择》等小说中，就具有明显的存在主义特征。

西方现代主义文学的大量进入，是在 20 世纪 80 年代初期。后期象征主义、未来主义、超现实主义、表现主义、意识流小说、存在主义文学等西方现代主义文学介绍到了中国，对已经厌烦现实主义一元化独尊的作家来说，无疑提供了非常丰富的学习版本。很快，一批作家开始写作具有现代主义特色的小说，形成了 80 年代中期的"现代主义"文学思潮。

在 20 世纪 80 年代中期的现代派小说思潮中，大批作家接受现代主义的观念，形成了一批具有现代主义倾向的中青年作家，王蒙、刘心武、张洁、张贤亮、谌容、张辛欣、张承志、王安忆、北岛、顾城、舒婷、江河、高行健等，在他们的作品中，随时可以看见西方现代主义文学的影响以及现代派的各种手法的运用，如：卡夫卡的象征手法和畸形变态描写；艾略特的文化荒原主义人生观；福克纳的意识流技巧；詹姆斯的心理分析；斯特林堡、奥尼尔的表现主义等，这些现代主义文学因素的出现，使得新时期文学创作呈现出开放式的特色。

1982 年，女作家张辛欣发表了《我们这个年纪的梦》《在同一地平线上》《我在哪儿错过了你》等作品，当时有人称之为"心理现实主义"。实际上，这些作品已带有明显的现代主义特征，比如作品中强调人的内在意识，描写年轻人焦躁不安、厌烦情绪以及对现实世界既迷惘又空虚，既失望又有盼望的复杂心情。

1985 年前后，刘索拉、徐星的小说首先被命名为"现代派"小说，他们的作品表现了年轻人玩世不恭、精神空虚、反叛一切却又找不到新的人生价值的复杂心态，这种精神意象明显具有西方黑色幽默的特点。黑色幽默是 20 世纪 60 年代在美国兴起的后现代主义文学流派，所谓的黑色幽默是指一种荒诞的病态的幽默情绪，它是植于阴暗、冷漠之中无可奈何的自我嘲讽，是一种荒诞的、变态的、病态的幽默，代表作家有约瑟夫·海勒、库尔特·冯尼特、托马斯·品钦和约翰·巴斯等。其最有影响的作品是海勒的《第二十二条军规》。黑色幽默的特点是：（一）表现在荒诞、高压的社会中人的恐惧、沮丧和迷惘，表现人在这种社会状况中既不满又无奈、既愤怒又冷漠的情绪。（二）作品中人物都是一些反英雄、反崇高、反文化的青年人。他们不像现实主义小说中正面的理想人物那样，具有超群的智力和体力以及对于痛苦磨难的抗拒力，他们粗俗、恶作剧、不检点，同时又真诚、坦率，目标的虚无感和他们的内心追求形成了巨大的反差，他们躁动不安、疲惫、冷漠、玩世不恭，因此在现实中就显得可笑和无奈。他们对待生活中不幸、痛苦和罪恶只能开个玩笑一笑了之。（三）黑色幽默在创作方法上常常运用暗示、烘托、对比、比喻、象征等手法打破时空的限制，充分展现人物内心世界，超越一切。小说没有完整的故事情节，也没有严密的结构。黑色幽默经常采用"时间旅行手法"，打破时空常规。比如冯尼格的小说《第五号屠场》就是运用的"时间旅行法"，主人公比利睡觉时是一个衰老的鳏夫，而醒来是位小伙子，正在举行婚礼。而《第二十二条军规》中可以描写一个人死了又生、活了又死。小说中人物的活动在过去、现在和将来中交错变换，采用叠式和多层次齐头并进的结构。现代派小说就直接受到黑色幽默的影响，描写中国一批经历"文化大革命"后，失落理想的年轻人的生存荒诞感，他们不满现实又找不到希望，于是反文化、反崇高，对社会变革过程中生活方式、生活观念、道德标准、人生理想表现出迷惘、怀疑和不屑一顾的态度。采用心理情绪结构、多头线索齐头并进的散点透视等方法。王朔的小说表面上充满了轻松幽默之感，实际上，他的幽默具有比较典型的黑色幽默的味道，他对一切玩世不恭的态度，他调侃一切正经的口气，以及他常常使用的"反讽"手法，都使他的作品具有明显黑色幽默的特点。

二

后现代主义文学是第二次世界大战以后西方出现的一种文学现象，是现代主义逐渐衰落后在西方文学界逐步取代其主导地位的一种思潮，包括新小说派小说、荒诞派戏剧、垮掉的一代、黑色幽默、魔幻现实主义等流派。其特点是"它发轫于战后的后工业后现代社会，与传统的现代主义有着继承性，但在更多的方面，它却批判了陈腐的个性主义和现存的等级制度，反对一切假象的中心或权威，它对现存的制度从怀疑进而走向反叛，它所追求的是一种绝对的自由选择。也就是说，在后现代社会，现代主义的文学经典受到挑战和非难，文学走出了现代主义时期的自我表现和个性化的实验场，它面向两个新的极致：一极朝着更为激进的方向迈进，对传统文学和现代经典的反叛更为激烈；另一极则面对整个商品化了的社会，朝着通俗的方向迈进，虚构和事实被打破，小说和非小说相混合，甚至加了大众传播媒体的因素，作家追求的是某种更甚于现实主义的'真实主义'"。①

在 20 世纪 70 年代末 80 年代初，一些后现代主义的文本就译介进来。如，荒诞派作家贝克特的《等待戈多》、垮掉一代诗人金斯伯格的《嚎叫》、黑色幽默小说家海勒的《第二十二条军规》、魔幻现实主义大师马尔克斯的《百年孤独》等，这些作品对一批追新求异的作家来说，既带来惊喜，又带来写作的榜样。先锋派的写作，明显受到后现代主义的影响。残雪、马原、洪峰、苏童、格非、余华等先锋派作家的作品明显可以看出海勒、塞林格、冯尼戈特、罗伯·格利耶、博尔赫斯这些后现代主义作家的创作模式和语言技巧的影响。在他们的作品中，充满了能指和所指符号的无端角逐和游戏活动，它们相互碰撞、相互交融乃至相互颠覆，既拆散了文本的内在结构，又消解了语言的含义，比如马原的"叙事圈套"，格非的"叙事空缺"。余华、格非、孙甘露等的先锋派小说明显受到"新小说"的影响，先锋派小说破坏小说的文体规范，使小说诗意化、语言化、无情节化、无人物化，并且强调极端的个性化的感受，着重强调叙述人的叙述视觉，先锋派小说可以没有人物，没有时间、地点，更谈不上故事。这些特点和"新小说"的"既不塑造人物、也不构思情节，只讲求对事物的纯客观描写；打破时空观念和文体界限。……把现实、回忆、联想、幻想、

---

① 王宁：《比较文学与当代文化批评》，《王宁文化学术批评文选之一》，人民文学出版社2000年版，第184页。

梦境、潜意识交织糅合在一起，把过去、现在与未来任意交错，在一个颠倒混乱的时空，叙述忽此忽彼、令人难以捉摸的事实，从而产生以假乱真的审美效果；重视'文字的变化'，尝试'文字的历险'，追求文字本身的机构变化……注重意境并尝试语言的重叠、对称、隐喻、类比、转移、节奏、谐音人称变化等技巧使语言多变，极富特色。……"① 的特点有太多的相似之处。

先锋派作家残雪的作品，明显受到存在主义作家卡夫卡的寓意、超现实意象的影响。卡夫卡在 1910 年 12 月 15 日的日记中写道："我就像是一块石头，一座自己的墓碑，那碑上既没有怀疑也没有信仰，既没有勇气也没有怯懦，只有一个模模糊糊的希望。然而就是希望充其量也不过是碑文上的铭文而已。"卡夫卡还说："我的内心只有绝望的幻想。"残雪的作品就充满这种"绝望的幻想"，噩梦作为意象在她的作品中反复出现，孤独、失落、疑虑、担忧、绝望、焦灼不安，使人尤其是女人在（男权）压迫下，颤抖、恐惧、终日惶恐不安。

另外，残雪的作品受超现实主义文学的影响也十分明显。超现实主义是 20 世纪法国兴起的一种文学思潮。超现实主义强调人的内在意识，反映出对社会的失望和厌倦，充满虚无主义情绪。其特点是："其一，强调表现超现实、超理念的梦幻世界和无意识时间。其二，主张纯精神的'无意识书写'（或称为'自动书写'），进行文学创作使用'自动写作法'和'梦幻记录法'创作，作品艰深晦涩难懂。其三，反逻辑性……。"② 残雪的作品充满怪异的叙述和冷峻的感觉，她强调个人的经验性，张扬个人的主体性，揭示"文革"给人造成的恐惧在心灵上的投影：世界濒临崩溃，人心多么险恶。她的《山上的小屋》《黄泥街》以女性的视角观察变幻不定、神秘莫测的现实世界，现实如梦幻一样让人感到郁闷、焦躁，现实只是噩梦的延续。男人和女人之间隔膜、敌视。作为女人，现实生活中总被人窥视、无处藏身，同性的压抑让人感觉窒息，而男权的压制更使人无法

---

① 徐曙玉、边国恩编：《20 世纪西方现代主义文学》，百花文艺出版社 2001 年版，第 65—66 页。

② 同上书，第 36 页。

呼吸。从而展现了一幅幅由于女性的敏感、自卑和自尊造成的难以理喻的生存世界和光怪陆离的梦幻世界。

马原和洪峰的作品也带有明显的"后现代主义"色彩。马原的《夏娃,可是…可是…》《冈底斯的诱惑》中的"叙述圈套"以及对小说真实性的颠覆,洪峰作品《奔丧》《瀚海》中对一切包括父亲死亡都无动于衷的冷漠态度,以及他们作品的语言操作对文本原本含义的颠覆,都具有后现代主义反文化、反语言的特点。他们试图打破中国传统文学文本内部的等级制度,实现他们对语言的革命性改变。他们关心的不是故事本身,而是叙述本身。因此他们认为小说的真实是叙述真实而不是故事真实,也不是生活真实。后现代主义强调对一切的默然和冷漠,这点我们从余华的小说中可以看出。余华的先锋作品,如《世事如烟》《难逃劫数》《现实的一种》《死亡叙述》等,整个都是作者不动声色地叙述色情、凶杀、暴力、死亡等,情感毫不介入,用冷漠甚至残忍的语言展现历史的寓言化和人类的末世图。

三

新时期现代、后现代思潮的译介不是完全按照现代、后现代的先后顺序进入的,因此新时期文学的发展与西方现代、后现代思潮并不是一一对应的,应该说是新时期文学既具有现代和后现代的因素,又在写作过程中国化了。

"现代派"小说在 20 世纪 80 年代出现时,读者和批评家都认为是新时期最早出现的现代主义小说思潮,其实现在看来"现代派"小说已具有许多后现代主义因素。刘索拉的《你别无选择》这个题目就具有存在主义的意味和后现代主义"不确定性"命题和"无选择技法"的因素。作品中的人物很像塞林格《麦田里的守望者》中的人物,粗俗、恶作剧、不检点、苦闷、无希望,具有明显的虚无主义人生观。他们一方面对传统的世俗观念深恶痛绝,试图超凡脱俗,另一方面又不知道如何作为而放弃追求;一方面他们深知人生奋斗徒劳无益,另一方面又不惜尝试一番。这样就导致二元关系的相互颠覆,从而导致文本内部结构的颠覆。这是后现代主义最明显的特点之一。

莫言的小说应该是多重手法的运用，既有意识流手法，又有"魔幻现实主义"色彩；既有现实主义的典型化，又有自然主义的原生态描写。但是莫言早期作品更多的是受意识流和"魔幻现实主义"的影响。前者属于现代主义，后者属于后现代主义，都被莫言兼收并蓄，从而形成莫言特有的天马行空超感觉的特色。莫言受福克纳《喧哗和骚动》的影响很大，福克纳作品中的约克纳帕塔法县"那块邮票大小的家乡土地"催生了莫言的"高密东北乡"，也催生了他的"红高粱系列小说"。莫言小说中具有浓郁的魔幻现实主义色彩。魔幻现实主义这个盛行于20世纪拉丁美洲的文学流派，其特点是："（一）现实和魔幻结合。……魔幻现实主义文学中的'现实'是由两个层面构成的：真实的现实和幻想的现实。马尔克斯曾明确指出：'在我的小说里，没有任何一件事不是建立在现实的基础上的'。因为在他看来，神话、传说、预感以及宗教迷信无不是现实的组成部分。……""（二）在艺术表现手法上具有如下的特点：1. 怪诞与幻想。魔幻现实主义作品中经常出现许多不合常理的荒诞事物。如马尔克斯在《百年孤独》中描写的马孔多，就是一个梦幻式的地方，那里有层出不穷的怪事：一锅水可以无火自沸，一只篮子可以自己行动，马孔多人全都得了失眠症和健忘症，活人与鬼魂对话，人死了还可以复活……这些奇思怪想，不仅渲染神奇的气氛，同时更是'拉美'的传统文化观念。2. 夸张与神奇。在魔幻现实主义小说里，夸张不仅用得普遍，而且达到非常离奇和荒诞的程度，以求制造令人瞠目结舌的艺术效果。为了表现独裁者'家长'的荒淫，说他有500个大字不识的情妇，有5000个孩子，并且都是7个月大的早产儿。这就使其作品显得新奇曲折，引人入胜，同时也使其作品流入玄奥隐晦，甚至不可琢磨。"① 魔幻现实主义是在继承印第安古典文学传统的基础上，兼收并蓄古典神话的某些创作方法，以及欧、美现代主义文学的异化、荒诞、梦魇等创作方法，用以反映或影射拉丁美洲的现实，达到对社会事态的挪揄、谴责、揭露、讽刺和抨击的目的。莫言的小说中这种夸张与神奇

---

① 徐曙玉、边国恩编：《20世纪西方现代主义文学》，百花文艺出版社2001年版，第74页。

的写法比比皆是；在他的笔下，刺猬会痛苦地思考、鸡会说梦话、高粱会呻吟、光线可以发出叫声、白云有坚硬的触角、太阳会变绿、狗有红狗和绿狗，而《红高粱》中罗汉大爷那被日本人割下来的耳朵会在盘子里跳得叮当作响……明显具有魔幻色彩。

藏族作家扎西达娃的作品《系在皮绳扣上的魂》《西藏，隐秘岁月》《去西藏的路上》等也明显受到魔幻现实主义的影响，具有比较典型的魔幻现实主义特色。他的作品把虚构与现实、神话与现实、历史与现在交织在一起，同时糅合西藏的奇异自然、民族风情和神秘的宗教文化。《系在皮绳扣上魂》中民间传说、神话故事、宗教经典与神秘的自然相互交融，再加上扎西达娃特有的"魔幻"叙述方法，打破时空顺序，把幻觉中的现实和客观现实融合在一起，具有明显的魔幻现实主义特色。

后现代主义文论对新时期非现实主义小说的影响也非常突出，这种影响在 20 世纪 90 年代后的新历史小说和女性主义小说中最为突出。

在 20 世纪 80 年代，新历史主义作为一种新的流派，出现在当代文论的论坛。1982 年，美国加州大学教授格林布拉特宣布这一流派成立，开始了对半个世纪以来形式主义批评和旧历史主义的清算。

"新历史主义诞生以后，彻底颠覆了关于'历史与人'的一些古老命题，而重新界定历史与人生成、历史与文学、历史与政治、历史与权利、历史与意识形态、历史与文化霸权、历史与文化诗学等一系列思维模式、文本策略和叙事方法，这样，新历史主义就以反抗旧历史主义、清理形式主义的姿态，登上了历史舞台，并在'文本的历史性'与'历史的文本性'上受到当代文化的关注。"①

20 世纪 90 年代的新历史小说就是在新历史主义文论的直接影响下出现的小说创作思潮。新历史小说是 20 世纪 80 年代以新的历史观念和话语方式对某些历史时间和历史叙事的重新言说。乔良、刘震云、叶兆言、李晓、刘恒等作家在新历史主义的影响下，解构"宏大叙事"，颠覆"王者视野"，解构一贯正确的正统历史话语，对中国当代文学的元叙事和元话

---

① 王岳川：《后殖民主义与新历史主义文论》，山东教育出版社 1999 年版，第 156 页。

语进行拆解，用个人视野代替群体视野，以片断性代替整体性。对传统历史主义的发展观进行质询，以静止观代替发展观，以荒诞性代替合理性。在塑造人物上，不再以塑造英雄人物为己任，而是颠覆传统历史小说的英雄神话，表现出明显的反英雄倾向。这在刘震云的"故乡"系列小说，叶兆言的"夜泊秦淮"系列，以及李晓的《冬之门》，刘恒的《苍河白日梦》等作品中有明显的表现。

女性主义的英文为 feminism，包含着"女性"和"女权"双重含义，因此以前被译为"女权主义"。但是，当代西方的妇女运动已经超越了20世纪初争取男女平权的阶段。从 20 世纪 60 年代起，一直延续到现在，女性主义已经开始强调女性的主体意识，并用女性的主体意识重新审视整个社会文化及历史传统。在反抗男权话语霸权的过程中，女性主义企图建立女性话语霸权，因此当今的女性主义特别强调"女性"意识。女性主义理论指出男女的性别差异以及由此产生的性别对立和性别压迫是政治性的，是"男人通过强有力的和直接的压迫，或通过仪式、传统、法律、语言、习俗、礼仪教育和劳动分工来决定妇女应起什么作用，同时把女性处置于男性的统辖之下"①。因此女性主义具有强烈的反传统和反文化的批判色彩，站在女性的立场反对男性中心主义和与之相关的社会及文化体制。为此女性主义的目标是提高女性的意识和觉悟，并解构和颠覆以男性或父权制为主宰的权力关系。在女性主义的指导和影响下，从 20 世纪 80 年代末开始，在整个 20 世纪 90 年代，中国女性主义小说兴起并成为一个引人注目的小说创作思潮。

其代表作家有：林白、陈染、海男、徐坤、虹影、徐小斌等，她们的创作具有强烈的女性主义色彩，她们创造女性的世界、建构有女性特征的文学话语和弘扬女性自身的意识，同时，她们创作的女性主义小说具有明显的先锋意识和后现代主义特色。其代表作品有林白的《同心爱者不能分手》《回廊之椅》《一个人的战争》，陈染的《与往事干杯》《无处告别》《私人生活》，徐小斌的《双鱼星座》《天籁》，铁凝的《玫瑰门》，海男的

---

① 康正果：《女权主义与文学》，中国社会科学出版社 1993 年版，第 3 页。

《我的情人们》《女人传》，徐坤的《厨房》《相聚梁山泊》《狗日的足球》
等。20世纪90年代的女性写作以反抗男权话语霸权为要旨，解构、颠覆
男权社会的铁壁，试图构建女性自己的话语，而表现出一种特殊的抗争姿
态。90年代女性写作具有两种走向：一是沉浸在女性细密的情感世界与身
体世界，以诗性的沉思来张扬女性意识，力图建立一个自足的爱与美的女
性世界，她们排斥小说写作的"宏大叙事"，其小说中女性的天地仅限于
幽暗的窗帘之内，镜子、浴室等是小说中最常见的道具，女性意识主要是
表现女性的自慰、自恋和对男性的仇恨，其代表人物是陈染、林白、海男
等人。另一种走向是擅长在日常生活场景中体察男权社会的强悍与冷酷，
于最不引人注目的角落拆解男女平等的神话，其代表作家是徐坤。她的
《厨房》《狗日的足球》《相聚梁山泊》等作品沉重而冷酷地粉碎了现代女
性独立自主的虚妄地位，让男性主流社会铁青的面目暴露无遗。首先，女
性写作解构男权话语霸权，解构父性象征秩序，解构性别秩序，解构传统
的女性形象，而试图建构女性自己独特的话语体系。这些作品首先开启女
性"私小说"的创作，大胆揭示女性的秘密和对人生、世界的看法，揭示
女性的深层心理包括性心理。其次，女性主义小说以女性的独特观点解
构以往以男权为中心的"宏大叙事"，以女性的笔触描写女性以往从未展
示的日常生活琐事和内在体验，以此反抗以往的男权话语霸权。再次，
女性主义小说还受后现代主义的影响，运用许多后现代主义的方法进行
创作，因而具有先锋特色。比如残雪小说的"超现实主义"特色；比如
林白小说的魔幻色彩；比如徐小斌的《敦煌遗梦》就创造出一个颇有
"东方主义"异国情调的介于现实和虚构之间的世界，从而为后殖民批评
提供了难得的文本。

　　总之，新时期文学受西方现代、后现代思潮影响而形成了一种全新的
文学发展格局。新时期文学既受西方现代、后现代文学思潮的明显影响，
又在写作中，按照各自的写作特点，把这些现、后现代文学的特点融进中
国新时期文学的发展中，具有中国化的特点，形成了具有中国特色的现
代、后现代文学。首先，新时期现代、后现代文学的氛围是中国化的。不
管是残雪的"浮云"，还是格非的"迷舟"，不管是刘索拉的"音乐学院"，

还是莫言的"高密东北乡"都明显具有中国的氛围和特色，是在中国土地上出现的现代、后现代文学。其次，新时期文学在学习现代、后现代手法时，不是盲目的全盘照搬，而是"为我所用"，使其与中国的民族历史意识相融合，形成既具有现代、后现代色彩，又明显具有中国特色的新时期文学。

"底层写作"的现实主义品格

一 "底层写作"的现实主义品格

2005 年，曹征路的《那儿》发表，"底层写作"被正式命名，在这前后，出现了一大批写作底层的文学作品，罗伟章的《大嫂谣》《潜伏期》，胡学文的《命案高悬》《莽莽的日子》，陈应松的《马嘶岭血案》《太平狗》，方方的《出门寻死》《万箭穿心》，等等，它们极力揭示底层生活的艰难，以直面人生、直面苦难的胆识，将底层生活赤裸裸甚至触目惊心地展示到众人面前，让许多生活优裕的人们看到了底层的生活状态。最初的状态是展示底层生活的苦难，目的是要引起人们，尤其是那些自认为已成为中产阶级的人们的关注和警示，也是为建设和谐社会提供必要的思想和文化基础。随着底层写作的深入，一批作家不再仅仅展示底层生活的苦难，而是在描写他们苦难生活的过程中充满人文关怀，表现底层人们的生命尊严，对每一个个体都用人道主义的情怀去展示他们在苦难中善良的、高贵的灵魂。方方、胡学文以及打工作家就是这类作家的代表。

底层写作是作家们关注现实、表现知识分子良知的一个积极表现，他们关注底层的生活状态，担忧底层扩大化，社会矛盾日趋激化，希望能改善底层的生活状态，希望这个社会能在更广泛的层面走向和谐状态。

20 世纪 90 年代中期文学出现了"欲望化写作""私人化写作"等创作思潮。这些作品极力描写所谓中产阶级以及那些先富起来的人们豪华奢侈的生活，在这些作品中主人公们开大奔、住别墅、穿"范思哲"，用"香奈尔"，仿佛整个社会都已进入豪华享受的时代。这只是一部分人的生活状态。普通人和底层人的生活还有很多艰难和困苦，农民工年终的白条子、下岗工人的艰难生活、黑砖窑中工人的悲惨遭遇等还大量存在。文学需要关注现实，关注普通人的生活，关怀底层人们的灵魂，这是现实主义的品格。文学应该恰当展示对现实的介入能力，展示文学的精神力量。因此，在底层人们的艰难生活处境受到社会广泛关注的时候，作为"人的文学"必然开始关注底层生活，何况底层人数之多是小资群体不可比拟的，而底层生活的艰辛困苦之程度又往往是那么触目惊心。这也是现实主义文学关注民生、关注卜层的优良品格。

底层写作只有极少数是打工者自己写作，大多数是知识分子写作。底层写作的出现表现了知识分子的焦虑感和知识分子特有的人文立场。在市场经济发展过程中，"现代化已成少数社会精英集团的现代化，居于金字塔顶端的精英群体日渐形成对社会利益、资源与机会的垄断，并开始公然对其他阶层进行掠夺"。知识分子"除了少数加入或依附社会精英集团的知识权贵，这一阶层在总体上已经丧失了20世纪80年代所拥有的社会地位"。"近年来现代化的逻辑与后果充分显现后所出现的社会危机，却使更多的知识分子对当代的社会状况、制度安排有了新的认识（阶级的差距和冲突，社会秩序、伦理秩序的丧失）。随着知识分子阶层自身社会经济、政治地位的下降，以及在整个利益格局中的边缘化，他们对现实秩序有了新的体认与判断，普遍产生了被剥夺与对未来的不确定感。这生成了一种对自身命运的焦虑，也导致了知识分子群体的普遍不满。"[1] 知识分子的这种焦虑感，融合知识分子固有的人文立场，使他们对底层群体的苦难有相同的感受与深切的同情和不满，并开始以知识分子的人文关怀展示出来，底层写作在知识分子那里经过了从展示底层生活的苦难到展现底层生命的尊严的过程，表明了知识分子对底层不是隔岸观火，而是深深地理解和同情，是为底层鼓与呼，也是为呼唤和谐

---

① 刘复生：《纯文学的迷思与底层写作的陷阱》，《江汉大学学报》（人文科学版）2006年第10期。

社会鼓与呼，希望能提请党和政府的关注与改善，建立和谐的社会。从现在的"三农政策""城乡医保"等政策的出台看，底层写作的目的是部分达到了的。底层写作还有一部分是打工者作者，他们就生活在底层，不是深切感受苦难，而是亲身经历苦难，比起知识分子的感受和同情，他们的写作具有更真切的底层经验和质朴的文字表达。吴君、王十月、蒲小元等为主要代表的打工作家群体，更多地写他们精神层面的痛苦，写他们所遭受的身份歧视和剥削压迫，追求生命的尊严。因此他们的底层写作具有知识分子作家无法表达的生命体验和感受，表现了底层打工者同样平等的生命的尊严。

二 展示苦难与直面现实

刘庆邦、陈应松、方方、曹征路等作家 2005 年前后的底层创作，主要是极力展示底层生活的苦难，他们直面人生、直面苦难，把现实生活的苦难赤裸裸地、不加掩饰地描写出来，对底层人们的生活抱着极大的同情心，他们的目的是为底层人们呼喊，希望以他们的作品引起社会对底层人们生活的高度关注，从而促进和谐社会的建设。

陈应松的"神农架系列"作品，就是这一类作品的代表，他的《马嘶岭血案》《松鸦为什么鸣叫》《太平狗》等作品，描写了神农架山区底层农民的苦难生活。尤其是《太平狗》触目惊心地描写了神农架农民程大种为了改善贫困生活状态，到武汉打工。在经历了一系列被欺骗的打工生活后，最后被骗至黑砖窑遭毒打而死。而跟他从神农架跑到武汉的太平狗也经历了生死劫难，在主人公临死前"回神农架"的叮嘱中，经过千难万险、九死一生回到了神农架。作者用太平狗活着和主人公的死去相对照，触目惊心地展示了农民工在很长一段时间里进城务工的苦难生活和处境。

这类底层写作的代表作家还有四川作家罗伟章，他的作品《故乡在远方》《大嫂谣》《我们的路》等作品，真切地描写了农民、打工者的生活苦难。《我们的路》中郑大宝在外打工五年，没有回过家，但也只给家里寄了三千一百元钱，根本不够家里的日常开销。他曾多次给老板下跪讨要工钱；他亲眼看到农民工贺兵从脚手架上掉下来摔死，而老板只给了他父亲一万元了事；再看看凋敝荒凉的家乡，这一切都让人感到心头沉重。

曾有些评论者对这类底层写作颇有微词，认为该类作品对底层生活的描写，有类型化、想象化的弊端，认为对底层人们苦难的描写，过于沉浸苦难，描写过于悲惨，他们认为这类作品大多是作家对苦难的一种想象、一种感觉，甚至是一种沉溺，并未真正反映现实。甚至还有人认为作家们是在"不断将'苦难'叠加、堆积、推向极致"，[①] "底层成为当代学院化学术体制产生的润滑剂，风干为脱离现实危机的纯理论的抽象"，只是"以猎奇的心态来表现苦难，把苦难奇观化；或仅仅将底层苦难视为一种极端化的生活处境，来书写人性等超越性的文学主题"。在魏冬峰的《评陈应松〈太平狗〉》一文中，作者就是基于这种理念对《太平狗》作评价："离开了作者熟悉的神农架山林氛围，《太平狗》所展示的'城里'的见解图景显然过于简单化和概念化了，它更倾向于一种类型化的仅凭一点道听途说即可想象的'底层叙事'。小说伊始，现身在一个被充分'妖魔化'的'城里'的土狗太平和民工程大种，面临着几乎是无一例外的排斥、敌视、欺凌虐待，程大种'城里'的亲姑妈'像个泼妇'，'怀着绝世的仇恨在屋里保持着沉默'，以致把来自家乡的侄子和狗拒之门外；程大种打工的几个地方也'照例'存在着劳动条件艰苦、劳动强度超大、劳动所得被盘剥、生命被贱视乃至被草菅等现象；……我们不得不说《太平狗》中的阶级图景呈现了'一面倒'的倾向。它的叙事显得过于急切和粗糙，缺少了应有的节制和隐忍，每一个情节的出现都显得根基不稳。对底层苦难叙事的这种过分渲染和'崇拜'，也似乎让它回到了'卑贱者最高贵'的思维逻辑里去。……这样不顾及现实逻辑的极力推进，不但让作者试图融贯其中的'激情'变为矫情，而且让读者对这种叙事的可靠性产生了怀疑，从而在一定程度上降低了小说这一文本对外部复杂世界的

---

① 李云雷：《底层写作的误区与新"左翼文艺"的可能性——以〈那儿〉为中心的思考》，《海南师范大学学报》（社会科学版）2006 年第 1 期。

认知。"① 魏冬峰的评论总结起来就是这几点，第一，陈应松的《太平狗》是简单化、概念化、类型化的写作；第二，陈应松在这篇小说里"妖魔化""城里"；第三，程大种打工的地方劳动条件艰苦、劳动强度超大、劳动所得被盘剥、生命被贱视乃至被草菅等现象是"照例"也就是说是按照某种"例子"编造出来的，因此《太平狗》叙事"过于急切和粗糙，缺少了应有的节制和隐忍"。"根基不稳"，是"矫情"。从他的评论看，魏是站在"城里"或"城里人"的立场来进行评论的，他不知道对于乡下亲戚来说，"姑妈"就是典型代表。在很长一段时间，很多打工者的情形就是程大种的遭遇，他们做着最苦、最累、最脏的活，他们的待遇却是最差的，还有一些无良老板克扣工钱，真正的是"劳动条件艰苦、劳动强度超大、劳动所得被盘剥、生命被贱视乃至被草菅"，所以说，陈应松的这篇小说，真实反映了农民工的境遇，绝对不是"照例"叙写，不是概念化，更不是"矫情"！陈应松是真实地描写农民工的境遇，是冷静地叙写农民工的状态。从某种角度说，这些评论者才是以自己的观念去想象现实或评论作品。那些生活优越的人们，不愿或不想去直面生活中的这些苦难。实际上，从 20 世纪 90 年代以来，我们的社会中确实存在社会阶层的差距，下岗工人、农民工等底层人们的生活确实有很多苦难和艰难。我们在报刊上经常见着农民工劳动一年，年终一分钱拿不到，甚至没有路费回家，为了拿到工钱，弱势的他们有时不得不采取一些无可奈何的极端措施，比如爬上高压线架、爬上几十层高楼、以自己生命为代价索取工钱。我们也在报刊上见着一些黑砖窑中的农民工那近乎奴隶般的生活。今天，我们的文学作品还远远没有把这些现实用文学作品更真实、更贴切地表现出来，现在底层写作描写的底层人的苦难生活，还只是冰山一角。

三 表现生命尊严与人文关怀

随着底层写作的深入，一批作家不再仅仅展示底层生活的苦难，而是

---

① 魏冬峰：《评陈应松〈太平狗〉》，《文艺理论与批评》2006 年第 1 期。

在描写他们苦难生活的过程中，充满人文关怀，表现他们的生命尊严，方方新世纪创作的一系列表现底层生活的作品，都是竭力表现生命个体的尊严。她的作品《万箭穿心》《出去寻死》都具有这个特点。《万箭穿心》描写下岗工人李宝莉在遭受自己下岗、丈夫背叛和自杀等打击后，以女性柔弱的肩膀在汉正街当"扁担"（女挑夫）养活儿子和公婆，在儿子和公婆算计走她唯一的房子后，在几乎无法生活的状态下依然爽朗地大笑，用一根扁担继续维持自己以后的生活。李宝莉是底层生活中乐观、韧性、任何苦难都打不垮的典型代表。在她身上寄托了底层人们必将走出苦难、战胜苦难的希望，表达了方方对底层人们深深的尊重，也表现了方方深重的人文主义关怀以及对生命个体尊严的敬重。

胡学文也是底层写作的主要作家，胡学文既表现了对底层生活苦难的关注，更重要的是表现了对底层抗争人物的精神关怀。在严酷的底层社会现实下开掘底层人们的高尚人性之光。胡学文的《飞翔的女人》中的荷子，她唯一的女儿被人贩子拐走，她历尽千辛万苦、千难万险去寻找女儿，在这个过程中，身心备受摧残，家庭也被拆散，虽然她没有找到女儿，但她一个柔弱的女人却抓住了人贩子并使人贩子伏法。她以一个弱小的生命与社会的丑恶现象作斗争，表现出一个母亲、一个坚强女人令人敬佩的精神和品质。小说表达了胡学文对底层人们的深深的尊重，也表现了胡学文深重的人文主义关怀以及对生命个体尊严的敬重。

底层写作还有一部分是打工者作者，他们就生活在底层，不是深切感受苦难，而是亲身经历苦难，比起知识分子的感受和同情，他们的写作具有更真切的底层经验和质朴的文字表达，他们以他们亲身经历的苦难为题材，写出了更多更好更成熟反映底层生活的作品。以深圳、佛山、东莞等城市为依托，目前已初步形成了吴君、王十月、蒲小元、叶耳等为主要代表的打工作家群体。比如打工作家王十月的许多作品已经成为打工小说的代表作品，他们不像知识分子那样极力渲染苦难，把苦难写得那么触目惊心，他们更多地写他们精神层面的痛苦，写他们所遭受的身份歧视和剥削压迫，渴望过一种受人尊敬不被欺侮的体面生活，表现了他们生命的尊严。因此他们的写作具有知识分子作家无法表达的生命体验和感受，表现了底层打工者同样平等的生命的尊严。

　　近几年来，这类表现底层生命尊严的作品逐渐增多，说明底层写作由最初的展示底层的生活苦难，转向表现底层生命的尊严。这个过程说明了现实主义文学直面现实、充满人文关怀的现实主义品格。底层写作内涵的逐渐升华，也说明了党和政府和谐社会建设的举措对底层写作内容的丰富和提升。

从神圣化到人性化

——新时期军旅小说的发展嬗变

　　新时期军旅小说是革命战争书写的一个重要部分。"军旅小说是以部队作家为基本创作队伍，以战争年代或者和平时期人民军队的军营生活、军人风貌为主要表现对象的小说创作潮流。"军旅小说是新时期小说中一个重要组成部分。在十七年小说创作中，军旅小说就以《红日》《保卫延安》《林海雪原》等作品取得了不凡的成绩。但是从"十七年"军旅小说整体看，"十七年"军旅小说具有传统的英雄主义模式：即军队神圣化，部队生活是一片净土，是生长英雄和陶冶情操的地方，这里绝没有阴暗面，军旅小说中的英雄人物都是单一的、纯粹的、没有七情六欲的神。写作范围只是局限于部队生活内部，而很少涉及部队生活之外，部队好像是一个独立王国，跟大千世界少有联系。因此，这种军队神圣化的倾向，在军旅小说中几乎成为不能打破的神话左右着作家的头脑，束缚着作家们的手脚。

一　打破军队神圣化的樊篱

　　进入新时期以后，有一批作家开始作一些有益的尝试，试图冲破军事题材创作的一些禁区，创作一些有新意、有新特征的军旅小说。1979 年是军旅小说带有突破意义的一年。《飞天》《小镇上的将军》《追赶队伍的女兵们》《我们的军长》《湘江一夜》《战士通过雷区》等一批作品相继出现。这些作品虽然有的还不能完全称为军旅小说。比如《飞天》的主旨是揭露封建特权，它同当时社会上其他领域揭露封建特权的作品，有着许多共同之处，但是，刘克的贡献就在于他开始揭露军队内部特权人物的腐败现象，开始触及军队内部矛盾及"阴暗面"。而《小镇上的将军》则塑造了一个在动乱中遭迫害而又凛然不屈的老将军形象，他在危难之际同人民群众休戚相关、共同抗恶的悲壮斗争，在军旅小说中极有特色。张天民的《战士通过雷区》，写的是战时生活，他触及的矛盾却不限于部队内部，他开始将笔触延伸到军旅以外的社会中。

经过一段时间的探索，到了 1980 年，军旅小说有了新的起色。一些作品开始描写部队内部矛盾，并意识到在新的历史条件下当代军人内心的复杂，以及部队士兵因在成分构成上的变化而产生的新的矛盾。出现了《西线轶事》《最后一个军礼》《女炊事班长》《沙海绿荫》《一座雕像的诞生》等作品。这些作品虽然仍带有过渡阶段的痕迹，但是它们已经构成了军旅小说深化的最初探索。比如《女炊事班长》虽然暴露了我们军队内部某些华而不实甚至是庸俗的陈旧作风，比如为了应付检查而弄虚作假，但从总体上说仍是以歌颂为主的，作者对揭露军队内部矛盾还是小心谨慎的。

徐怀中的《西线轶事》，在新时期军旅小说中具有特殊的意义。它不仅塑造了新一代军人的形象，而且在军旅小说的艺术表现方式上进行了新的尝试和革新。从某种意义上说没有《西线轶事》的出现。就不会有诸如《高山下的花环》等优秀的军旅小说出现。因此，《西线轶事》在新时期小说尤其是军旅小说创作史上有着独特的光彩和卓著的贡献。[①]

《西线轶事》不仅描写了战争，而且突破了以往军旅小说表现战争和士兵生活比较狭窄的格局，打破了就战场写战场、就军营写军营的老方法，它以战争的进程作为作品构成的纽带。在广阔的历史背景下，写出了战场内外、军队与社会、社会与现实的种种联系。

《西线轶事》的发表，不仅宣告着徐怀中在文坛的复出，而且掀开了新时期军旅小说的新篇章。概括地说，《西线轶事》的发表具有以下三点

---

① 田中阳、赵树勤主编：《中国当代文学史》，湖南师范大学出版社 2003 年版，第 353 页。

意义：第一，《西线轶事》开启自卫还击战之军旅小说的先河。由于《西线轶事》在题材上的开拓意义，使新时期军旅小说在反映自卫反击战方面即所谓"南线"方面出现一批辉煌的军旅小说，构成了一条支撑 20 世纪 80 年代军旅小说的辉煌的重要战线。第二，《西线轶事》通过刘毛妹多舛命运和乖张性格的塑造，反思了"文化大革命"对一代青年和人民军队所造成的心灵戕害和历史创伤，从而将"十七年"军旅小说中占主导地位的颂歌意识和战歌意识深化为反思意识，它表现了作家思想概括力的升华，它对英雄主义观念注入新质并作出新的注释，为塑造新时期的当代军人形象提供了新经验。第三，《西线轶事》坚持人情味、人性美的执着追求，以小见大，淡中见奇，叙述从容，语言老道，无剑拔弩张之势，有透彻肌肤之力，绵密柔情而又不失温和幽默，清新自然如草棵上的露珠，给人以真实、亲切、平和之感，形成和金戈铁马大江东去迥然不同的又一美学风范，给新时期军旅小说作家以莫大的启示。[①] 因此《西线轶事》在 1980 年度全国优秀短篇小说评奖中高居榜首，成了军旅小说在新时期发展的排头兵。

二　军旅小说的现实主义深度

军旅小说真正摆脱"神圣化"束缚是在 1982 年后。其间发表了一系列优秀的军旅小说，主要题材是对越自卫反击战。作品有《雷，在峡谷中回响》《男儿女儿踏着硝烟》《营地，一片白雪》《彩色的鸟，在那里飞徊》《直线加方块的韵律》，尤其是 1982 年年底《高山下的花环》的发表，使军旅小说的创作达到了一个空前繁荣的高度。在这之后，相继又出现了《引而不发》《白云的笑容，和从前一样》《第三代开天人》《干杯，女兵们！》《爱情线，事业线，生命线》《雪国热闹镇》《啊，索伦河谷的枪声》《山中，那十九座坟墓》等作品。这些作品无论在思想上还是艺术上，都比十七年军旅小说有了明显的发展，逐渐突破了"军队神圣化"的框子，创造出一批具有新时期特征的军旅小说。军旅小说的繁荣，也造就了一批年轻的军旅作家，如李存葆、朱苏进、海波、刘兆林、简嘉、权延赤、雷铎、

---

　　① 朱向前：《中国军旅小说：1949—1994 续》，《当代作家评论》1996 年第 5 期。

李斌奎、乔良、王中才等。

在 20 世纪 80 年代大量涌现的取材于自卫还击战的文学作品中,《高山下的花环》引起了最强烈的反响。《高山下的花环》描写了 1979 年对越自卫还击战争中一支前线连队在战前、战中和战后的种种表现,用现实主义的手法全面描述对越自卫还击战这一历史事件,不仅塑造了梁三喜、靳开来等英雄形象,而且还通过"调动风波""臭弹事件",揭示了军队的阴暗面。作品大力张扬爱国主义和英雄主义的精神,形成了作品崇高悲壮的艺术风格。改编成电影和译成多种外文后,更扩大了它的轰动效应。虽然它在艺术上还存在某些粗糙的地方,但朴实无华的现实主义力量却使它为新时期的军旅小说获得了巨大声誉。因此,《高山下的花环》的发表,不仅把军旅小说创作水准提高到一个崭新高度,同时它也是军旅小说在新时期取得决定性进展的一个重要标志。

《高山下的花环》在新时期军旅小说创作史上具有突破性意义,主要表现在以下几个方面:

第一,《高山下的花环》打破了以往军旅小说只写部队生活的束缚,将部队生活和社会生活紧密地结合起来。赵蒙生这个高干子弟战前的复杂心理是相当有代表性的,反映了刚刚改革开放、百废待兴社会的特殊现象。在军人和那些高干子弟的特权生活对比中,他深深感到失落,因此他采取"曲线调动"的手段,想离开部队去过高干子弟的特权生活。而对梁三喜及其一家的描写既深刻揭示了老区人民和军队的血肉联系,又反映了20 世纪 70 年代末 80 年代初中国农村贫穷、凋敝的现实状况。对现实生活没有粉饰、没有拔高。但就在这样的社会状况下,我们的战士为了祖国依然视死如归。作品从整个时代和社会背景下去表现战争与士兵生活,充分展示了革命军人的爱国主义、英雄主义及深厚的时代感、历史的纵深感。因此《高山下的花环》超出了一般就战争写战争、就军营写军营的作品而具有突破性意义。

第二,《高山下的花环》打破部队是一片净土的束缚,尖锐、深刻揭露军队内部的阴暗面,敢于表现军队和社会生活中的矛盾,理直气壮地鞭挞我们生活中存在的阴暗面。小说中高干吴爽和其子赵蒙生为了私利搞

"曲线调动",竟然要在战争即将打响之际,走后门将赵蒙生调回后方;连长梁三喜津贴少、家庭困难,英勇牺牲后竟然留下一沓欠账单;排长靳开来因为战前牢骚多,虽然立下了赫赫战功却不能给表彰,等等。所揭露的部队与社会生活中存在的各种弊病和阴暗面,其情节和性质的严重,涉及的范围之广泛,都是我们在以往作品中所不曾读过的。

第三,《高山下的花环》打破英雄"神化"的倾向,塑造了有血有肉的英雄形象。英雄也是人,他们也有七情六欲,他们也有妻子儿女,在感觉不公平时也会发牢骚。但在十七年文学中塑造的英雄,都是没有七情六欲的神,是没有成长过程的高大伟岸的英雄。《高山下的花环》克服了"神化"英雄的倾向,也区别于"非英雄化"的主张。英雄撼动人心的是他们崇高的灵魂,他们有过缺点乃至错误,但流淌在他们灵魂深处的是爱国主义的激情和英雄主义精神。在这方面,靳开来最具代表性,这个平时牢骚满腹的炮排长,从来没有豪言壮语,战前提他为副连长,他说是给自己一个"送死的官"。战死在沙场上时,他要最后看看的是"全家福"照片。但在战争中,他英勇顽强,为祖国流尽了最后一滴鲜血,是真正的英雄。

还有一批军旅作家,如朱苏进、刘兆林、雷铎、简嘉、王中才等,他们主要描写和平时期军人的形象,展示和平时期的军人风貌。朱苏进在20世纪80年代发表了《射天狼》《引而不发》《凝眸》《第三只眼》等优秀军旅小说。朱苏进作品主要表现职业军人内心苦闷、事业和家庭的矛盾以及他们的自我牺牲精神。他的军旅小说有一种地地道道的"兵"的气息,他所展现的是实实在在的军营生活,表现的是军人式的"美"。其作品的主人公都是普通军人,没有显赫的地位、官职,也不是功名盖世的英雄。他们有着自己的喜怒哀乐,有着自己的岗位和职责,在平凡岗位上、军人的职责中,作出了巨大的牺牲,而这种牺牲又是难以被人觉察和重视的。《射天狼》就是这种思想的代表作品,在小说中,朱苏进勾画了一幅真实、多彩的当代军营图景,塑造了一个具有牺牲精神又真实亲切的当代军人形象袁翰,表现了军人义务和家庭生活之间的矛盾及军人在这方面作出的巨大牺牲。

20世纪80—90年代的军旅小说，呈现出现实主义深化的特点。军旅小说开始接触和描写军队中的阴暗面，由于极"左"路线的侵蚀和毒害，军队危险性的人物仍然在损害我们的长城，军队中也有很多矛盾和问题，军队不再是一片净土。在人物塑造方面，开始塑造有血有肉的更加符合人性的英雄形象，在讴歌英雄主义和爱国主义的情感中，开始涉及一些美好而合理的人性情感，从而使得这些作品的审美功能得到强化。《西线轶事》《高山下的花环》等作品在这方面的贡献相当突出。新时期军旅小说将社会生活及社会人性注入军队生活，明显地强化了生活气息，使部队和社会有千丝万缕的联系，这样更符合军旅生活的实际。宽广的社会生活层面使军旅小说的内容更加丰富多彩，也使得军人的生活更加具有人情味。此阶段的军旅小说秉承现实主义的精神，真正揭露军队的矛盾，真正直面军队的现实，呈现出现实主义深化的特色。

三 军旅小说的人性化表达

按照著名军旅文学评论家朱向前的论述，军旅文学迄今为止已经发展到了第四次浪潮："溯流而上，如果以20世纪50年代中期如《保卫延安》《红日》《林海雪原》等标志当代军旅文学的第一次浪潮；以五六十年代之交的《苦菜花》《烈火金刚》《敌后武工队》等标志当代军旅文学的第二次浪潮；以80年代中期'当代战争'（如《西线轶事》《高山下的花环》）、'历史战争'（如《红高粱》《灵旗》）、'和平军营'（如《射天狼》《凝眸》）'三条战线'鼎足而立标志当代军旅文学的第三次浪潮；那么，我们就可以顺理成章而又理直气壮地把十年来（1995—2005）长篇小说的空前繁荣看成是当代军旅文学第四次浪潮的主要标志。众所周知，虽然说由于传媒方式的革命和文学生态的变更，就社会影响而言，'第四次浪潮'（仅限于长篇文本）也许和前三次浪潮不可比拟，但可以比较的是，它和'前17年'以长篇为主体的两次浪潮形成了一种遥相呼应，而且从数量和质量上都是一种继承、拓展和超越：它和以中短篇为主体的第三次浪潮构成了一种对比与补充，而且，从中短篇到长篇，本身就是一种发展、承续和深化。"① 从 20 世纪 90 年代中期到 21 世纪，军旅小说得到又一次长足的发展，在朱向前称为"第四次浪潮"中，出现了一大批优秀的军旅小说：都梁的《亮剑》，徐贵祥的《历史的天空》《明天战争》，柳建伟《突出重围》《英雄时代》，衣向东《一路兵歌》，项小米《英雄无语》，赵琪《新四军》《最后的骑兵》，朱秀海的《音乐会》，等等。这些军旅小说在近十几年的发展中，在题材、创造方法、审美倾向等方面都不同于新时期 20 世纪 80 年代的军旅小说。

"第四次浪潮"中的军旅小说，在英雄的传奇中加入更多的人性化、人情化特色，英雄人物更加复杂化和多元化。都梁《亮剑》中的李云龙不是一个光芒四射的英雄，而是一个有很多缺点的英雄。他粗俗、骂人，不遵守纪律、快意恩仇、桀骜不驯。为了营救妻子，他一意孤行，敢作敢为，不惜打乱整个战斗部署。他具有英勇无畏的战斗精神，为了理想他可以宁折不弯、甚至可以慨然赴死。李云龙是一个率性而为的大丈夫，是一个血性男儿。他给予读者印象最深的是那种敢作敢为、不受束缚的痛快劲儿，那种独具一格的侠客风范。而《历史的天空》的主人公梁大牙，则是一个带有匪气的流氓无产者。他的革命不是必然的，他为了逃避日军的追杀而欲投国民党，误闯进抗日根据地。在后来的革命历程中，他的个性没有因为受了革命的教育就失去了特色，依然个性峥嵘、棱角分明。"作者把人性、情感、欲望、命运同战争生活和政治生活进行了完美的结合，通过人物个体生命对历史的言说，完成作家生命知觉的表达；以丰满、真切的生命体验的细节和碎片去填充和修补想象中的历史，使历史中的战争和战争中的个人都变得更加复杂、丰富和耐人寻味。"②

21 世纪的军旅小说一个很明显的特色就是将思想主体从阶级的、集体的"大我"向个体的"小我"转化。虽然 21 世纪军旅作家依然表现出对历史、社会、人生的"史诗性"的追求，但是，更加重视个人化、主观化的表述。项小米的《英雄无语》以孙女"我"的主观视角来追寻爷爷和奶奶

---

① 朱向前：《中国当代军旅文学的"第四次浪潮"——军旅长篇小说估衡》，《南方文坛》2005 年第 2 期。

② 同上。

各自的生命轨迹和情感历程，来探讨爷爷完整的、极富传奇色彩的红色革命历史。运用个人性、限制性、想象性颠覆了以往军旅长篇小说对革命历史客观性、全景性、确定性的叙事。爷爷既是一个对组织忠诚、英勇无畏的革命英雄，又是一个在家庭中欺凌奶奶的蛮横的"暴君"，是在婚姻上毫无责任感的大男子主义者。作品写出了以往被宏大叙事漠视的女性为革命作出的难以诉说的牺牲的内涵。具有个性化和主观化的特色。朱秀海的《音乐会》采取了微观性、个体性的主观视角展开叙事，通过朝鲜孤女金英子的回忆，展示了一段富于传奇色彩的抗战历史。"作者对战争场面的描摹，主要依靠小女孩个人化的心灵体验和象征性的病态感受（幻听症使金英子耳畔的枪炮声幻化为音乐会）来实现。'音乐会'这种极富象征意义的个人化想象成了主导战争叙事的推进要素，这无疑为军事长篇小说战争叙事强调模拟性和写实性的描摹策略开拓了新的可能性。这种浪漫主义色彩浓重的战争叙事，一方面强调了东北自然生活状态的诗性和美好，突出了金英子少女生命的青春和活力；另一方面则突出了战争的惨烈和日本侵略军人性的泯灭。故事主体加以散文化、写意性唯美叙述探索了军事长篇小说以精神空间超越故事空间的可能性。"[1] 21 世纪的军旅小说在以现实主义为主体的基础上，吸收现代、后现代手法和技巧，突破传统的单一模式，逐渐形成了多元化形态。首先，题材意识淡化，军旅小说不再仅仅反映重大历史事件，小说对现实及社会问题的反映也不再那样直接，而变得曲折和深层化；其次，对人的描写开始从"英雄人物"转向"普通人"直至"人的存在状态"，对人的刻画不再仅仅表现人的阶级性和政治倾向，而是探讨人的命运、人类的命运、人的生存状态等恒久性的课题；最后，传达途径的大幅度变化，这种变化表现在军旅小说的叙述形态方面：它既保持传统现实主义的某些基本描写方式，如广义的"故事性"，描写的"写实"，人物刻画的"求真"等，又引入许多非现实主义的因素，如生命的直觉描写、意识流的心理刻画等，这种充满了包容性的叙述特点，使 21 世纪军旅小说具有新的、更丰富的形态。

---

[1]　傅逸尘：《裂变与生长：管窥新世纪军旅长篇小说》，《山花》2006 年第 8 期。

都梁的《亮剑》在21世纪开了全新概念的军旅小说先河,被人称为"市场化风格的战争故事"。该作品在21世纪出现,契合着21世纪人们对于军旅小说的阅读期待。尤其是拍成电视剧后,引起很大的反响。《亮剑》2005年9月在中央电视台首播,成为当年收视率最高的电视连续剧。"亮剑""李云龙"成为近几年的热门话题。

《亮剑》是21世纪优秀的军旅小说,"它打破了新中国成立以来军事文学写作的呆板、僵硬的惯性思维,给读者展现了不同于以往的全新的抗日战争景观,塑造了不同以往的、全新的、血肉丰满的抗日英雄群像,表现了作者对战争、对英雄的全新理解"①。

首先,《亮剑》打破了以往军旅小说写战争的概念化和模式化,展示了新的战争美学。以往军旅小说写战争都是具有相同的发展过程和相同写作模式,一般我军都是由弱变强,最终战胜敌人取得胜利。在战役的发展中,所有战役都是按照我军高级领导的统一部署进行战斗,不会也不允许个人按照自己的意志去打仗。虽然战争很艰苦,也会有局部的失败,但是总会最终胜利。在《亮剑》中写了很多场战役,全书写了李家坡阵地战、聚仙楼奇袭战、野狼峪埋伏战、赵家屿破袭战、平安城大战、黑云寨复仇战、赵庄阵地战、碾庄大战、金门海战等十几个战役,每个战役的描写都不同于其他的战役,每个战役都出人意料,每个战役都独具特色,每个战争过程都不同于以往关于战争的描写。尤其是平安城大战,是全书最有特色和最有亮点的一次战役,首先战役不是由总部部署的,也不符合当时八路军总的战略部署。战役的原因是李云龙的未婚妻被日军山本特工队抓走,为了夺回未婚妻,李云龙凭着他的意气和勇敢,一反以往八路军以打游击战为主的战略部署,没有请示上级就向平安城发起了攻城战。战争一开始,这个在整个战略中完全没有部署的战役,将整个西北各方武装都带动起来和日军作战,晋西北的八路军各部、国民党各部、各地区的抗日武装,甚至连土匪武装都卷进这场战役。这场战争来得突然,各参战部队卷入战争也很偶然,各参战部队在战斗中也各怀心思,但是各

---

① 张文诺、李梦普:《英雄的当代回归》,《陇东学院学报》2008年第7期。

股武装的卷入都间接支援了李云龙，促成了平安城攻城战的胜利。《亮剑》在这场战役的描写中，展示了新的战争美学，"打破了长期以来被传统理性梳理了的历史头上的浪漫光环，真实地展现了战争的无序、混乱的事实真相，对战争作多侧面、多层次上的体现，让人们在惊讶之余，发出深深的感慨"。①

　　其次，《亮剑》塑造了李云龙这个独特的英雄人物形象。李云龙是《亮剑》的主人公，也是我国军旅小说中颇具特色的英雄形象。应该说，《亮剑》的成功很大部分原因是因为塑造了李云龙的英雄形象。李云龙是一个敢于打破规范，不很听话、不大遵守纪律甚至带有些匪性的八路军独立团的团长。他文化素质不高，近乎文盲，一开口就是粗话、脏话，敢作敢为，经常因为违反了纪律被降职、处分。但他却是一个有血有肉、个性独特的具有侠义风范的传奇英雄。李云龙具有"崇勇尚武"的侠义精神，在和敌人遭遇时，他从来坚持"狭路相逢勇者胜"的信念，凭借这种勇气和过人的战争智慧，在敌强我弱的情况下，常能反败为胜。他偏爱士兵中的勇武者，"护犊"之情溢于言表，他心爱的警卫员魏和尚被杀，他宁可犯错误也要为之报仇，剿灭已被改编为八路军的土匪。甚至自己部下被打，他都马上要求打对方的耳光。李云龙是一个具有侠肝义胆的、有勇有谋而且很狡黠的英雄。在聚仙楼奇袭战中，他大智大勇，深入虎穴，堂而皇之地参加日本鬼子的生日宴会，大吃大喝后，一举消灭了敌人。在消灭日本川崎部队，与日本山本特种部队以及和国民党楚云飞部队的战斗中，他常常出奇制胜，经常不按规则出牌，以他独特的战争艺术取得一个又一个的胜利。李云龙是一个具有民间审美意趣的传奇英雄，是一个率性而为的大丈夫，是一个血性男儿。他的理想的战斗生活就是如梁山好汉一样，敢作敢为。总之，李云龙是一个具有逢敌必亮剑、勇往直前、无坚不摧的战斗意志，具有驰骋沙场、快意恩仇、大智大勇、放手搏杀的英雄气概的传奇英雄，又是一个具有鲜明的个性，具有张扬的血性的、有缺点的平民化英雄。

---

① 张文诺：《独特的战争美学》，《陇东学院学报》2007 年第 12 期。

　　纵观新时期军旅小说从神圣化到人性化的嬗变，让我们从革命历史书写这个角度了解了新时期文学从一元化到多元化的发展历程。这种嬗变反映了新时期社会生活和心灵世界由单一走向丰富的深刻变化，揭示了信息社会和全球化时代人们由服从共性转向追求个性的价值取向。也是社会变革和文化转型时期文学的贡献和发展的必然。在文学多元共生的 21 世纪，社会正在发生深刻的变革和转型，全球化时代也是一个价值多元化时代，在以人为本的社会里，人们个性越来越丰富、复杂，军人也不例外。革命历史书写必然是开放的、发展的、包容的、多元的。我们期待革命历史书写更加丰富多彩，小说创作更加繁荣昌盛。

论王朔小说的"边缘人"

20 世纪 80 年代中期，王朔掀起了以他的名字命名的一种小说潮，有人称作"王朔潮"。短短几年内，他连续发表了《一半是海水，一半是火焰》《橡皮人》《顽主》《千万别把我当人》《你不是一个俗人》《过把瘾就死》等作品。他的创作在当时引起了巨大的反响，很多作品被拍成电影或电视剧，构成了 20 世纪 80 年代中后期的一个重要文化现象。时至今日，他的作品依然具有魅力。王朔小说从表面上看，带有浓厚的市民趣味，以"亵渎"和"调侃"表现出对主导文化、精英文化的疏离和反感。实际上，他的作品具有特殊的价值，包含着许多 20 世纪 80 年代中后期的社会信息。

一 王朔小说的写作对象：都市"边缘人"

王朔的作品多取材于当代都市生活，表现一群城市青年在社会变革时期的人生经历和心理状态。作品的主人公是一群在社会上没有位置、没有生活信念、与现行规范和秩序不协调的"边缘人"，是处于社会转型时期的一类反叛者，是介于思想解放和放荡不羁之间的人物。他们热衷于亵渎神明，嘲弄规范，携带着冲动和需要步入社会，在秩序的裂缝中穿插往来，他们带着残缺的历史记忆，带着不得不接受的现实和只能如此的方式，铤而走险地表现自己的存在。对社会，他们既怀着不能进入的嫉妒又带着逃避的蔑视，对秩序规范不屑一顾，嘲笑那些循规蹈矩恪守信仰的凡夫俗子。他们不是干着敲诈勒索的勾当，就是玩倒买倒卖的冒险游戏，还会出人意料地替人排忧解难。但是，王朔笔下的人物不是传统的坏人或罪犯，他们往往以抗拒外部的方式来维护自己的"真人"品格，他们瞧不起那些循规蹈矩虚伪的"俗人"，于满不在乎、轻松自如中保持着自己认为的"真"。王朔在《玩的就是心跳》中明目张胆地说："我顶顶烦那种既无资本却又装得特高贵特上流社会的男女，这个时代的任务就是埋葬这种人让他们二世而绝。"王朔在写这些"边缘人"时，把他们放在作品的主体地位，表现出从历史、社会、哲学的层次把握这类人物品格的主题意向。传统的审美定势在这里受到冲击。人们依据不同的价值标准对这些人物褒贬不一，使王朔小说产生争议和轰动效应。

王朔最先引起争议的作品是 1986 年发表的《一半是海水，一半是火焰》。主人公张明是一个无拘无束走向犯罪的青年。他聪明机警，谈吐出众，颇具才气，但小小年纪就十分世故。在他看来，世上没有什么事情可以认真，什么事情在他眼里都就那么回事。他干了很多不合乎规范的"坏事"：他让肝炎病人代为化验好长期装病休假；他面不改色心不跳地撒谎欺骗；他就读于"交钱就可以注册入学，不需考试"的函授大学；他游戏般地犯法只为了"逗逗闷子"。他文雅的外表，使其流氓敲诈活动频频得手，并轻松自如地骗取涉世不深却同样蔑视世俗的女大学生吴迪的爱情。在全部犯罪过程中，他是冷酷的毫不手软的。他反叛一切社会伦理道德，嘲弄所有的教育引导，拒绝担负任何社会的责任，就连吴迪对他纯洁炽热的爱，也只能引起他的一点恻隐之心，而不能动摇他"活得自在""随心所欲"的人生信条。最终，他的欺骗和无情把吴迪推向堕落直至自杀。他的为所欲为也终于受到了法律的制裁，他的心，终于被血的事实震撼了——小说的下部，张明痛苦地踏上反省与回归的艰辛之路。

《橡皮人》也发表于 1986 年，描写的是一群年轻人的一番不平常的生活经历。主人公"我"，"小时候是一个吓坏了的孩子"，长大后"我"闲散度日，后来加入朋友们倒卖汽车、彩电的活动。而在为赚钱周旋拼搏的过程中，"我"却得到一次比一次强烈的惊心动魄的被异化的感觉——"我"由人变成了一具"橡皮人"。尽管"我"对此怀着多么巨大的心理厌恶和理性对抗，但随着"我"越来越深地陷入疯狂赚钱的圈子，越来越清醒地认识到自己已变成"橡皮人"后反而愈发不可收拾地异化下去，以至于日夜踯躅街头，用烂醉来掩饰"我的非人"特点，带着肉体与灵魂的累累创伤，最终难堪地惹眼地离开了人群。

王朔在1988年发表了中篇小说《痴人》。这部作品的主人公和以往作品不同，他们不是社会上的流浪者，而是在"政府机关"谋职的青年人，按理说他们有职业，在社会上有确定的位置。但他们和王朔笔下所有的人物一样：既不安分，又向往自由，喜欢做一些一般人看来荒诞怪异的事情。他们为了一个"实际上人是可以飞起来"的荒诞想法，竟像参加接力赛跑似的，一个接一个踏入歧途，痴迷于洗脑养性、精心修炼，为了实现这一"超出常人的事业"而耗尽一切。最后，"我"终于从噩梦中醒来，"抬头望天，天空是那么幽静深邃，星星是那么遥不可及，我知道自己再也没有机会飞到那上面去了"。"我忍着泪"心酸地承认了这个事实。

王朔的《玩的就是心跳》通过一个虚设的"杀人案玩笑"谜底的追逐和剥离，展示了一群城市浪子浪女们的玩世人生。他们纸醉金迷，灯红酒绿，声色犬马，该玩的都玩过了，玩腻了，什么对他们都失去了新奇和刺激，玩什么都不过瘾，穷极无聊，于是玩出了"人命游戏"，并把玩笑当真事来干，以此获得恶作剧的快感。这个故事显然是虚拟的，作品的意义也不在这个故事本身。作家主要表现的是这几个"边缘人"玩世不恭、恣意妄为的人生态度和人生行为。主人公方言是一个无所事事成天胡混的赌徒，他没有明确的目标，绝不为什么信念而生存，也不为什么主义而活着，甚至也不是为了挣钱和女人，一切在他看来都是游戏，一切都是为了"好玩"。王朔通过方言和他的哥们儿姐们儿在人们面前展现一派光怪陆离、乌烟瘴气又五彩缤纷的生活场景，一个与我们所习惯的价值世界截然不同的天地，一个我们平常在电影电视和小说中少见的世界。

通过对王朔这几部作品中人物的分析，我们发现，王朔对他笔下的人物，并不是持批判态度。他所倾心表现的，是他们年轻道路上的痛苦悲欢、恣意妄为。王朔通过对这些"边缘人"的描述，表现这些"边缘人"身上无法妥协、无法克服的诸多矛盾对立。比如：较高的文化修养、脱俗幽默的谈吐与强烈的反文化、反文明倾向；不乏才气、不乏善良与不思向上、冷酷无情的做法，憎恶虚伪的社会现象与一概采取破坏玩弄的手段，对美好事物的向往仰慕与对自己恶劣行为的姑息纵容的德行，等等。

王朔在他的作品中，也探索了这批"边缘人"存在的社会原因。王朔笔下的"边缘人"都是在那个特定的动乱年月里成长起来的一代人。他们童年的记忆，就是"从小一块偷幼儿园的向日葵一块儿从楼上往过路人身上吐痰"，到了上中学，只是"勉强认了几千汉字"。但他们长大成人后，他们儿时所学的和所形成的价值观念在纷繁变化的时代面前坍塌。在 20 世纪 80 年代纷繁复杂的政治、经济、文化变故面前，他们无所适从，又缺乏应有的让他们心悦诚服的指导。因此，他们以自认为正确的方式在社会上晃荡。张明似乎看透了这个世界，他认为人活在这个世界就应该活得"自在点"，不必去受条条框框的束缚，"所以我发现大学毕业才挣五十元，我就退学了，所以我发现要一辈子当小职员，我就不去上班了"。他要的是不受任何约束，不为任何目标所钳制的自我价值。方言觉得没什么正经事让他感兴趣，只有玩出刺激，玩出"人命"才让他感觉有点意思……显而易见，他们的所作所为是违背社会规范、社会法则的，他们所做的一切最后必然归于幻灭。作品还展示了"边缘人"滋生的土壤：比如，《一半是海水，一半是火焰》中的只管收钱的函授大学以及人情、职责淡漠的世态；《橡皮人》中那个物欲横流的世界，对利益趋之若鹜的人群；《痴人》那种人浮于事、因人而设的机构；《顽主》中那侃侃而谈不做正事的赵老师，空洞虚伪的文坛、政坛和官场……所有这一切，都揭示出王朔笔下"边缘人"玩世不恭、被人玩弄和愚弄他人的社会原因。

二　北京土话和"反讽"的运用："边缘人"的语言特色

1. 北京土话的娴熟运用

王朔小说所运用的语言，不是一般的普通话，而是北京土话。王朔和他作品中的人物运用北京土话，调侃着一切正经、正统。他们操着当下北京最流行的词汇和语汇，因此有人称王朔小说为"京味小说"。北京土话的运用，很切合"边缘人"的身份和特点，恰当地表现了这些都市浪子们调侃一切、玩世不恭、穷极无聊的特点，同时还透露出"边缘人"们所特有的韵味。例如《玩的就是心跳》中有这样一段话：

"夜里我和几个朋友打了一通宵牌，前半夜我倍儿起点，一直浪着打，后半夜点打完了，牌桌上出现了便牌型，缺牌也被打得稀里哗啦，到早上我第一个被抽立了。"这种北京土话透露出特有的生活味道，并且有令人惊讶的新鲜感。一些词汇和语汇是当时才在某些圈子里刚兴起来的，有的只在一定的圈子里使用，颇似"黑话"。王朔展现这些鲜为人知的词汇和语汇，和他作品所描写的特殊人物、罕见事件相辅相成，形成一种完整性。王朔作品中的语言幽默感很强，使读者有一种哭笑不得的感觉，又具有荒诞意味，和他的作品的整个情调暗合。

2. 反讽的运用

所谓反讽，是一种文学语言特有的修辞形式。它表现为语境对一个陈述句的明显歪曲，使字面意义与特定语境下所表达的意义正好相反。王朔小说把"反讽"的技术推到极端。在这个极端上，他的语言拼贴达到无限度无原则的随心所欲。特殊语境与典型话语之间的相反意义，造成了一种特殊的语言效果。从他的作品看，他叙述的语言是传统、政治、中心话语与世俗、边缘话语的嫁接，这样就消解了语义原来的指向，表现出一种对主流意识形态的反叛色调。王朔笔下人物对语言的反讽表现在他们对自己所接受的文学传统的嘲弄，把它当作一种语言玩具来使用。

王朔小说中，常常出现这样的句子："人们都说我是当代活愚公，用嘴侃大山，每天不止"(《浮出海面》)，这段话看后令人感到非常熟悉。毛泽东曾用愚公比共产党人的事业，在"文革"中，经常出现"新愚公"的说法，令一代人特别熟悉。王朔用反讽的方法把这种话语改动一下来描述无聊的谈天，令人发出忍俊不禁的微笑。"不要过早上床熬得不行了再去睡觉，内裤不要太紧，买俩铁球一手攥一个，黎明即起，起了跑上十公里，室内不要挂电影明星画像，意念刚开始漂浮就想河马想刘英俊实在不由自主就当自己是在老山前线一个人坚守阵地守住了光荣守不住也光荣。"(《顽主》)这里引用的"黎明即起"来自中国古老的修身格言，"刘英俊"是60年代被广泛宣传的人物，还有"老山前线"等当时的时髦话语，王朔作品中的这段话是"三T公司"的职员向客人介绍克服手淫的方法。可见王朔"亵渎""调侃"一切正统,充满对神圣的亵渎,对世俗的调侃的反讽特征。这些语言表达了玩世者的自得、逍遥、谐谑、调侃。它体现着一种"极虚妄"的精神,从而撕开人的假面,让人看到假相掩盖下的事实,这对于缓解、消除一个身处于政治道德本位社会的人的巨大的压抑感无疑是有益的。这也恰好符合"边缘人"亵渎神明、嘲弄规范的本质特征。中国文字有一特殊之处,就是当它被组合到文学作品的句子中时取决于特定的语境,但它自身的含义仍然能勾起人们习惯上的联想。同样,当一个句子被运用到文学作品中,不仅承受着作品总体构思所形成的特定语境压力,它自身依靠字面组合而产生的相对稳定的意义也起着作用。王朔正是利用了这两者的空隙巧妙扩大它们之间的距离,造成一种强烈的反讽效果。

三 王朔小说"边缘人"的价值所在

王朔小说中塑造的"边缘人"形象,是 20 世纪 80 年代中期特定历史条件下的产物。王朔在商品经济发展的初期,准确抓住一部分都市青年人的心理,为人们提供了一种新的社会视觉和社会心态。王朔小说获得许多读者特别是青年人的青睐,他的许多作品被改编成电影和电视剧,在 20 世纪 80 年代中期形成一股"王朔热",其小说的本质意义有下面几点:

第一,随着商品经济的发展,人们日渐焦躁和厌烦假正经,尤其是青年人非常讨厌那种板着面孔絮絮叨叨没完没了的理想主义说教。王朔抓住这部分人的心理,用当下北京土话和反讽手法描写都市"边缘人",表现一部分青年人没有生活信念,没有社会位置,与现行规范和秩序不协调,却以特有的方式去维护其内心"真人"品格。

第二,王朔小说从形式上看,平易、单纯、口语化、生活化,情节丰富且极富刺激性,尤其是把人们的习惯话语、传统话语加以反讽,令读者读后有如进入智慧迷宫后自己获得答案,常常使人发出会心的微笑。这实际上有一种诱惑读者的作用。

第三,王朔小说塑造的"边缘人"形象以及"边缘人"生活具有补充

"体验"的功能。他的那些现代都市底层的浮浪子弟和无业游民，那些被他称作"顽主"的都市浪子们，以及他们关于金钱、犯罪、赌博、性感、狂舞、游戏、揶揄的种种想法和做法，是一般人体验不到的，包含着许多20世纪80年代的社会信息，因此人们不可能不感兴趣。

第四，王朔小说从本质意义上说，体现了20世纪80年代中后期我们民族心态的一种现代畸变，是现代国人企图摆脱困境的诸多"活法"的一种艺术象征。王朔小说中的"边缘人"形象是一群看透一切、告别天真与纯洁、老练的富有破坏性和腐蚀性的群体。这个形象群体具有破坏性，他们放肆，冷酷，玩世不恭，寡廉鲜耻，但却真实坦白，并时常为维护其内心的"真"而努力。他们是一群清醒的玩世者。因此，当人们面对他们时就有了深长的思索和联想。

中篇

从边缘到前沿

——新时期少数民族文学研究

从边缘到前沿

——中国当代少数民族小说 60 年的发展演进

中华人民共和国成立已经 60 年了，中国当代少数民族文学 60 年与中国当代文学同步发展演进，同时又有其自身的独特性与艺术规律。60 年少数民族小说和着中国当代文学 20 世纪 60 年代前进的步伐，发生了惊人的变化，取得了辉煌的成就，概括地说，60 年少数民族小说包含了一系列发展：作家队伍从单一到群体、思想内容从政治到文化、创作方法从一元到多元、地位成就从边缘到前沿。少数民族小说 60 年在不断探索中积聚了十分丰富的内涵与十分宝贵的经验，本文拟就 60 年少数民族小说的作家队伍、思想内容、创作方法、成就地位等几个方面作一透视，以期探索 60 年少数民族文学的深层次变化。

一 作家队伍从单一到群体

在新中国成立以前，历代统治者都推行民族压迫、民族歧视的政策，少数民族文学几乎没有具有代表性的作家，有书面文学和作家文学的少数民族不到 20 个，其他少数民族只有口头文学和民间文学。新中国成立以后，翻身得解放的各少数民族同胞，开始大量运用文学尤其是小说表达翻身解放的喜悦，反映各民族人民的社会主义新生活。"从 20 世纪 50 年代中期到 60 年代中期，少数民族小说创作队伍逐渐形成规模，长、中、短篇小说大量问世。在少数民族小说创作队伍中，有满族作家端木蕻良、舒群、马加、关沫南，蒙古族作家玛拉沁夫、乌兰巴干、敖德斯尔、扎拉嘎胡、安珂钦夫、朋斯克、李准，维吾尔族作家祖农·哈迪尔，哈萨克族作家郝斯力汗，朝鲜族作家李根全，彝族作家李乔、李纳、普飞、苏小星，壮族作家陆地，白族作家杨苏，土家族作家孙建忠，侗族作家腾树嵩，苗族作家陈靖、伍略、哈宽贵等，为首的则是蜚声海内外的满族作家老舍。这一大批少数民族作家各以独具一格的作品，为我国当代小说园地增添了绚烂的色彩，也为少数民族小说造成了一个艺术高峰。"①

在 20 世纪 50—60 年代，这些在新中国成长起来的少数民族作家，创作了很多优秀的少数民族小说。蒙古族玛拉沁夫的《春的喜歌》《花的草原》《茫茫的草原》开启了中国当代文学史上的蒙古族文学的先河，创造了别具一格的"草原小说"；彝族作家李乔创作了长篇小说《欢笑的金沙江》，最先开始反映彝族人民由奴隶制到社会主义制度的巨大变化；壮族作家陆地则发表了长篇小说《美丽的南方》，反映了新中国成立初期壮族人民的生活与斗争。

20 世纪 50—60 年代的这些少数民族作家，以各自的小说创作站立在中国当代文学史上，为我们提供了大量的中国当代少数民族小说，展示出他们特有的亮丽的风景。但是，这个时期的少数民族作家还不是很多，不是所有少数民族都有自己的作家，就是以上介绍的少数民族作家，也仅仅是某个少数民族单个或几个作家，还没有形成少数民族的创作群体。

进入新时期后，少数民族文学得到长足的发展，少数民族作家队伍成几何级数增长。改革开放 30 年来，少数民族作家的发展呈现出崭新的态势。少数民族作家队伍人才辈出、空前壮大。我们从一组数字可以看出这个特点：中国作协中的少数民族会员，1980 年为 125 人，1986 年为 266 人，1998 年为 625 人，继 2008 年在水族、赫哲族、毛南族、基诺族、德昂族、门巴族和珞巴族等发展了该民族第一位中国作协会员之后，2009 年中国作协又发展了独龙族、布朗族、高山族、塔塔尔族、俄罗斯族等五个人口较少民族的第一位作协会员，其中塔塔尔族两人，一共六人。截至目

① 李鸿然：《中国当代少数民族文学史论》下卷，云南教育出版社 2004 年版，第 517 页。

前，中国55个少数民族都拥有了本民族的中国作协会员，中国作协会员总数为8930人，共有少数民族会员988人。可见新时期少数民族作家队伍的壮大。

新时期少数民族作家队伍呈现出老中青共同发展的态势，老作家在新时期焕发青春，创作了很多优秀的长篇小说，如蒙古族作家玛拉沁夫的《活佛的故事》《茫茫的草原》下部，彝族作家李乔的《破晓的山野》，壮族作家陆地的《瀑布》，蒙古族作家敖德斯尔和斯琴高娃的《骑兵之歌》，扎拉噶胡的《草原雾》《嘎达梅林传奇》，朝鲜族作家李根全的《苦难的年代》，土家族作家孙建忠的《醉乡》和蒙古族作家李准的《黄河东流去》。中青年作家则在中篇和长篇小说方面都取得突出的成就，如藏族作家扎西达娃的《系在皮绳扣上的魂》，回族作家张承志的《黑骏马》《北方的河》《心灵史》，满族作家朱春雨的《沙海绿荫》，回族作家霍达的《穆斯林的葬礼》，藏族作家阿来的《尘埃落定》，满族作家叶广芩的《黄连厚朴》《采桑子》，藏族作家央珍的《无性别的神》，土家族作家李传峰的《最后一只白虎》，土家族作家叶梅的《最后的土司》，满族作家庞天舒的《落日之城》，等等。

新时期少数民族作家在30年的发展中，不仅仅是55个少数民族都有了自己的作家，而且还形成了少数民族的作家群，这使得当代少数民族小说作家群呈现出从单一到群体的态势，出现了藏族作家群、蒙古族作家群、满族作家群、壮族作家群、维吾尔作家群、哈萨克族作家群、回族作家群、土家族作家群、朝鲜族作家群、景颇族作家群、傈僳族作家群、达斡尔作家群、鄂温克作家群、鄂伦春作家群等。尤其是少数民族女作家群十分引人注目，霍达、马瑞芳、叶广芩、边玲玲、萨仁图亚、巴莫曲布嫫、景宜、梅卓、央珍、叶梅等少数民族女作家，不仅用她们的小说展示各自的民族生活和民族文化，还展现出独特的女性意识，为当代文学的女性文学创作增添了少数民族这一亮丽的风景。

少数民族小说六十年的作家队伍，经历了从几乎没有作家到有少数几个民族有单一或几个作家、再到形成很多少数民族作家群的壮大过程。

二　主题内容从政治到文化

新中国成立之初的少数民族作家，都经历了翻身解放的欣喜，感受到新中国建设社会主义的奇迹，他们迫切想表达这种喜悦和心声，同时，各个少数民族独特的民族风俗和特色，使得这些少数民族作家欣喜地发现颇具特色的写作资源。因此在 20 世纪 50 年代，出现一批歌颂新中国、歌颂翻身解放、歌颂社会主义建设且颇具民族特色的少数民族小说。这个时期，少数民族小说的代表作家有满族著名作家老舍、蒙古族作家玛拉沁夫、彝族作家李乔、壮族作家陆地、维吾尔族作家柯尤慕·图尔迪、土家族作家孙建忠等。

玛拉沁夫在 20 世纪 50 年代发表了长篇小说《科尔沁草原的人们》《茫茫的草原》以及短篇小说集《春的喜歌》《花的草原》等小说。《科尔沁草原的人们》是中国当代文学史上第一篇描写蒙古草原新生活的小说，是中国草原文学的开山之作。这篇小说描写新中国成立之初一位蒙古族姑娘为了保卫革命新政权和草原人民的生活，只身追捕一个潜逃的反革命分子的故事。该作品和 20 世纪 50 年代的小说一样，具有很强的政治色彩和阶级斗争特色，但是该作品最突出的特色是草原色彩，创造了一种中国小说历史上从没有过的草原氛围。诗人臧克家评论该小说时说："我们仿佛闻到了大草原喷放出来的香味，看到牛马在风前飘动的鬃毛，听到了猎犬在草原奔跑的足音。"[①] 这就是浓郁的草原特色。而玛拉沁夫的《茫茫的草原》描写的是 1946 年抗日战争胜利后草原上复杂的阶级斗争，反映了中国共产党领导下内蒙古人民争取翻身解放的伟大革命斗争，这和当代文学史上 17 年中的红色经典小说有异曲同工之处。该小说的独特之处在于努力表现蒙古族的民族精神和文化，具有浓郁的蒙古民族文化意蕴。李乔在 20 世纪 50—60 年代出版了长篇三部曲《欢笑的金沙江》，包括《醒了的土地》《早来的春天》《呼啸的山风》三部，全方位描写了彝族人民在中国共产党领导下翻身解放的历史，描写了凉山彝族地区民主改革以及平息奴隶主叛乱

---

① 臧克家：《可喜的收获》，《新观察》1952 年第 4 期。

的历史事件，描写了彝族人民从奴隶到过上社会主义幸福生活的历史经历，质朴流畅地描绘了彝族地区的风俗画、风景画和彝族特有的民族性格和传统色彩。李乔是彝族第一个小说作家，著名少数民族学者、评论家李鸿然教授把李乔称为"彝族小说之父"。壮族作家陆地《美丽的南方》描写的是中国南方少数民族壮族地区的土地改革运动，通过一个壮乡——长岭乡的土地改革运动，展现了广西壮族地区土地改革运动时期特有的风貌，蕴含着特有的壮族民族特色。

20世纪50—60年代的少数民族小说，是和着新中国文学的步伐一同前进的，当时中国当代文学的主体部分，是依照毛泽东的文艺方针进行创作的，因此作为中国当代文学中一个门类，少数民族小说有着20世纪50—60年代当代文学的共同特性，那就是文学为政治服务。此阶段的少数民族小说也有着鲜明的政治色彩，主要内容都是歌颂新中国、表现各民族在翻身解放中的阶级斗争。此阶段少数民族小说的独特之处是这些斗争都在少数民族地区展开，具有浓郁的少数民族风俗特征和色彩，但是这些少数民族的风情和色彩只是这些少数民族地区的阶级斗争生活的载体，是阶级斗争故事展开的独特环境，是小说政治色彩的陪衬。少数民族的风情和文化没有成为当时少数民族小说的主角。

新时期是少数民族小说得到长足发展的时期，新时期30年来，少数民族小说出现了蒙古族作家玛拉沁夫的《活佛的故事》，藏族作家扎西达娃的《系在皮绳扣上的魂》，回族作家张承志的《黑骏马》《北方的河》《心灵史》，满族作家朱春雨的《沙海绿荫》，回族作家霍达的《穆斯林的葬礼》，藏族作家阿来的《尘埃落定》，满族作家叶广芩的《黄连厚朴》《采桑子》，藏族作家央珍的《无性别的神》，土家族作家李传峰的《最后一只白虎》，土家族作家叶梅的《最后的土司》，满族作家庞天舒的《落日之城》等优秀小说。最主要的表现就是少数民族风情和文化不再仅仅是陪衬和环境，而是走向前台成为主角。民族习俗和民族风情不再是政治的附属品，而是每个民族文化的本体。

蒙古族作家玛拉沁夫的《活佛的故事》通过"我"的伙伴"玛拉哈"从人变成神、而后又从神变成人的故事描写，展示了作者独特的思考，故事不再是政治的附庸，而是包含了宗教的、历史的、哲学的多种层面，民族文化已经成为作家要表达的主要内容。鄂温克族作家乌热尔图在20世纪80年代发表了《一个猎人的恳求》《七叉犄角的公鹿》和《琥珀色的篝火》，以鄂温克族特有的文化心理，描写对被现代社会日益削弱的民族文化的忧患意识。鄂温克民族独特的生活历史、具有独特民族心理素质的猎人和猎区、大森林色彩绚丽的自然风景，构成乌热尔图短篇小说独有的民族文化世界。回族作家霍达的《穆斯林的葬礼》详尽地展示了北京一带回族的穆斯林传统，以无比尊敬和自豪的语气描写穆斯林的精神追求和节操，详尽地展现了浸透于衣食住行、婚丧嫁娶等日常生活和意识中的宗教习俗，具有浓郁的穆斯林文化内蕴。而著名作家张承志的《心灵史》通过描写回教中"哲合忍耶"教派坚贞的信仰，深刻地展示了回族人民的精神世界，融历史、宗教、文学于一炉，"企图用中文汉语创造一个人所不知的中国"（张承志语）。而藏族作家阿来的《尘埃落定》凭借丰富的历史文化渊源和深厚而独特的民族特色获得了2000年的茅盾文学奖。在这部作品中，阿来以麦琪土司家"傻子"儿子的独特视角，描写了土司家族由盛转衰，并最终走向灭亡的故事，蕴含了历史、文化、宗教、人性等丰富内涵。《尘埃落定》深层地展示了川西藏族的民族、宗教和历史文化，这种文化不是表现其他主题的载体，它本身就是小说的本体，作品所描写的藏族地区的风俗习惯，也不是小说的背景，而是小说的主角。《尘埃落定》最为突出的特点，是在一个具有浓郁民族特色和文化内涵的小说中，揭示出人性的共性，描写了人类的贪欲、杀戮、复仇、享乐、淫乱，以及关于人类傻子和聪明人的本质的揭示。因为揭示出了人类人性的共同性，因此这部小说具有"世界性"。

纵观少数民族六十年的小说，主题内容经历了从政治到文化的过程，反映了新中国六十年各少数民族从表现翻身解放的喜悦到追求民族文化内蕴的心路历程。

三 创作方法从一元到多元

新中国少数民族小说发展之初，是和着新中国文学及中国当代文学的步伐一同发展的，在 20 世纪 50—70 年代，现实主义创作方法是唯一合法的创作方法，它以其独特的地位和影响，完全排斥其他的文学创作方法和文学思潮，成为这一时期唯一的文学思潮。在这一时期，中国当代文学就是现实主义文学。除浪漫主义还偶被提起以外，其他文学思潮基本销声匿迹，现实主义文学思潮一跃到一元化独尊的地位。1949 年 7 月第一次文代会召开，在这次大会上，毛泽东的《在延安文艺座谈会上的讲话》被确定为新中国文艺工作的总方针，确定文艺为人民大众首先为工农兵服务的方向为新中国文艺运动的总方向。从此，文学为工农兵服务，尤其是狭隘地为政治服务方向被写进文件，成为束缚新中国文学近 30 年的桎梏。在新中国成立的大好时机下，文学创作出现了一批歌颂新中国、歌颂领袖的现实主义文学作品。20 世纪 50 年代少数民族小说刚好和着这股浪潮，创作了大批反映少数民族生活和斗争的现实主义小说。

在 20 世纪 50—70 年代文学发展过程中，少数民族小说运用现实主义创作方法，取得了较大的成绩，这些作品热情歌颂各民族为新中国浴血奋战的英雄，热情歌颂各民族人民走社会主义道路的创举，塑造了一系列民族英雄的形象，也描画了许多具有浓郁民族特色的生活场景。很多少数民族作家如玛拉沁夫、李乔、陆地等人的作品达到了那个时代思想与艺术的较高的程度，到现在这些作品还具有特殊的艺术魅力。

但是，由于当时遵循的苏联的社会主义现实主义创作方法本身的严重缺陷，加上文学与政治关系的进一步强化，现实主义文学思潮被政治化、庸俗化甚至被严重畸形化。20 世纪 50—70 年代的少数民族现实主义文学作品有明显的缺点。其主要表现为：第一，主题先行。以方针政策来图解、演绎生活，将丰富多彩的民族生活统统纳入敌我双方斗争的框架之中。将同样丰富多彩的人物按照阶级划分法来设计，民族生活的丰富性、多重性被概念化、公式化、雷同化；第二，在真实性和倾向性关系上，着重以倾向性来带动真实性。以所谓"反映生活本质"来回避、掩盖、粉饰民族生活与政治宣传不一致的真实性的一面。各少数民族生活的宗教特性、独特风俗习惯都统统被阶级斗争所代替；第三，人物塑造方面，主要以主要人物来表达政治倾向和图解现实，人物不是典型化，而是类型化。

写英雄人物"神化"，写反面人物"丑化""漫画化"；第四，艺术表现手法上，手法单一，情节雷同，美学底蕴严重不足。

20 世纪 80 年代中后期以后，随着浪漫主义的萌发和现代主义、后现代主义的崛起，新时期文学进入了多元化发展时期。

浪漫主义思潮萌发并在一个较短的时间内逐渐发展为一股颇有声势的文学潮流，是新时期文学中格外引人注目的现象。20 世纪 80 年代初，张承志以《黑骏马》开始了他的浪漫主义的文学创作，乌热尔图的《七叉犄角的公鹿》《琥珀色的篝火》等作品，表现出回归大自然和传统的倾向。新时期的浪漫主义文学首先是从少数民族小说开始的，从而开始了新时期少数民族小说的多元化历程。

在 1985 年文化寻根的小说创作思潮中，少数民族作家起到非常重要的作用，达斡尔作家李陀，是最早开始高举"寻根"大旗的作家，李陀在 1984 年就表达了寻根意向："渴望有一天能够用我已经忘记的达斡尔语，结结巴巴地和乡亲们谈天，去体验达斡尔文化给我的激动。"[①] 李陀既是寻根思潮的理论骨干，又是寻根小说思潮的主要创作者。在寻根小说思潮中，还有"张承志的《黑骏马》吹送了内蒙古草原文化的劲风，乌热尔图笔下的马嘶、篝火和暴风雪，带来了鄂温克族地区的文化色素，扎西达娃的《西藏，隐秘的岁月》《系在皮绳扣上的魂》，对古老西藏奇异故事的描写中，透出马尔克斯魔幻现实主义的明显烙记"[②]。

随着西方现代、后现代文学思潮的引进，新时期小说接受西方现代、后现代创作手法，出现了意识流、现代派、先锋派、新历史主义、女性主义等多元化的创作方法。少数民族小说的创作也走向了多元化时期。

藏族作家扎西达娃的作品《系在皮绳扣上的魂》《西藏，隐秘岁月》《去西藏的路上》等，明显受到魔幻现实主义的影响，具有比较典型的魔幻现实主义特色。他的作品把虚构与真实、神话与现实、历史与现在交替在一起，同时糅合着西藏的奇异自然、民族风情和神秘的宗教文化。《系在皮绳扣上的魂》中民间传说、神话故事、宗教经典与神秘的自然相互交

① 李陀：《创作通信》，《人民文学》1984 年第 2 期。
② 朱寨、张炯主编：《当代文学新潮》，人民文学出版社 1997 年版，第 279—280 页。

融，再加上扎西达娃特有的"魔幻"叙述方法，打破时空顺序，把幻觉中现实和客观现实融合在一起，因而具有明显的魔幻现实主义特色。

阿来的《尘埃落定》同样运用魔幻现实主义手法，将川西藏族土司的兴盛和灭亡写得亦真亦幻。《尘埃落定》运用傻子的视角叙述故事，傻子既是叙述者，又是经历者，从而产生一种奇异的叙述效果。阿来在这部作品中，大量运用象征手法，具有寓言性特色。作品中关于傻子和聪明人的象征就具有鲜明的人生寓言特色。同时，阿来在作品中大量运用意象来激起语言的张力，将文字难以用写实表达的意蕴运用意象表达，从而引起阅读者的深层思考，具有朦胧但又有暗示性的特征，这些都超越了现实主义的创作成规，开启了新时期少数民族小说的多元化的格局。正如中国作家协会原常务书记鲍昌在为《新时期中国少数民族小说选》所作的序中所说："中国少数民族作家，在开掘作品的主题上是不断深入的。他们从一般的社会现象，推进到文化现象乃至人的生命现象，与此同时，他们在表现人的心理时，层次更多了。各类人物的丰富情感、细腻的感受、意识的流动，以及变态的心境、梦境、幻觉和潜意识，近年来都出现在少数民族文学中，呈现出百花争艳似的不同的风格、形式和手法。即使在这本选集里，我们也可以看到小说的抒情化、象征化、隐喻化以及魔幻现实主义手法的运用。"①

从以上分析可以看出，少数民族六十年小说创作方法经历了从现实主义创作方法的一元化到现实主义、浪漫主义、现代主义、后现代主义创作手法的多元化的探索过程。

四 成就地位从边缘到前沿

从 20 世纪 50 年代开始出现的少数民族小说，在很长一段时间都处于中国当代文学的边缘地带。在 20 世纪 50—70 年代，少数民族小说一直都是紧随中国当代文学的主要思潮发展，是中国当代文学主要文学思潮中一个分支。少数民族小说的这种边缘地位，在进入新时期以后被打破了，20

---

① 鲍昌：《将要实现渴望的种子——〈新时期中国少数民族小说选〉序言》，《民族文学》1978 年第 8 期。

世纪80—90年代，有一大批优秀的少数民族小说出现，以其独特的思想内涵和艺术成就，直抵中国当代文学的前沿。正如评论家周政保所言："也许因为传统与文学沿袭的缘故，少数民族的长篇小说一向显得相对薄弱，而且到了80年代中国长篇小说开始重新起步的时候，少数民族长篇小说仍然给人以滞后之感。但到了80年代末，情势则呈现出一种喷薄的转机——霍达（回族）的《穆斯林的葬礼》、张承志（回族）的《金牧场》、孙建忠（土家族）的《死街》、朱春雨（满族）的《血菩提》等，都是80年代末的作品。到了90年代，优秀的或比较好的少数民族长篇小说更是纷至沓来，如阿来（藏族）的《尘埃落定》、央珍（藏族）的《无性别的神》、吴恩泽（苗族）的《伤寒》、庞天舒（满族）的《落日之城》、布和德力格尔（蒙古族）的《青青的群山》、蔡测海（土家族）的《三世界》、赵雁（满族）的《空谷》等。特别是，在中国长篇小说的创作数量出现前所未有的急剧膨胀的情势下，少数民族长篇小说不但没有被湮灭，反而显示了独特的创作实力或潜力——在我提及的相当有限的长篇中，就有着真正体现当下中国长篇小说创作性及艺术水准的优秀作品。可以毫不夸张地说，虽则少数民族长篇小说创作在新时期起步较晚、且又少有这一领域的民族文学传统，但它奇迹般地站立到了中国长篇小说世界的前沿……"① 从周先生的评论可以看出，从20世纪80年代末到20世纪90年代直至21世纪，中国少数民族小说取得突出的成就，已经抵达了中国文学的前沿。从中国长篇小说最高奖项茅盾文学奖看，截至2009年，茅盾文学奖已评了七届，在这七届中有三部少数民族小说获奖，分别是李准（蒙古族）的《黄河东流去》、霍达（回族）的《穆斯林的葬礼》、阿来（藏族）的《尘埃落定》。

中国少数民族文学有自己的奖项，"骏马奖"就是我国少数民族文学的最高奖项。该奖项设立于1980年，每三年评选一次，其指导思想是："全国少数民族文学创作奖的评选工作，高举邓小平理论伟大旗帜，以马列主义、毛泽东思想和邓小平理论为指针，坚持四项基本原则，维护祖国的统一，民族的团结，贯彻'百花齐放，百家争鸣'的方针，弘扬主旋

---

① 周政保：《抵达中国文学的前沿——新时期以来部分少数民族长篇小说读札》，《民族文学》1999年第5期。

律，提倡多样化，鼓励和倡导关注现实生活、体现时代精神、反映少数民族新的精神风貌的好作品。坚持导向性、权威性、公正性，扶植人口较少民族文学出新人新作。评选出思想性、艺术性、民族多样性都完美统一的优秀作品。"迄今为止，"骏马奖"已评了九届，55个少数民族几百个作家获得这一全国性的大奖，获奖作品包括小说、诗歌、散文、儿童文学、报告文学等，其中长篇小说就有四十多部，这九次评奖的少数民族小说，都具有中国当代小说的前沿水平，取得了突出的成就。

新时期六十年少数民族小说取得了突出的成就，从前30年的边缘化地位，发展到后30年的抵达中国当代文学前沿的辉煌地位，既展示了中国少数民族文学的辉煌成就，又和着中国当代文学六十年的步伐，形成了高举爱国主义旗帜、凸显民族团结的主题、反映时代旋律、开掘民族文化内涵、探索多元创作手法的少数民族小说的特色，取得了少数民族小说的辉煌成就。

关于中国当代少数民族小说六十年的成就和贡献，我想用我老师——著名少数民族文学研究学者李鸿然教授的一段话作结："各少数民族文学都有独特的文学价值和主体品格，既不可或缺，也不可替代。55个少数民族的文学，使中国当代文学呈现出丰富多样的色彩，与汉族文学一起共同构成了多元一体的社会主义文学，它们有不同的文化传统和时空背景，表现不同族群的生活经验和审美情趣，使人们认识多样的价值观念，多样的生存方式，多样的文化类型，多样的审美选择，可以增添人生经验，扩大文化认知，获得审美享受，杰出的少数民族作家，都是特定的文化符号，他们不可替代，难以逾越。他们的作品有独一无二的品格和价值。"①

---

① 李鸿然：《中国当代少数民族文学史论》上卷，云南教育出版社2004年版，第152页。

少数民族文学入史现状及入史策略

    中国当代文学史的写作从 20 世纪 50 年代开始，但中国当代文学史课程在新时期才大范围开设，因此比较成熟完善的中国当代文学史出现在 20 世纪 80 年代以后。迄今为止，各种版本的当代文学史有七十多种，20 世纪 80 年代具有代表性的中国当代文学史有：张钟等编写的《当代文学概观》（北京大学出版社 1980 年版），郭志刚等编写的《中国当代文学史初稿》（人民文学出版社 1980 年版），复旦大学等 22 院校编写组编写的《中国当代文学史》（海峡文艺出版社 1981 年版），华中师范大学编写组的《中国当代文学》（上海文艺出版社 1983 年版）；20 世纪 90 年代至 21 世纪具有代表性的当代文学史教材有：洪子诚撰写的《中国当代文学史》（北京大学出版社 1999 年版），王庆生主编《中国当代文学史》，（高等教育出版社 2003 年版），田中阳主编的《中国当代文学史》（湖南师范大学出版社 2003 年版），陈思和主编的《中国当代文学史教程》（复旦大学出版社 2004 年版），孟繁华、程光炜撰写的《中国当代文学发展史》（人民出版社 2004 年版），於可训撰写的《中国当代文学概论》（武汉大学出版社 2009 年版）等。在这些中国当代文学史著作中，当代少数民族文学入史的情况有不同的状态。

一

    总的来说，20 世纪 80 年代的中国当代文学史中关于少数民族的描写和论述较多，20 世纪 90 年代以后的中国当代文学史中少数民族文学的内容逐渐减少，甚至有的中国当代文学史中完全没有少数民族文学的内容。值得注意的是，20世纪80年代的中国当代文学史在20世纪90年代和21世纪的修订本中，逐渐减少少数民族文学内容，有的甚至完全删除。这种趋势，在福建师范大学文学院教授席扬的文章《关于中国当代文学史中"少数民族"的"历史叙述"问题》①一文中有明确的描述。席扬教授详细分析了少数民族文学在中国当代文学史中逐渐弱化的现象，并从外部机制分析了造成这种现象的原因。

从少数民族文学发展的内部原因来说，少数民族文学的内涵没有确定，划分少数民族文学的标准没有统一是少数民族文学作品入史少的最主要的原因。少数民族文学的界定有"题材说""作者说""题材说或者作者说皆可"等。因此，在20世纪80年代的中国当代文学史中，虽然顾及了少数民族文学的论述与描写，但少数民族文学作品入史的状态是很混乱的。比如，汉族作家林予的《塞上烽烟》、郭国甫的《在昂美纳部落里》、徐怀中《我们播种爱情》，只是因为他们分别描写了侗族、佤族、藏族人的生活，就划归为少数民族文学，这实则将少数民族题材文学划归到少数民族文学之中，和壮族作家陆地、蒙古族作家玛拉沁夫、彝族作家李乔等一起被写入《中国当代文学史初稿》中。而老舍的具有浓郁满族特色的作品《正红旗下》在中国当代文学史则不被提及，在文学史中只提及老舍的满族特色不鲜明的作品如《茶馆》等，而且从未分析老舍这些作品的少数民族特色。其主要原因就是因为少数民族文学的界定不明确。20世纪90年代以来，少数民族文学内涵出现了多种界定，各有各的描述，没有统一的规定，连什么是少数民族文学都无法统一，当然入史就更不好选择了。加上中国当代文学史的撰写者大都是汉族身份，本身就具有一些大汉族意识。于是，要么将少数民族文学不甚清楚的内容减少，要么干脆删除。而台港澳文学则是另一种情形，台港澳是中国的一部分，中国当代文学应该包含台港澳当代文学，台港澳文学的内涵明确清楚，不存在争议，因此台港澳文学便大篇幅地进入中国当代文学史。

---

① 席扬：《关于中国当代文学史中"少数民族"的"历史叙述"问题》，《民族文学研究》2011年第2期。

少数民族文学的研究者，尤其是少数民族身份的研究者将少数民族入史则是另一种情形。为了撰写少数民族文学史，将具有少数民族族属身份的作家的所有文学作品都算作少数民族文学，从而导致少数民族文学概念泛化。一般是将那些没有少数民族意识、没有少数民族特质只是具有少数民族身份作家写的作品都算作少数民族文学，都写进少数民族文学史。从20世纪80年代以来，少数民族文学出现了很多优秀作家作品，比如回族作家张承志的《心灵史》、回族作家霍达的《穆斯林的葬礼》、藏族作家阿来的《尘埃落定》，等等。国家为了加强少数民族文学的研究和学科建设，做了很多加强少数民族文学发展的工作。从机构上说，成立了"中国社会科学院少数民族文学研究所"；从平台上说，创办了《少数民族文学研究》杂志；从奖项来说，设立了少数民族文学奖"骏马奖"等。少数民族文学研究得到长足发展，出现了撰写少数民族文学史的热潮。首先延续十七年的少数民族族别文学史的编撰和出版，比如，壮族文学史、藏族文学史、苗族文学史等。在此基础上撰写55个少数民族文学的整体文学史，主要有：中南民族学院《中国当代少数民族文学史稿》编写组编写的《中国当代少数民族文学史稿》（长江文艺出版社1986年版），吴重阳撰写的《中国当代文学概观》（中央民族学院出版社1986年版），梁庭望等编写的《20世纪中国少数民族文学编年史》（辽宁民族出版社2006年版），特·赛音巴雅尔主编的《中国少数民族当代文学史》（十月文艺出版社1999年版），李鸿然撰写的《中国当代少数民族文学史论》（云南教育出版社2004年版）等。这些少数民族文学史选择标准主要是作者身份。特·赛音巴雅尔主编的《中国少数民族当代文学史》在导言中明确指出："我们编写这部书的原则是：所谓'中国少数民族当代文学'，首先必须是中国少数民族当代作家，不管他运用本民族文字写作，还是运用其他民族或外国文字写作，也不管他写的作品反映的是本民族生活还是其他民族生活或外国生活，只要他是以自己民族感情和心理去写的，我们就认为它是那个民族的当代文学作品，也是我们少数民族的当代文学作品。"[1] 按照这种标准，该著作将

---

[1] 特·赛音巴雅尔主编：《中国少数民族当代文学史》，内蒙古教育出版社2009年版，导言第1—2页。

具有蒙古族身份的李准、具有满族身份的柯岩的作品都算作少数民族文学，明显将少数民族文学泛化了。李鸿然在《中国当代少数民族文学史论》中明确以作者的民族身份作为少数民族文学的划分标准："总之，民族文学的划分，不能以作品是否使用了本民族语言或是否选择了本民族题材为标准，正确的标准只能是作者的民族成分。作者属于什么民族，其作品就是什么民族的文学；少数民族出身的作家创作的所有作品，不管使用哪种语言文字，反映哪个民族生活，都属于少数民族文学。"① 因此，该著作除了将具有蒙古族身份的李准、具有满族身份的柯岩的作品都算作少数民族文学外，还将具有满族身份的关仁山、具有回族身份的陈村的作品都算作少数民族文学。其实这些具有少数民族身份的作家，他们的作品没有少数民族意识、也没有反映少数民族生活。将他们的作品算作少数民族文学确实很牵强，可见少数民族的概念泛化。而李准等人的作品在进入当代文学史时，却不是以少数民族文学身份进入的，其原因就是没有少数民族文学的特质。概念的泛化会导致编写文学史的学者难以遴选出真正的少数民族作品，因此常常就采用弱化或者不入史的办法对待少数民族文学。有意思的是，汉族编撰者撰写的文学史将汉族人描写的少数民族题材文学划归少数民族文学，少数民族编撰者撰写的少数民族文学史将少数民族作家描写的汉族生活作品划归到少数民族文学，这都是少数民族文学泛化的表现。

二

少数民族文学如何入史？从少数民族文学主体来看采取什么入史策略？这是当下我们应该思考的问题。从以上现象分析，少数民族文学入史弱化的主要原因是少数民族文学的内涵不明确。因此，首先明确少数民族文学的内涵，确保少数民族文学的经典作品入史，是少数民族文学入史的主要策略。

如何具体界定当代少数民族文学，学界众口不一，归纳起来有以下三

---

① 李鸿然：《中国当代少数民族文学史论》上卷，云南教育出版社 2004 年版，第 13 页。

种：第一，"题材决定论"，描写少数民族生活的文学作品都是少数民族文学。这种界定以学者单超为代表，单超先生在 1983 年发表的文章《试论民族文学及其归属问题》中提出："既然少数民族文学和其他文学一样，都是社会生活的反映，就可以说，凡反映某一民族生活的作品，不管是（作者）出身于什么民族，使用何种文字，采用什么体裁，都应该是某民族的文学。"① 这种界定，将汉族作家写作的民族题材作品也划归到少数民族文学范畴内，没有厘清少数民族文学的主要特点。第二，"作者族属论"，凡是少数民族作者写作的文学作品都是少数民族文学，这种观点最先由著名蒙古族作家玛拉沁夫先生提出，1985 年，他在《中国新文艺大系 1976—1982 少数民族文学集》的导言中提出："少数民族文学，顾名思义，是少数民族人民创作的文学。由此我们得出这样一点理解，即作者的族别（作者的少数民族身份）是我们确定少数民族文学的基本依据。"② 在族属身份的基础上，玛拉沁夫又提出其他两个因素："作者的少数民族族属、作品的少数民族生活内容、作品使用的少数民族语言文字这三条，是界定少数民族文学范围的基本因素；但这三个因素并不是完全并列的，其中作者的少数民族族属应是前提，再加上民族生活内容和民族语言文字这二者或二者之一，即为少数民族文学。"③ 这种界定，表面看来很全面，但是忽略了当代少数民族文学的一个主要现象，就是少数民族作家的汉语写作。从1949 年到玛拉沁夫先生提出这种观点的 1985 年，有很多少数民族作家用汉语写作了很多优秀的少数民族文学作品，比如，彝族作家李乔的《欢笑的金沙江》、壮族作家陆地的《瀑布》，以及玛拉沁夫自己写作的《茫茫的草原》都是用汉语写作的，这些作品一直都被称作少数民族文学的作品，都不是运用彝语、壮语、蒙古语创作的。因此如果仅仅强调民族语言作为划分少数民族文学标准是不恰当的。与玛拉沁夫观点类似，1986 年著名学者吴重阳坚持以少数民族文学的族属身份作为划分少数民族文学的标准。

---

① 单超：《试论民族文学及其归属问题》，《中央民族学院学报》1983 年第 2 期。
② 玛拉沁夫：《中国新文艺大系 1976—1982 少数民族文学集》，中国文联出版社 1985 年版，导言。
③ 同上。

他指出："少数民族文学就是少数民族人民创作的文学。划分少数民族文学归属的主要标志，是看作者的民族出身。换言之，无论用的什么文字，反映的是哪个民族的生活，凡属少数民族作家创作的作品，都应归于少数民族文学的范畴。"① 此后著名学者李鸿然教授也强调了这种观点，李鸿然教授在《当代少数民族文学史论》中就以这个标准进行少数民族文学的界定和研究。1992 年，著名学者马公良、梁庭望、张公瑾等人在主编的《中国少数民族文学史》中同样强调少数民族族属身份在划分少数民族文学中的重要性。这种划分的问题在于忽略了当代文学中一些具体问题，中国当代少数民族文学是相对于中国汉族文学而言的。当代文学中一些作家具有少数民族身份，但他们从未展示少数民族意识和少数民族特色，在中国当代文学史和文学评论中，他们的作品也很少被称为少数民族文学。他们只是拥有少数民族族属身份。比如李准（蒙古族）的小说、王朔（满族）的小说、陈村（回族）的小说，等等，如果把他们划归少数民族文学明显有牵强之感。第三，作者族属身份和民族题材相统一。这个界定扩大了少数民族文学的范围，指出少数民族作家的作品和描写少数民族生活（少数民族、汉族皆可）题材的作品都是少数民族文学。针对前两种划分标准的弊端，20 世纪 90 年代后，一批少数民族文学研究者开始多向思维，不再用单一的标准划分少数民族文学。1997 年王炜烨在文章《拓深与扩大：少数民族文学评论对策》一文中指出："对于少数民族文学创作的定位，我们着眼于两个方面：一是从作家的民族成分而言，指少数民族作家的作品；二是从作品的题材来说，包括生活在少数民族地区的汉族作家创作的反映少数民族生活的作品。……不妨说，它所指的就是少数民族作家和少数民族题材的作品。"② 这种界定也失之偏颇，最大的问题就是将少数民族题材文学划归为少数民族文学。少数民族文学是相对于汉族文学而言的，汉族作家明显缺乏少数民族意识以及对少数民族身份的追寻及热爱。因此，将汉族作家的少数民族题材的作品划归为少数民族文学是不妥的。

---

① 吴重阳：《中国当代少数民族文学概观》，中央民族学院出版社 1986 年版，第 7 页。
② 王炜烨：《拓深与扩大：少数民族文学评论对策》，《内蒙古社会科学》1997 年第 2 期。

少数民族文学,应该是少数民族作家创作的具有少数民族意识和少数民族特质的作品。这样来规定少数民族文学,更符合中国当代少数民族文学的实际。首先,少数民族文学作家必须具有少数民族族属身份,这是几代少数民族文学研究者的共识。只有少数民族作家才具有独特的少数民族审美追求、独特的少数民族意识、独特的少数民族的思维方式和心理方式,也就是说只有少数民族作家才能写出具有民族意识和民族特质的文学作品。其次,只有少数民族作家认同自己的少数民族族属,在自己作品中张扬少数民族的意识,才会运用少数民族思维来创作小说,才能写出具有少数民族特质的作品。最后,并不是所有少数民族作家都会在创作中自觉追求少数民族的特质,只有那些自觉追求少数民族特色的作家才会创作出具有少数民族内涵和少数民族特质的作品,这些作品才具有区别于汉族文学的少数民族文学特色。如果要再进一步细分,则要考虑到一些具体情况。第一,少数民族文学是相对于汉族文学而言的,因此具有汉族思维和汉族特色的作品不是少数民族文学,少数民族文学不包括虽具有少数民族族属身份但在作品中没有展现民族意识和民族特质的作家,比如具有蒙古族身份的李准、具有满族身份的王朔、具有回族身份的池莉、具有仫佬族身份的鬼子等的作品就不属于少数民族文学。第二,具有少数民族族属身份的作家运用母语写作和汉语写作的作品都是少数民族文学。少数民族文学分为母语文学和汉语文学。运用少数民族母语写作的作品毫无疑问是少数民族文学,少数民族作家运用汉语写作的具有少数民族意识和少数民族特质的作品也是少数民族文学。在当代少数民族文学创作中,由于汉语在运用和传播方面的强大地位,少数民族作家运用汉语写作的少数民族文学数量上达到所有少数民族文学的90%以上,这是当代少数民族文学创作中的一个突出现象,这些作品都属于少数民族文学。第三,汉族作家写作的少数民族题材作品不属于少数民族文学,它们适宜于被称作少数民族题材文学。比如马健的藏族题材小说、迟子建的鄂温克族题材小说都不属于少数民族文学。而具有少数民族族属身份的作家,不管他们描写的是不是自己民族生活,只要是描写少数民族生活,具有少数民族的意识,其作品都属于少数民族文学。比如回族作家张承志描写蒙古族生活的作品,白族作家杨苏描写景颇族生活的作品都属于少数民族文学。第四，具有少数民族族属身份的作家，早期写作的作品没有少数民族意识和少数民族特质，那么他们早期的作品就不是少数民族文学。有很多少数民族作家后来逐渐开始关注自己的少数民族意识和少数民族特质，写出了具有少数民族意识和少数民族特质的作品，那么他们后来的作品就是少数民族文学。比如具有回族身份的霍达早年的作品《鹊桥仙》《红尘》就不是少数民族文学，甚至她后来创作的著名长篇小说《补天裂》也不是少数民族文学，但她创作的《穆斯林的葬礼》则是少数民族文学；比如著名的军旅作家朱春雨，在他写作《血菩提》以前，所有的文学评论家都把他的作品称为军旅文学，而没有人称之为少数民族文学，但他的小说《血菩提》因为描写了满族的一个分支——巴拉人的历史变迁、生活状态、生命意识以及他们的图腾崇拜、宗教信仰而具有浓郁的满族意识和满族特质，因此《血菩提》就是满族文学。这种现象比较普遍。有很多具有少数民族族属身份的作家在开始写作时，并没有强烈的少数民族意识，作品中也没有鲜明的少数民族特质，但后来他们开始关注自己的民族身份，追溯自己的民族血缘，展示少数民族意识和特质，成为优秀的少数民族作家。

在此基础上，少数民族文学内涵明确界定为：作家的族属身份、作家的民族意识、作品的民族特质。在编写中国当代文学史时，按照这三点去划分少数民族文学，就能将真正的少数民族文学写入文学史。可以避免将没有民族意识的作品以及少数民族题材作品等不是少数民族文学的作品写入文学史，造成混乱。

三

坚持经典标准，遴选少数民族文学精品入史，是少数民族文学入史的另一个重要策略。文学史的撰写有一个基本的标准就是将文学经典入史，少数民族文学进入文学史，也必须遵守这个标准。在中国当代文学史的编写中，确实有些编写者站在汉族文学的立场上，对少数民族文学采取漠视态度，少数民族作家或者少数民族文学研究者对这种态度是不满的。因此有些少数民族文学研究者，在将少数民族文学入史时，采用一些强化少数民族文学的办法。比如，将少数民族文学概念泛化，从而显示少数民族文学内容之多；或者将著名作家老舍、沈从文等不具有少数民族意识的作品划归少数民族文学行列，显示少数民族文学之重；或者因为少数民族文学在文学史中所占比例很少，将艺术水准不高的少数民族文学作品写入文学史。这些办法都不是正确的少数民族文学入史策略，反而会损坏少数民族文学的品质，起到不好作用。"文学史著作不是一个包罗万象的口袋，什么东西都可以往里装，它必须坚持经典化的选择，对纷繁复杂的文学现象、无数的作家进行筛选。筛选的结果，就是大量作家作品被关在文学史的门外，其中汉族文学作品占大多数，当然也包括不少少数民族作家作品。"①武汉大学陈国恩教授的这种评价是客观的。

少数民族文学必须坚持经典入史，所谓的文学经典"指的是具有丰厚的人生意蕴和永恒的艺术价值，为一代又一代读者反复阅读、欣赏，体现民族审美风尚和美学精神，深具原创性的作品"②。按照这个标准，当代少数民族文学入史，需要遴选少数民族经典作品，遴选具有丰富人生意蕴、具有永恒的艺术价值、具有少数民族独特审美特色、反映少数民族的民族心理和文化传统的优秀作品。而当代少数民族文学也出现了许多这样的少数民族文学作品。以具体作家作品而言，当代少数民族文学为中国当代文学史提供了一批经典作家作品。回族作家张承志，以自己独特的回族意识，创作了一批优秀的回族小说《黄泥小屋》《残月》《心灵史》等。《心灵史》通过对回族的一个教派哲合忍耶用生命和鲜血殉教的描写，反映了回族人民在极其艰难的处境下的虔诚信仰，歌颂了马化龙等哲合忍耶领袖面对屠杀大义凛然的英雄主义和人道主义精神，具有回族独特的神圣感和悲壮美的审美追求。回族作家霍达创作的《穆斯林的葬礼》描写了一个穆斯林家族，一个玉器匠人家庭60年间三代人的命运沉浮，描写了回族婚丧嫁娶、生老病死的生活状态，以无比尊敬的笔触描写了回族极具伊斯兰文化色彩的朝觐、礼拜等宗教功修活动，还以无比骄傲的感情歌颂了穆斯林

---

① 陈国恩：《少数民族文学怎样"入史"》，《北方民族大学学报》（哲学社会科学版）2010年第3期。

② 方忠：《论文学的经典化与中国现代文学史的重构》，《江海学刊》2005年第3期。

回族的圣洁。藏族作家扎西达娃《系在皮绳扣上的魂》《西藏，隐秘岁月》等作品，用汉语创作出具有浓郁藏族意识、藏族特质的藏族小说。用具有西藏特色魔幻现实主义手法，把虚构与现实、神话与现实、历史与现在交织在一起，将西藏的奇异自然、民族风情和神秘的宗教文化融合在一起，超越了现实主义的创作成规，开启当代文学的多元化的格局。阿来的《尘埃落定》凭借丰富的历史文化渊源和深厚而独特的民族特色获得了 2000 年的茅盾文学奖。在这部作品中，阿来以麦琪土司家"傻子"的独特视角，描写了藏族土司家族由盛转衰，并最终走向灭亡的故事，蕴含了历史、文化、宗教、人性等丰富内涵。鄂温克族作家乌热尔图以鄂温克族的狩猎和驯鹿生活为背景，讲述鄂温克族人与自然的故事，描写即将失去居住地的狩猎民族在森林被砍伐、家园被破坏的状态下的忧伤心境，呈现出独特的忧郁之美。这些作家具有地道的少数民族身份，具有强烈的少数民族意识，作品具有浓郁的少数民族特色和少数民族特质。和汉族作品比较，这些作品具有少数民族的文化传统和时空背景，表现少数民族的生活经验和审美情趣，既展示了少数民族的独特文化内涵，又揭示出了人类人性的共同特性。这是当代少数民族文学的经典作品，也是中国当代文学的经典作品。这些作品进入中国当代文学史，增加了中国当代文学的价值观念、表现方式、文化内涵、审美选择、人生经验，为建立多元一体的中华民族文学史作出了突出的贡献。

少数民族文学入史，除了要遵循经典化原则外还应该正视少数民族文学现状，正视当代少数民族文学"少"的现状。这种现状是历史原因造成的。历史上少数民族文学缺乏，新中国成立后中国共产党坚持民族平等政策，少数民族作家才开始在其姓名前标注民族成分，但有的少数民族在新中国成立前还处于原始社会、有的少数民族有语言没有文字，因此，少数民族文学相对于汉族文学来说，还处于"少"的地位，作家少、作品少、经典作品少。研究少数民族文学要正视这种现状，因此少数民族文学入史也必须正视这种现状，宁缺毋滥，确保真正优秀的少数民族文学入史。

遴选优秀的少数民族母语文学作品入史，也是少数民族文学入史的主要策略。当代少数民族文学包括母语文学和汉语文学，这是新中国成立以后党的民族平等政策颁布以后出现的当代少数民族文学的突出现象和突出贡献。当代少数民族母语文学和汉语文学构成了当代少数民族小说的全貌，当代少数民族母语小说和汉语小说都对当代文学作出了突出的贡献。

　　少数民族母语文学是指"用本民族母语讲述、记录和创作的"① 文学，文学是语言的艺术，当今世界，大多文学都是用母语创作，比如，英美国家的作家主要用英语创作，中国当代作家主要用汉语创作。中国当代少数民族文学的语言使用情况则呈现出复杂的状况，"中国是一个统一的多民族国家，民族多、语言多、文字多。除汉族外，已确定民族成分的有 55 个少数民族，约占全国人口总数的 8％，分布在占全国总面积 50—60％的土地上。55 个少数民族中，除回族、满族已全部转用汉语外，其他 53 个民族都有自己的语言。在中国，汉字不但是汉族的文字，也是全国各个少数民族通用的文字，是在国际活动中代表中国的法定文字。全民族都通用汉语的几个少数民族，很自然地以汉字作为自己的文字，没有与自己语言相一致的文字的少数民族，大多也选择了汉字作为自己的文字。现在中国 55 个少数民族中，除回族、满族已不使用自己民族的文字而直接使用汉字外，有 29 个民族有与自己的语言相一致的文字，由于有的民族使用一种以上的文字，如傣族使用 4 种文字，景颇族使用 2 种文字，所以 29 个民族共使用 54 种文字。"② 中国这个由 56 个民族组成的多民族国家，除了汉族还有 55 个少数民族。在中华文明漫长的发展过程中，汉语是中华民族的"共同母语"。"自古以来，我国境内一些少数民族一直有着在保留本民族的'第一母语'的同时逐步习得并使用这一'共同母语'进行本民族历史文化叙事的传统。新中国成立后，汉语自然成为法定的国家语言供 56 个民族共同平等使用。"③ 在这样的情况下，中国当代少数民族作家便出现两种写作状态：母语写作和汉语写作。有些少数民族作家进行双语写作，既可用母语写作，也可用汉语写作，这些双语写作的少数民族作家，用汉语写作

---

① 　钟进文：《中国少数民族母语文学现状与发展论析》，《北方民族大学学报》（哲学社会科学版）2012 年第 1 期。

② 　http://zhidao. baidu. com/question/438286731. html.

③ 　罗庆春、王菊：《"第二母语"的诗性创造》，《小说评论》2008 年第 3 期。

便是少数民族汉语文学，用母语写作便是少数民族母语文学。据相关资料显示，现在少数民族汉语文学占 90％左右，母语文学占 10％左右。少数民族的母语文学和汉语文学构成了当代少数民族小说的全貌。研究当代少数民族小说，去掉任何一种，都是不全面的也是不客观的。

少数民族母语文学有很多优秀作品，当下少数民族文学入史的作品主要是少数民族汉语文学作品，少数民族母语文学入史的关键是少数民族母语文学的翻译工作，要将少数民族母语作品翻译成汉语，然后遴选出优秀作品进入当代文学史。

总之，少数民族文学的内涵应该明确界定为：少数民族作家创作的具有少数民族意识和少数民族特质的作品。规定少数民族文学必须具备作家的族属身份、作家的民族意识、作品的民族特质三个特征。在明确界定少数民族文学内涵的基础上，按照文学经典化原则，遴选出真正的少数民族文学经典化作品入史，才是少数民族文学入史的最佳途径。

全媒体时代少数民族小说的发展策略

从传播学界开始，大家都在惊呼全媒体时代来临了。进入 21 世纪以来，随着科学技术的不断发展，传播手段的不断创新，出现了太多的新媒体，因此，传统媒体与新媒体都被大量使用，因而出现"全媒体"（omni-media）的概念，"'全媒体'的'全'包括报纸、杂志、广播、电视、音像、电影、出版、网路、电信、卫星通信在内的各类传播工具，涵盖视、听、形象、触觉等人们接受资讯的全部感官，而且针对受众的不同需求，选择最适合的媒体形式和管道，深度融合，提供超细分的服务，实现对受众的全面覆盖及最佳传播效果"①。全媒体的资讯呈现出全媒体传播、全媒体采编、全媒体运营的趋势。在这种背景下，小说作为一种依靠文字塑造文学形象、张扬文化内涵、传播审美内涵的传统文学形式，面临着极大的挑战。按照徐则臣先生所说：在全媒体时代，整体感和陌生感正在消失，因此，靠讲一个完整的故事，提供一些陌生化的风俗风情，已经难以如以前单一媒体时代和部分媒体时代那样广泛地引燃人们的关注了。因此，全媒体时代，关于小说的生存状态，当下的学者基本上有以下的观点：第一，全媒体时代给小说带来很大的冲击。因为全媒体时代消灭了很多人们认知中的盲点和死角，也就是说，现在通过报纸、杂志、广播、电视、音像、电影、出版、网路、电信、卫星通信等媒体，没有什么是人们完全不知道的，小说如果还是按照以往方式进行写作，很难再引燃读者的热情。

---

① 百度百科：全媒体时代，http://baike.baidu.com/link?url=Z5CSC4eauhCZWfJY67OW8qN_w4n1lk3XzI2wVxVvvu_AdIE8bSj9v5v—wJjwR85dm1_5nej1N_vACBNksPsZkq。

第二，全媒体时代虽然给予小说创作很大的冲击，但是并没有影响到小说创作的根基，作为纸质媒体的一种重要文学形式，小说仍然依靠文字想象力给予人精神上的愉悦感，因此即使在全媒体时代，文学尤其是小说依旧在传媒中占有相当的位置。第三，全媒体时代毕竟给予文学尤其是小说很大的冲击，因此，在全媒体时代，文学创作和小说创作不能对当下全媒体对文学和小说的冲击坐视不管，作家和评论家要积极应对，在保持文学的本质和优势的前提下，采取一些新的策略，积极吸纳新媒体的新方法，让文学在全媒体时代能够不落后于时代，让"以文字为基本媒介、以神思专注的捧读作为人类审美享受和精神骄傲的文学依然体面地存在，并生生不息"①。

少数民族小说是小说中一种颇具特色的形式，少数民族小说在以往的发展中，以其民族特色屹立于中国小说之林，其优势是采用展示少数民族的风俗风情的方法，达到陌生化的效果。但在全媒体时代，这种方法已无法激起读者的兴趣。因此，在全媒体时代，少数民族小说必须采取新的策略，让少数民族小说在全媒体时代得到更好的发展。

一

少数民族小说在纸质媒体为主的时代，其主要策略是展示少数民族的风俗风情。在 20 世纪 50—70 年代，少数民族小说在当时政治化的格局下，采取展示少数民族风俗风情的方法，给读者带来陌生化的效果。作品中大量展示少数民族风俗风情、描写少数民族地区的物象和景色、穿插汉语直译的少数民族语言、塑造具有少数民族特点的人物。虽然此阶段少数民族的风俗风情只是这些少数民族地区阶级斗争生活的点缀，是阶级斗争故事展开的少数民族环境，是小说政治主题的少数民族色彩渲染，此阶段少数民族的风情和文化没有成为当时少数民族小说的主角。但是，少数民族小说的这些努力还是让全国读者感受到了清新的少数民族特色，为中国当代文学添加了少数民族文学的异样的风景。因此，展示少数民族风俗风情的

---

①　胡军：《探寻新媒体时代文学发展之路》，http：//www. chinawriter. com. cn 2009，08，20，12：46。

方法成为当代少数民族小说最普遍和最常用的方法，也是纸质媒体时代少数民族小说的独特优势。少数民族作家主要采取这些具体方法来展示少数民族的风俗风情：第一，将当时的显性叙事设置在少数民族地区；将当时主要的叙事类型：革命斗争叙事、土地改革叙事、农业合作化运动叙事、新人新风尚叙事、歌颂新婚姻法叙事等设置在少数民族地区，这种叙事设置扩大了当代文学的内涵和描写领域，同时也凸显了少数民族小说的陌生化特色。第二，采取凸显少数民族的风俗风情的方法。最突出的凸显少数民族特色的策略，是在作品中大量描写少数民族地区的自然风光。读者通过阅读这样的描写，了解到少数民族地区独特的风景，从而得到陌生化的美的享受。读者读后，对少数民族风光充满了憧憬。少数民族作家在描写少数民族的自然风光时，对自己民族特有的自然风光注入了浓浓的感情，读者从中可以读到作者那热爱自己民族的情感。因此少数民族自然风光在20 世纪 50—70 年代的少数民族作家的笔下，充满了雄伟、壮丽、辽阔、清新、奇峻等美好的特点。同时，这些自然风光是十七年少数民族小说故事发生的场域，和地理环境一起构成少数民族独特的地域特色。另一个突出的策略是少数民族独特的风俗描写。少数民族人民在几千年的发展过程中，形成了和汉族不同的风俗。在衣食住行、婚丧嫁娶、节日礼仪、信仰禁忌等方面都有各自独特的地方。这是区别各族人民的最主要的标志。玛拉沁夫的《茫茫的草原》因为是长篇小说，作品中的风俗描写更加丰富多彩。作品中大量描写了蒙古族牧民的风俗习惯，展示了蒙古族的草原文化。作品描写蒙古族草原人民在共产党领导下翻身解放的伟大斗争，是一部具有新中国文学史诗性的作品。作品和同时代汉族的红色经典不同之处在于，作品在一个充满硝烟氛围的阶级斗争中，描写了蒙古草原上颇具自然美和浪漫气质的蒙古族特色。作品中有很多蒙古族风俗的描写，比如作品中关于那达慕的描写，具有民俗学意义，描写独特的少数民族风俗成为十七年少数民族汉语作家凸显少数民族特色的重要策略之一。另外，为了凸显自己民族的特色，少数民族作家常常选择自己民族典型的物象，突出民族特色。比如蒙古族小说中常常出现草原、骏马等物象，彝族小说中常常出现金沙江、门板、天菩萨等物象。因为少数民族作家对自己民族的典型物象非常熟悉，运用起来得心应手。少数民族典型物象的运用将这两者结合起来，成为少数民族汉语小说中表达少数民族特色的一个重要策略。

但是进入全媒体时代后，少数民族的地理环境、少数民族的自然风光、少数民族物象不再有遥不可及不能了解的陌生化特点，在任何一个媒体中，都有关于各个少数民族地区的地理风光、风俗风情的介绍，尤其是网络上，可以说是应有尽有。因此少数民族小说如果还是采用以上的方法，将失去其独特性。何况，展示少数民族风俗风情的方法本身就具有背景化、表面化的缺点。因此，全媒体时代少数民族小说必须采取新的方法、新的策略，才能在全媒体时代得到更好的发展。

进入全媒体时代，少数民族小说经历着小说共同的时代变故，少数民族作家在媒体逐渐发达的过程中，采取一系列策略，凸显少数民族特色，克服以往展示少数民族风俗风情方法的弊端，从外到里，运用文字描写少数民族生活的内在追求，展现小说的独特的魅力，凸显少数民族特色。其具体做法是凸显少数民族意识和宗教意识，这种策略是在新时期少数民族小说的发展过程中逐渐形成的。

二

在 20 世纪 80 年代初，少数民族小说开始克服以往只是展示少数民族风俗风情的弊端，由表及里凸显少数民族意识，开始了少数民族意识的自觉追求。这种对少数民族意识的自觉追求，将少数民族小说从学习汉族文学、靠近汉族文学的框架中提升到追求少数民族的独立品格的状态中，将以往的风俗风情变成文化主体，成为具有少数民族文化风尚的生活文化，从表层描写到具有文化底蕴的深层挖掘，从罗列各种少数民族的风俗风情到将少数民族的风俗风情审美化。20 世纪 80 年代的少数民族小说实现了质的飞跃。虽然这种超越，还只是部分作家的追求。但是给予中国当代少数民族文学的意义是非凡的，它直接开启了 20 世纪 90 年代少数民族文学张扬民族意识、张扬宗教意识、认同民族文化、传承民族文化和传播少数民族文化、表达少数民族族群体验等少数民族汉语小说的独立品格。这种主体性的追求，使得少数民族汉语小说成为不可替代、难以逾越、具有独一无二的品格和价值的文学类型。在新媒体不断发展的时代，少数民族小说采取以下几种具体策略张扬少数民族文化、凸显少数民族小说的独特魅力。

1. 自觉追求少数民族意识

20世纪80年代后期，少数民族作家开始了自觉的少数民族意识的追求，自觉地描写本民族的文化心理、追求本民族意识，不以靠近汉族文学为追求而是在深入民族文化心理的基础上，追求本民族的意识。不只是在主流文学思潮中展示少数民族风俗风情，而是在少数民族历史、文化的内核中自觉描写少数民族意识、少数民族文化心理，从而昭示着新时期少数民族汉语小说的一种新的内涵出现，那就是开始表达少数民族族群文化，自觉描写少数民族意识。突出代表有鄂温克族作家乌热尔图。鄂温克族是东北的狩猎民族，这个民族在现代化的发展过程中逐渐失去了自己的家园和以打猎为主的生活状态。乌热尔图以一种带有深沉的忧患意识的笔触，描写鄂温克族的狩猎生活、民族意识以及那种鄂温克族特有的人和自然、人和动物相依相生的关系。乌热尔图以鄂温克族的文化心理选择题材、塑造人物、推动故事情节，也用鄂温克族的意识看待和解释小说中的人物的所作所为，用鄂温克族意识建构独特的鄂温克族文学特质。乌热尔图具有强烈的鄂温克族民族意识，他在自己民族中成长，他以自己的民族而自豪。鄂温克族特有的狩猎文化、原始文化是乌热尔图创作的源泉，鄂温克族特有的对自然敬畏、对森林热爱、和动物相依相生的观点是乌热尔图的生命本能，是乌热尔图的民族文化心理。乌热尔图说："我力求通过自己的作品让读者能够感觉到我的民族脉搏的跳动，让他们透视出这脉搏里流动的血珠，分辨出那与绝大多数人相同，但又微有特异的血质。"[1] 这种独特的民族意识，使得乌热尔图努力地追寻自己民族的独特文化意蕴和民族意识，以敖鲁古雅鄂温克族独特的民族生活、民族心理、文化经验为自己创作的土壤。

2. 追寻民族文化之根

---

① 乌热尔图：《写在〈七叉犄角的公鹿〉获奖后》，《民族文学》1983年第5期。

1985 年前后，中国文坛出现寻根文学思潮。这个以汉族文学为创作主体的文学思潮，其主要特征是运用文化主题取代政治主题，立足于民族文化传统，寻找中华民族之根。其目的是为了抵抗现代化过程中人欲横流、灵魂漂浮、和自然关系紧张等弊端。这种状态在少数民族地区和少数民族作家那里，有更真切的感受，现代化对少数民族文化传统的冲击更加明显。因此在寻根文学思潮中，一批少数民族作家加入到寻根文学中，开始少数民族小说的寻根之旅。少数民族小说加入寻根文学思潮，和以往追随主流文学思潮不同，不是一味对主流思潮追赶和靠近，而是汇入到寻根文学思潮中，成为寻根文学主要的内容之一。从某种角度来说，少数民族的寻根文学占了新时期寻根文学的半壁江山。1989 年，经过长时期的军旅小说创作之后，满族的血脉牵引着朱春雨走向母族，开始把目光回观到自己的母族——满族的历史文化中，创作了长篇小说《血菩提》，开始他的民族寻根之旅。朱春雨是满族，他对自己的母族有天然的基于血缘的亲近，因此他用充满崇敬的情感去描写他的民族，这是民族的认同和血缘的追寻。巴拉人——这支因为逃避女真人杀戮而藏匿在深山老林、无拘无束地生活在长白山的民族，他们的生活状态、历史脉络以及他们的宗教信仰是作者重点描写的部分。作者通过这部分描写，追寻满族巴拉人的历史脉络、生活习俗、宗教信仰、图腾崇拜以及他们的生命意识。那对巴拉人的历史文化的追寻，那对巴拉人文化心灵的描绘，使得该作品具有满族的民族学、民俗学、文化学的价值。

藏族作家扎西达娃是用作品寻找藏族文化之根的著名作家。扎西达娃是用汉语写作的藏族作家。但是扎西达娃是一个地道的藏族人，对藏族文化有着深刻的理解。扎西达娃是第一个运用魔幻现实主义方法描写西藏生活的藏族作家，他的《系在皮绳扣上的魂》《西藏，隐秘岁月》《去西藏的路上》等小说，具有比较典型的魔幻现实主义特色。他的作品将西藏神秘的藏传佛教和原始苯教文化、浓郁的藏族民族风情、纯净高远的高原自然环境结合起来，将神话、历史、魔幻、虚构、过去、未来等因素杂糅在一起，运用魔幻现实主义手法将西藏世界描写得亦真亦幻。《系在皮绳扣上魂》打破时空顺序，打破幻觉和现实的界限，引导读者进入具有浓郁藏族神秘特色的氛围中，领略西藏的神秘宗教、神奇自然、魔幻现实、历史传说。有人将魔幻现实主义分为主观魔幻现实主义和客观魔幻现实主义。比如莫言，有人就称其为主观魔幻现实主义，因为那种亦真亦幻的特色，是作家极具主观化的外现。而扎西达娃的魔幻现实主义小说被称为客观魔幻现实主义，因为藏族文化原本就有魔幻的一面，藏族文化中的藏传佛教和原始苯教都具有浓郁的魔幻色彩，扎西达娃并不是将魔幻色彩主观化，然后强加在他的藏族小说中而远离藏族文化特色，而是在藏族文化的内核中，找到藏族文化内在的文化心理，找到藏族文化深层密码，在此基础上，将藏族的现代和过去、神话和现实、宗教和心灵、历史时空和现代时空交相呈现，构成藏族小说中独特的民族意识。也就是说扎西达娃只是客观描写了藏族特有的魔幻特色。扎西达娃采用象征和隐喻等手法，运用现代手法观照西藏的历史文化、神话传说、宗教信仰，在魔幻而清晰的氛围中，追寻母族的文化之根。扎西达娃运用这种魔幻现实主义手法，不断穿越时空，追寻藏族的历史，探寻藏族的文化，寻找藏族文化之根。

3. 正面表达宗教意识

宗教意识是少数民族人民很鲜明的特色，但是在以往的少数民族小说中，宗教意识表达很少。按照当时的主流意识，认为宗教是欺骗人民的工具。在以往的少数民族小说创作中，一般把宗教和政治等同起来，认为如果政治是反动的，宗教也是反动的，而且主要描写宗教中摧残人性的消极因素，将宗教作为封建迷信或者少数民族人民的精神枷锁。因此在这段时间中，少数民族小说对宗教要么不涉及，要么采取批判的态度，没有从少数民族主体的角度去描写宗教，没有去描写和宗教水乳交融的少数民族独特的宗教意识和民族意识。在 20 世纪 50—70 年代的少数民族小说中没有正面描写宗教意识，其实是当时少数民族小说的一大缺憾。进入新时期后，少数民族作家开始从本民族的宗教信仰方面思考本民族的文化特质，开始从宗教角度思考本民族的审美追求。因此新时期的少数民族小说不再回避宗教问题，而是将宗教作为本民族一个突出的文化现象进行观照。对那些宗教信仰浓厚的少数民族，该民族宗教信仰的文化精神、宗教的神秘性以及宗教的意象世界，都对少数民族小说给予极大的影响。

在藏族作家扎西达娃的小说中，宗教意识描写趋于自觉，《系在皮绳扣上的魂》中那位义无反顾、一往无前地追寻净土香巴拉的塔贝是一个虔诚的信徒，这是一位具有强烈宗教色彩的人物，扎西达娃在魔幻的氛围中，将藏族的宗教意识描写得深刻而浓烈。而《西藏，隐秘岁月》中次仁吉姆则是一位只有在西藏的藏传佛教和原始苯教影响下才会出现的具有神秘力量的人物，作品用神的意识描写人物，用神的心灵感悟万事万物，是宗教意识的正面表达。

对少数民族宗教意识全面地正面地表达，当是 1989 年著名作家霍达发表的长篇小说《穆斯林的葬礼》。用什么态度描写宗教意识，是新时期少数民族小说的一个重要问题。霍达的《穆斯林的葬礼》在中国当代文学史上第一次正面地、以审美的姿态、以尊敬的笔触描写伊斯兰教信仰。作品将宗教意识和民族意识结合起来，歌颂一个民族积极向上、追求美好的品德，并将民族的信仰和热爱中华民族文化结合起来，从人性、审美等角度描写回族的宗教信仰，虽然同时也描写宗教信仰束缚下人性的扭曲，但是，《穆斯林的葬礼》已经和以往对宗教意识持否定和批判的态度不同，对少数民族的宗教信仰开始了以尊敬的、审美的、正面的态度描写的先河，为 20 世纪 90 年代少数民族汉语小说张扬宗教意识的特点奠定了基础。作品站在回族的主体立场上，描写汉文化和回族文化的相互影响，描写伊斯兰文化和汉族文化在现代社会中的协调互补和多元宽容，试图在两种文化心理的矛盾中，找到一种能包容两种文化的途径。因此各个少数民族作家在以中华民族文化为主体的一体中，常常采用展示民族特色和宗教特色等少数民族特有的文化来展示多元性、丰富性，用少数民族特有的文化心理来表现本民族的特质。这是新时期少数民族小说所追求的特色，也是新时期少数民族作家张扬少数民族意识的重要策略。

从这些少数民族的小说的方法来看，少数民族作家在媒体越来越丰富的新媒体时代，采用追求民族意识、宗教意识寻找少数民族文化之根等手法，逐渐深入到少数民族文化的深处，弥补了一般媒体有关少数民族文化描写的表面化的缺陷。从人性角度描写少数民族的生活，深入到人性的深度，对少数民族的历史和现实进行审美观照，是新媒体时代少数民族小说的策略。

三

随着信息时代的发展，新媒体越来越丰富，进入 20 世纪 90 年代以后，继承了 20 世纪 80 年代传统的少数民族小说得以进一步发展。从开始有意识追求到强烈张扬少数民族的民族意识、宗教意识、神话意识，成为 20 世纪 90 年代少数民族小说的主要特点。因此这个时期的少数民族作家都把张扬少数民族意识、展示少数民族文化作为创作的基本目的，也把这作为传承少数民族文化的基本策略，和 20 世纪 80 年代相比，这种意识不是逐渐觉醒和趋于自觉，而是已经成熟。其主要策略是张扬少数民族意识和宗教意识，采用少数民族思维写作。

1. 强烈张扬民族意识和宗教意识

从文化角度描写少数民族生活，强烈张扬少数民族的民族意识和宗教意识，是 20 世纪 90 年代少数民族作家采取的主要策略。回族作家张承志在 1991 年发表了他著名的小说《心灵史》，这是张承志在作品中张扬回族的民族意识和宗教意识最强烈的作品。张承志大都不采取描写风俗风情的方法来表现回族文学特色，他一直以来都是以描写回族意识见长。《心灵史》发表于 1991 年。他写作回族，不是为回族而写作，而是作为回族来写作。张承志成为回族穆斯林哲合忍耶的一员。他说："我沉入了这片海。我变成了他们之中的一个。诱惑是伟大的。我听着他们的故事，听着一个中国人怎样为着一份心灵的纯净，居然敢在二百年时光里牺牲至少五十万人的动人故事。在以苟活为本色的中国人中，我居然闯进了一个牺牲者集团，我感到彻骨的震惊。"[1] 张承志把自己作为一个哲合忍耶的成员，用鲜明的回族意识、用明确的哲合忍耶意识写作《心灵史》，这是张承志张扬民族意识和宗教意识的最强烈的写作。少数民族小说到了《心灵史》这里，经历了少数民族小说从外在描写到内在表现再深入到民族、宗教意识

---

① 张承志：《心灵史》，花城出版社 1991 年版，第 1 页。

骨髓的真切感受的巨大变化，进入到真正具有少数民族内涵的写作阶段。

2. 少数民族神话思维写作

20 世纪 90 年代的少数民族小说，在经过了描写少数民族风俗风情、张扬民族宗教意识和民族意识等方法以后，找到一种传承和传播少数民族文化的新方法，那就是运用少数民族的神话思维描写少数民族意识。这种只有少数民族才具有的神话思维，使得少数民族小说具有了真正的少数民族思维，获得少数民族真正的独有的特质。鄂温克族作家乌热尔图在 20 世纪 90 年代发表了《你让我顺水漂流》《丛林幽幽》《萨满，我们的萨满》等小说，采用少数民族神话思维写作。这种独特的鄂温克神话思维表现如下：

第一，鄂温克族人和动物合二为一的思维。这是神话思维中不分物我的思维，是不以人为主体、人和动物相通相融的思维，是所有动物都平等的思维。在鄂温克族神话中有很多人熊成婚、熊是鄂温克族的祖先等故事。乌热尔图采用鄂温克族这种神话思维，构思了小说《丛林幽幽》。在《丛林幽幽》中，赫戈蒂是一头具有神秘力量的大母熊，"她"具有主宰人的情感和生活的能力，乌妮拉被熊挠了肚子，结果生出熊孩赫戈。后来赫戈和母亲一起杀死赫戈蒂，却发现赫戈蒂就是额沃，是奇勒查家族的老祖母。这种描写就是采用的鄂温克族独有的关于熊和人通婚以及熊是鄂温克族祖先的神话思维，是将动物视为同类、认为动物具有人的意识的神话思维的具体表现。除了对熊的看法具有特殊的神话思维，对鹿也是采用这种神话思维来描写。鹿是鄂温克族人的朋友，是和人具有一样思维和情感的朋友，它们的忧伤就是人的忧伤。《老人和鹿》《雪》等作品中关于鹿的描写，就是运用这种神话思维进行描写的。鄂温克族老人认为只有鹿的声音才是他心目中的歌。在《雪》中，乌热尔图描写鹿采用人的思维，鹿是通灵的动物，鹿能够托着人的灵魂远行。因此鄂温克人能够听懂鹿唱的忧伤的歌，那歌是这样唱的：

"妈妈，妈妈，你肩上沾了什么？妈妈，妈妈，你肩上怎么红啦？我的孩子，没有什么，从山坡跳下来，山丁子树叶沾在身上。妈妈，妈妈，你怎么哭啦？妈妈，妈妈，你为什么躺下？我的孩子，你可要记住。两条腿的人呐，让我的眼流泪；我的孩子，你可要记住。两条腿的人呐，让我的心淌血。……"①

这是鄂温克族特有的神话思维，这种神话思维也就是鄂温克族的民族思维。

第二，鄂温克族对自然敬畏的思维。鄂温克族人对自然有敬畏之心，这种敬畏之心包括对自然的敬畏和对动物的敬畏。对自然的敬畏在于鄂温克族人从不认为人可以改变自然，他们认为人只能在自然中获得有限的东西，不能按照自己的欲望去贪婪地索取，这在他们的狩猎生活中对动物的态度可以看出来。鄂温克人是个狩猎民族，他们对待动物有着今天看来可持续发展的思维。他们为了生存必须猎杀熊，但是他们又敬仰熊、畏惧熊，认为熊是他们的祖先，因此熊具有超自然的神秘力量。这在《丛林幽幽》中有突出的表现，熊是人的老祖母，说明了鄂温克族将熊作为图腾的缘由。在《棕色的熊》中，描写了鄂温克族对熊的敬畏心理，"我"从小就耳濡目染看到父辈们对熊的敬仰和畏惧之情：宰杀了熊后，猎手都很伤心。吃熊肉时，要学乌鸦叫，并要说明不是人在吃熊肉，而是乌鸦在吃熊肉。熊死后要把熊的骨架放到高高的树上安葬。"我"15岁时，独自拿起猎枪去打猎，在与熊的搏斗中，从熊的厉害中经历了紧张和恐惧，明白了祖祖辈辈敬畏熊的原因。在乌热尔图的小说中，读者们了解了鄂温克族人对熊的敬畏之情。鄂温克族人从不直接称呼熊的名字，而是称作祖父（鄂温克族语言叫"合克"），或者称作祖母（鄂温克族语言叫"额沃"），或者直接称作熊神（鄂温克族语言叫"阿米坎"）。萨满是能通灵的人，因此萨满经常自称熊神。人与熊的关系如此，人和其他动物的关系也是如此，比如《七叉犄角的公鹿》，少年敬畏公鹿的彪悍、勇猛、力量，敬畏公鹿勇斗饿狼的勇敢，把公鹿当成心目中的英雄。在危机时刻为帮助公鹿自己负伤，将那有着七叉犄角的公鹿放走，并由此得到一直不喜欢他的继父的喜爱。鄂温克族特别喜欢鹿，尤其是驯鹿。他们把鹿当成自己的亲人，也当成孩子们学习的榜样。在《雪》中，猎人伦布列、多新戈和申肯大叔为了

---

① 乌热尔图：《你让我顺水漂流》，作家出版社1996年版，第42页。

活捉一头鹿，和鹿进行了一场艰苦卓绝的搏斗。作者在这篇小说中，在人和鹿的角逐中，用充满敬仰、热爱的情感描写鹿的特点：高傲、自尊、勇敢、顽强，尤其令鄂温克族人最敬仰的是鹿追求自由的精神。鄂温克族猎人在和鹿的较量中，学习鹿的美好品德，和鹿共享山林。这是鄂温克族特有的思维，这种敬畏自然、敬畏动物的思维，在当今时代具有非常重要的意义。当人类对自然、对人类的朋友不怀有敬畏之心，而对自然疯狂掠取、对野生动物疯狂屠杀而破坏生态平衡之后，必然给人类自己带来灭顶之灾。因此人们通过阅读乌热尔图的小说，应该得到启发和警醒。

第三，鄂温克族的萨满意识。鄂温克族信仰萨满教。萨满是通神之人，能将鄂温克族人的历史、心灵、愿望融为一体，能表达鄂温克族人神秘的心灵以及神秘的文化。乌热尔图在他的作品中采用萨满的思维，采用神性、神秘等特征描写鄂温克族人的生活和心灵，表达对自然的敬畏、对祖先的热爱之情。萨满的表达就是鄂温克族人精神和文化的表达。在很多作品中，乌热尔图采用萨满作为叙述者、回忆者，萨满用神性思维描述事物，在外人看来神秘的不可知的事情，在萨满看来却是实际存在的。这种方法有人说是西方的魔幻现实主义手法，实际上这是采用萨满思维的写作，是鄂温克族人特有的神性思维。

乌热尔图运用以上这些鄂温克族的思维来进行小说创作，就是本着一个鄂温克族人的心灵来写作。乌热尔图运用汉语描写鄂温克族人的生活和心灵，用汉语传承鄂温克族的历史文化、思想信仰，其最好方式就是用汉语描写鄂温克族的民族意识、宗教意识，而最有效的方法就是用汉语描写鄂温克族的思维，这种思维不管用什么语言表达，都是鄂温克族的思维，是鄂温克族区别于汉族和其他民族最鲜明的标志。这是乌热尔图对鄂温克族文学，对中国少数民族文学的贡献之一。而乌热尔图对中国当代文学，对少数民族文学的贡献之二在于，他小说中强烈的环保意识，那对人类破坏自然、不敬畏自然的状态的揭露和批判，提醒人们应该敬畏自然、敬畏动物、和自然和谐相处，对当今疯狂攫取自然、屠杀野生动物的人们具有极大的启示和警醒作用。乌热尔图这种环保意识，这种对人类的警醒作用，是通过对鄂温克族人那敬畏自然、敬畏动物的做法的描写，对破坏敬畏自然、无限攫取自然的后果描写来实现的。鄂温克族的优良品质经由乌热尔图的描写一方面展示了鄂温克族优秀的民族特色，比如正直、礼貌、毅力、殷勤周到、少粗鲁和野蛮贪心、永不怯懦、永不背叛等，这是人类都应具备的优秀品质。随着社会的发展，很多人对于自然疯狂攫取，对金钱无限崇拜，对人类的朋友不断杀戮，人类受到了极大的伤害，森林缩小、野生动物灭绝、沙尘暴雾霾铺天盖地等，人类已经受到了破坏自然的惩罚。但是很多人还没有警醒。乌热尔图的小说给人类提供了敬畏自然的警示，但愿人们能从乌热尔图小说中得到启示和警醒。

四

21世纪后全媒体时代给予少数民族文学更大的挑战。进入21世纪后，中国的市场经济进入到深层次和全面发展的时期。少数民族文化和少数民族作家不仅面临着全媒体的挑战，也面临现代化、全球化的挑战。少数民族文化在现代化冲击下出现碰撞、交融的趋势。因此21世纪的少数民族小说不能像20世纪90年代以前那样，只是单一地张扬少数民族意识，而是要探讨少数民族文化和汉族文化交融、少数民族文化和西方文化的碰撞等深层次问题。新世纪少数民族小说，不再只是表达少数民族文化融于汉族文化、西方文化的努力，而是开始采用双重视角，在不断融合的文化中坚持保持少数民族文化，并在少数民族小说中追求人类共同的审美特性。

1. 现代化进程中的民族文化坚守

在中国的现代化发展中，各个民族也在逐渐现代化。在这个过程中，各个民族普遍和其他民族交往，尤其是各个少数民族文化逐渐向汉族文化、西方文化学习并逐渐融合，这是一个令少数民族作家难以接受又不得不接受的过程。一方面，少数民族作家希望能保持自己的民族文化，在多元一体的文化格局中保持自己独特一元的特色；另一方面，少数民族作家又希望能够在现代化过程中接受先进文化，促使少数民族文化和主流文化、世界文化接轨。这是一个惶惑矛盾却又充满希望的时代。在21世纪，少数民族小说在民族现代化和民族融合过程中保持少数民族文化的追求更加明显。

蒙古族作家郭雪波的小说就是力图在现代化过程保持少数民族文化典范。

他的生态小说就是要在现代化过程中极力表现蒙古族独特的生态意识。随着现代化的发展，人们对草原不断攫取，蒙古草原因此不断沙化。作为出生在科尔沁草原的蒙古族作家，对这种现状心急如焚，于是他拿起笔来创作"沙漠小说"和"动物小说"。其实"沙漠小说"和"动物小说"都是生态小说。蒙古人和草原和动物是唇齿相依的关系，草原被破坏，相生相伴的动物就会遭殃，动物遭殃，人的生活也会受到很坏的影响。他的小说表达了对草原不断沙化的忧患意识。《大漠魂》《沙狼》《银狐》《大漠狼孩》等作品都表达了这种忧思。首先，作为蒙古族作家，他的描写对象都是蒙古草原上的人和动物，他基于蒙古族对自然、对草原、对大漠、对动物的热爱，展示了蒙古族特有生态意识。蒙古族人民对动物充满爱，这种爱是蒙古族特有的悲天悯人的爱，是蒙古族信仰佛教、喇嘛教、萨满教形成的独特意识，也是蒙古族世世代代和草原和动物和大漠和谐关系的表现。郭雪波用蒙古人意识描写动物、描写沙漠、描写草原，表达对人类破坏草原、掠杀动物的状态强烈的忧患意识。

土家族作家叶梅的《最后的土司》中则将两种文化碰撞和交融描写得惊心动魄。小说依然采用土家人和汉族人对比写法，张扬土家族的民族意识和宗教意识，叶梅小说民族意识的描写比宗教意识描写更加鲜明。《最后的土司》中覃尧是龙船河的最后一代土司，李安是闯入土家地区的汉族人，两种文化的冲突导致一系列悲欢离合的故事。虽然作品尽量客观地描写文化碰撞给彼此带来的伤害和影响，但是作为土家族作家的叶梅在情感上还是更多地倾向于土家族文化。从作品看，土司覃尧比起李安要爽直、宽厚得多，对女人，土司覃尧比李安也要好得多。李安对伍娘的折磨以及最后带走孩子导致伍娘之死，主要是汉族文化在李安身上的凸显。虽然两人对伍娘之死都负有主要责任，但从作品中可以看出作者情感倾向于土司覃尧。这里可以看出作者在描写文化碰撞和民族融合中，保持少数民族文化特色的追求。

2. 民族文化交融中平等意识的追求

少数民族文化在新媒体时代，文化交融现象更加突出，在民族交融过程中，采取什么态度和观点是当今一个重要问题。阿来的小说《尘埃落定》很好地解决了这个问题，那就是平等意识的追求。

阿来在他著名的文章《阿来：穿行于异质文化之间》中说"我是一个用汉语写作的藏族人"，表明他穿行于藏汉文化之间的状态。他对于藏汉文化的交汇、碰撞没有如批评家所说的那种焦虑症，因为他认为"在我的意识中，文学传统从来不是一个固定的概念，而像一条不断融汇众多支流的、从而不断开阔深沉的浩大河流。我们从下游捧起任何一滴，都会包容了上游所有支流中全部因子。我们包容，然后以自己的创造加入这条河流浩大的合唱。我相信，这种众多声音的汇聚，最终会相当和谐、相当壮美地带着我们心中的诗意，我们不愿沉沦的情感直达天庭"。① 阿来在两种异质文化中平等地穿行，阿来的这段话表明他对待藏汉文化的平等、包容的心态，这也是他运用双重文化视角创作《尘埃落定》的缘由。《尘埃落定》超越了以往少数民族汉语小说的新的特点，就是阿来在作品中进行了有目的的双重平等文化视角的写作。阿来虽然是回藏血统，但是他受到的文化影响却是藏汉文化影响。他从小在藏区长大，但后来考上中专后系统地学习了汉语，因此藏汉文化都对阿来有很深的影响。《尘埃落定》具有以藏族为主的藏汉文化融合的特色，是一部用藏汉双重文化视角写作的藏族汉语小说。阿来说："'我'用汉文写作，可汉文却不是'我'的母语，而是'我'的外语。不过当'我'使用汉文时，却能比一些汉族作家更能感受到汉文中的美。"他说："我是藏族人，我用汉语写作"，这样就形成了跨文化或者双重文化平等视角。作品最有特点的是塑造了傻子这个人物形象。这个人物形象的成功塑造就包含了作者对于多重文化交融的理解，他站在藏族文化的主体上，描写这个汉藏混血儿的傻与不傻，从而在汉藏双重文化之间建立起独特文化视角。作品围绕"傻子"的人生故事展开，他

---

① 阿来：《阿来：穿行于异质文化之间》，《中国文化报》2001 年 5 月 10 日。

的一生构成了作品的主要脉络，他亲历了藏族土司由盛而衰直至土崩瓦解、尘埃落定的整个过程。

傻子是麦琪土司和汉人太太生的混血儿，是土司父亲酒后生出的傻儿子。

因此，傻子具有藏汉文化的双重视角和双重思维，他不完全是藏族父亲的思维，也并不全是汉族母亲的思维，他夹杂在两种文化之间，傻子可以同时拥有两种不同的眼光、观点和心态。因此，傻子不明白为什么可以随意鞭打家奴，他也不明白土司们都生活在一片土地上，还都是亲戚为什么总要打仗？更不明白汉人和红汉人为什么能控制土司的命运？这肯定不是藏族土司的思维，因此麦琪土司不喜欢他，叫他傻子。说到傻子，他之所以傻，也是因为他在两种文化之中穿行，从而具有和纯种藏族血统的哥哥大不相同的思维。因此夹在汉藏两种文化视角之间的傻子就具有双重文化的特性，表面看起来是个傻子，实际上他是一个穿行与双重文化空间，领悟双重文化优点和缺点的聪明人。一方面他可以在两种对立的历史、文化空间自由出入、按照人的本性评价双方的优劣长短；同时因为和土司们的惯常思维不一致，因此显得不合时宜，傻里傻气。因此傻子就常常陷入不知道自己是谁的境地。"我"不像聪明人哥哥那样聪明，和藏族贵族们的思维常常不一样。因此在麦琪土司、土司太太及他哥哥看来就是傻子。其原因就是他是汉藏混血儿，是一个表面愚蠢实则聪明的傻子。这个傻子形象的多重内涵正好印证了汉藏文化交融的内涵。关于聪明人和傻子的表述，在很多民族的文学和哲学中都有描写，关于傻子大智若愚的特点，也是很多民族都有描述。看到《尘埃落定》中的傻子，我们很快就会想到满族的贾宝玉、汉族的郭靖、藏族的阿古顿巴等人物，可见，傻子这个人物已经超越了藏族文化，具有人类的共性。同时作品描写了麦琪土司庄园里各色人等的贪欲、享乐、复仇、追逐权力等特点，这也是人类的共性。汉藏文化融合到人类的共同特性中，就形成了和谐美。

傻子这个人物设置得十分巧妙，作品将主人公设置为傻子，具有丰富的文化内涵。作品一开始描写傻子二少爷很多不同于常人的傻话和傻事，他每天早上醒来第一句话就是问"我"是谁？"我"在哪里？他总是说出和做出很多让父亲、母亲、哥哥以及周围人看来很傻的话和事。但实际上这些话却充满了哲理，说出了事情的真相，傻话实际上都是真话。比如"哥哥因为我是傻子而爱我，我因为是傻子而爱他"。这句话仔细分析就包含很多的内涵，哥哥因为"我"是傻子而爱"我"，是因为"我"是傻子，傻子是不会也没有能力和哥哥争夺土司的继承权的，而"我"是傻子，自然不会知道哥哥多么的不希望我聪明，甚至还有杀死弟弟的想法，因此"我"还是如爱哥哥一样爱他。"聪明人就是这样的，他们是好脾气又是互不相让的，随和的又是固执己见的。"这句话实际上说明了聪明人"聪明"的实质。

傻子形象具有藏汉文化交融的特色。傻子这个形象是藏汉文化交融的典范，藏、汉优秀文化和谐交融，形成了这个具有人类共性的形象。

首先，傻子形象的塑造受到藏族机智人物阿古顿巴的影响。阿古顿巴是藏族民间故事中的机智人物。阿来还以这个人物为原型写过一篇小说《阿古顿巴》。阿古顿巴是个专跟贵族、官员作对的下层人物，他是类似阿凡提的人物，他常用最简单的方式去对付贵族们最复杂的心计，并且常常获胜。这是藏族文化的延伸，藏族文化内涵在傻子身上得到充分表现。

其次，傻子具有汉族文化中老庄哲学的大智若愚的内涵。庄子认为，理想的人应该"大智若愚""大巧若拙"，傻子在小事情上傻，但在大事情上则充满智慧，因此傻子具有大智若愚的特点。

最后，傻子的形象包含汉族文化儒家文化的特色。傻子虽然也有残暴的时候，但善良仁慈是傻子主要的特点。他对待下人仁慈，对待小厮们宽厚，会为下人挨打而流泪，真心为翁波意西的不平遭遇伤心；当别的土司领地上的人快要饿死的时候，他指挥下人用大锅炒麦子进行施舍，挽救了很多人的生命。这里我们可以看到儒家文化中的"仁义"内涵，所谓"仁"就是具有不忍之心，就是善良之心。阿来要表达的是各个民族具有各自的特点，但是作为人类有很多方面是有共通性的，从傻子的形象可以看出，他首先是一个藏人，一个具有鲜明藏族文化特色的人物，但又是具有汉族道家文化、儒家文化特色的人，这些优秀的人类文化特色集中在傻子身上，说明人类的共通性。阿来穿行在异质文化之间，在保持自己民族文化基础上、用平等视角看待各种文化，同时探讨人类的共同特性。《尘埃落定》中关于多民族文化的和谐融合的探讨，可以为少数民族小说在全媒体时代找到一条新的思路。

在新媒体不断丰富直至全媒体时代，少数民族小说采取了一系列策略，克服了全媒体时代少数民族小说发展的弊端，朝着生态化、心灵化、内涵化方向发展，为少数民族小说在全媒体时代找到一条可持续发展的道路。

当代少数民族小说的审美论域

当代少数民族小说取得巨大成绩，并呈现出鲜明独特的审美特色，从而为当代少数民族美学研究从小说角度提供了丰富的审美形态。但在以往少数民族文学美学研究中，还没有对当代少数民族小说审美特色作系统研究。中国当代少数民族文学研究一般主要从民族特色和文学特色两个方面研究，比如李鸿然教授的《中国当代少数民族文学史论》对当代少数民族文学的民族特色和文学特色从文学史角度进行研究，史中有论、论中有史、史论结合地对当代少数民族文学进行了系统的研究，但没有对少数民族文学审美特色作专门研究。少数民族审美文化研究大都偏重从民族风俗、民族艺术等方面进行研究，比如刘一沾《民族风情与审美》侧重从民族风俗角度研究民族审美特色，没有涉及少数民族文学，更没有涉及少数民族小说的审美特色。《民族艺术与审美》从少数民族艺术角度研究少数民族审美特色，但没有对少数民族小说的审美特色作系统的研究。"中国少数民族美学研究丛书"共有五本，但没有"中国少数民族文学审美研究"或"中国少数民族小说审美研究"。有一些研究者对当代少数民族文学的审美特色作过一些个案研究，比如向云驹的《陌生：当代少数民族文学的审美价值基础及价值定向》，指出陌生化是当代少数民族文学的审美价值基础和价值定位；胡彦的《自我表达、现代叙事、审美视角——对三部云南本土文学作品的探讨》，对云南少数民族小说的审美特色作了具体的研究；马友义的《民族审美心理与中国西部民族文学》则对西部少数民族文学的审美特色作了一定的梳理和评价，等等。但这些研究只是从某个单一角度进行探讨，对当代少数民族小说审美特色的系统研究尚未见到。因此研究当代少数民族小说的审美特色，既是对少数民族小说的深入研究，又是从文学角度对少数民族审美文化的系统研究，是中国少数民族美学研究的一个重要实践活动。本文从当代少数民族小说审美主体、审美追求、审美对象和审美意象出发，研究少数民族小说的审美论域。

一 当代少数民族小说的审美主体是少数民族作家

按照李鸿然教授的界定，少数民族文学的界定就是看作家的民族成分，以作家的族属确定作品族属，也就是说，少数民族身份作家创作的所有作品，都属于少数民族文学①。这个划分是很有道理的，突出了少数民族文学的创作主体。因此当代少数民族小说的审美主体就是少数民族作家，每位少数民族作家都有自己的族属，有自己独特的民族意识，这是根植于自己基因和心理的独特性，这种对自身民族归属的体认，是对自己民族发自内心的（包括自己民族存在、地位、利益、价值和文化传统）认同感。和这种认同感一致的是少数民族作家独特的审美意识。作为审美活动中的主体，少数民族作家对自己的民族身份有清醒和强烈的认识。少数民族作家作为自己民族文化的传承者和自己民族心理的表达者，有着非常强烈的民族主体意识，他们在强调自己族属的时候，就是表达自己民族的意识，强调本民族的血统、家族、文化的本质。老舍在新中国成立前一直没有标明自己的民族，但新中国成立后，老舍就公开承认自己是满族，并写作了具有浓郁满族特色的小说《正红旗下》；著名作家李准一直强调自己是蒙古族，他说："大约是在我血液和性格中还保留着少数民族的豪爽气质，所以我喜欢大自然，我热爱高山长河，草原大漠，我喜欢痛快的雨，粗野的风。"② 回族作家张承志一直宣称"我是回民的长子"，哈萨克作家夏侃直接说自己是哈萨克族，满族作家叶广芩宣称自己的祖姓是叶赫那拉氏。云南作家张坤华在年轻时因为人为原因填报成汉族，但后来他经过查访，知道自己是彝族，在近花甲之年将自己的族属改为彝族，他说："我

---

① 李鸿然：《中国当代少数民族文学史论》上卷，云南教育出版社 2004 年版，第 12—13 页。
② 吴重阳、陶立璠编：《中国少数民族现代作家传略》，青海人民出版社 1980 年版，第 139 页。

想我不会靠在我的名字前面加上'彝族'称号而照顾我容易发表作品或给自己弄个什么'少数民族文学奖'。我理所当然地，由血由肉由根由枝由叶由花由果就应该是彝族，而且是当之无愧于祖先的彝族。我宣告我是彝族，是为了不忘祖先，不忘我的民族，并以此为荣为动力而不断创作出更多更好的彝族文学来!"①　回族作家石舒清为自己是回族而自豪："我很庆幸自己是一个少数民族作者，我更庆幸自己是一个回族作者……回回民族，这个强劲而又内向的民族有着许多不曾表达的内心的声音。这就使得我的小说有无尽的资源。"②　少数民族作家的这种民族主体意识，在少数民族小说的审美意识中具有非常强烈的质感，他们运用自己民族最独特的基因和心理内核来进行审美的具体活动——少数民族小说创作时，这种独特的审美主体必将在他们的小说创作中呈现出独特的审美意识。就如哈尼族作家莫独所说："不敢相忘的，是自己的族名。"少数民族作家承载着自己民族的历史、文化和心理，他们在为自己民族写作时，总是极力表现自己民族的内核，写出自己民族独特的精神，即使他们有时不是以本民族的人物和事件为写作对象，但少数民族作家的思维方式和审美方式也会在作品中打下深深的少数民族的烙印。

二　当代少数民族小说审美追求突出民族特色和宗教特色

首先，少数民族小说的审美追求具有独特的民族性，就如前面所说他们极力表现自己民族的内核，写出自己民族独特的精神，以自己的民族文化为自豪，因此他们的审美追求就是本民族独特的审美追求，在作品中鲜明地展示自己民族的文化、自己民族的心理、自己民族的各种生活形态。少数民族小说最突出的特点是凸显少数民族风俗，风俗文化是少数民族文化突出的组成部分。从 20 世纪 50 年代开始，少数民族小说突出的标志就是少数民族的风俗画描写。20 世纪 50—70 年代的中国小说创作，由于政治的侵染，当时的主流小说难以以"风俗画"和"风俗史"为其审美追求，而是以政治导向和意识形态为其审美追求。但少数民族小说在 20 世纪

---

① 张昆华：《不忘祖先》，《文艺报》1996 年第 6、7 期。
② 石舒清：《自问自答》，《小说选刊》2002 年第 4 期。

50—70年代却在国家尊重少数民族的风俗习惯的政策下，在小说为政治服务的大框架中，还是出现了很多具有少数民族风俗画和风情画为背景的小说。比如玛拉沁夫在 20 世纪 50 年代发表了长篇小说《科尔沁草原的人们》《茫茫的草原》以及短篇小说集《春的喜歌》《花的草原》等小说，虽然该作品和 20 世纪 50 年代当代小说一样，具有很强的政治色彩和阶级斗争特色，但是该作品最突出的特色是草原色彩，创造了一种中国小说历史上从没有的草原氛围，具有浓郁的蒙古族的风俗画特点。而彝族作家李乔在 20 世纪 50—60 年代出版了长篇三部曲《欢笑的金沙江》，包括《醒了的土地》《早来的春天》《呼啸的山风》三部，全方位描写了彝族人民在中国共产党领导下翻身解放的历史，描写了凉山彝族地区民主改革以及平息奴隶主叛乱的历史事件，描写彝族人民从奴隶制到社会主义幸福生活的历史进程，热情歌颂了彝族人民从奴隶到主人的伟大变化，质朴流畅地描绘了彝族地区的风俗画、风景画和彝族特有的民族性格和文化色彩。20 世纪 50—70年代的少数民族小说，是和着新中国文学的步伐一同前进的，当时中国当代文学的主体部分，是依照毛泽东的文艺方针进行创作，因此作为中国当代文学中一个门类，少数民族小说有着 20 世纪 50—70 年代当代文学的共同特性，那就是文学为政治服务。此阶段的少数民族小说也有着鲜明的政治色彩，主要内容都是歌颂新中国、表现各民族在翻身解放中的阶级斗争。此阶段少数民族小说的独特之处是这些斗争都在少数民族地区展开，具有浓郁的少数民族风俗特征和色彩。但是这些少数民族的风情和色彩只是这些少数民族地区的阶级斗争生活的载体，是阶级斗争故事展开的独特环境，是小说政治色彩的陪衬。少数民族的风情和文化没有成为当时少数民族小说的主角。

新时期以后，少数民族的风俗画和风情画的审美追求发生了变化，正如李鸿然所说，新时期以后的少数民族小说关于风俗画和风情画的审美追求具有如下的变化："第一，在作品中，风俗习惯不再是政治的附属品，它回归自身，成为一个民族或地区世代相传的风俗习惯，即这个民族地区或广大人民所创作、享用并传承的生活文化。第二，对风俗习惯的描写已从表层进入深层，作家不像过去那样，把笔触停留在物态化的生活现象上，而是透过想象，开掘其历史内涵和文化底蕴，表现一个民族心灵乃至共同人性。第三，罗列各种民俗事项，是 20 世纪五六十年代风俗描写的通病；这种通病在八九十年代逐渐减少，把民俗事项审美化，已成为少数民族作家的普遍追求。"① 在这种审美追求的指导下，新时期 30 年来，少数民族小说出现了蒙古族作家玛拉沁夫的《活佛的故事》，藏族作家扎西达娃的《系在皮绳扣上的魂》，回族作家张承志的《黑骏马》《北方的河》《心灵史》，满族作家朱春雨的《沙海绿荫》，回族作家霍达的《穆斯林的葬礼》，藏族作家阿来的《尘埃落定》，满族作家叶广芩的《黄连厚朴》《采桑子》，藏族作家央珍的《无性别的神》，土家族作家李传峰的《最后一只白虎》，土家族作家叶梅的《最后的土司》，满族作家庞天舒的《落日之城》等优秀小说。最主要的表现就是少数民族风俗画和风情画不再仅仅是陪衬和环境，而是走向前台成为主角。少数民族风俗画和风情画不再是政治的附属品，而是每个民族文化的本体。

其次，当代少数民族小说的审美追求具有强烈的宗教特色，当代少数民族小说和宗教关系十分密切，在我国有近二十个少数民族都有自己的宗教信仰，很多民族地区宗教氛围浓厚。"在社会生活中，由于宗教渗透深广，衣食住行、婚丧嫁娶、岁时节令等等都带有宗教色彩。宗教意识已与民族风俗、民族文化、民族心理融为一体。维吾尔族、回族、哈萨克族、东乡族、撒拉族、保安族、塔吉克族、塔塔尔族、柯尔克孜族、乌孜别克族等十个民族中大多数人信仰伊斯兰教，宗教的教义教规影响着他们的思想意识和行为规范，也影响着他们的文学艺术。""藏族、蒙古族、土族、裕固族、门巴族等民族的大多数人信仰藏传佛教，这些民族人民的思想意识、行为规范和文学艺术活动深受藏传佛教的影响。""南传上座部佛教对傣族、布朗族、阿昌族、德昂族、佤族的影响，萨满教对大部分或一部分满族、锡伯族、达斡尔族、鄂温克族、鄂伦春族和赫哲族的影响，相当深刻，并且鲜明地表现在这些民族的当代社会生活与文学艺术创作中。"② 在这样的情况下，这些少数民族小说作品大都具有浓厚的宗教色彩。"当代

---

① 李鸿然：《中国当代少数民族文学史论》上卷，云南教育出版社 2004 年版，第 53 页。
② 同上书，第 55—56 页。

少数民族作家受本民族宗教影响的大小或多少，一般与本民族宗教渗透力的大小成正比，与本人接受科学思想的多少成反比。伊斯兰教、藏传佛教、上座部佛教在有关民族聚居区的渗透力大，有关民族聚居区的作家受这些宗教的影响也大。这种影响有时以肯定性的形式表现出来，有时以否定性的形式表现出来。而不论肯定还是否定，宗教都在作家思维的中心点上。"[①] 在 20 世纪 50—70 年代，当代文学是以政治导向和意识形态为其审美追求，在民族风俗画和风情画方面有所表现，但在宗教意识和特色方面则很少有所表现，因为按照当时的主流意识，宗教是欺骗人民的鸦片，那么这个阶段的少数民族作品要么回避宗教，要么对宗教采取否定态度。进入新时期后，改革开放的时代，少数民族作家开始从本民族的宗教信仰方面思考本民族的文化特质，开始从宗教角度思考本民族的审美追求。因此新时期的少数民族小说不再回避宗教问题，而是将宗教作为本民族一个突出的文化现象来进行观照。对那些宗教信仰浓厚的少数民族，该民族信仰的宗教的文化精神、宗教的神秘性以及宗教的意象世界，都给少数民族小说极大的影响。比如藏族小说，"宗教曾是藏族历史文化的魂灵和主宰。千百年来，从远古万物有灵的神话世界，中间经历本教的自然崇拜，直到佛教盛行，佛陀的光环虚影笼罩雪域高原，宗教曾是藏民族社会一体化的意识形态；更有封建农奴制社会'政教合一'的强化统治，宗教意识深深地浸润着人们的心灵，乃至使人们用'神的心'去度人生，在虚无的理想彼岸，享受精神的安慰"[②]。

因此新时期藏族作家扎西达娃、色波、诺杰·洛桑嘉措、益希单增、多杰才旦、降边嘉措、阿来、央珍、梅卓等都在其作品中描写佛教对人们的影响。新时期藏族小说由于受藏传佛教和带有原始文化色彩的苯教文化的影响，大都呈现出一种神秘传奇风格，新时期藏族小说大多用宗教的神秘思维，来感悟藏族人们的神秘世界和神秘情感。这种独特的审美追求，成为藏族小说的独特审美魅力。比如回族小说，回族是一个形成很特殊的民族，是阿拉伯人波斯人来华后和汉、蒙、维吾尔等民族不断融合而形成

① 李鸿然：《中国当代少数民族文学史论》上卷，云南教育出版社 2004 年版，第 56 页。
② 朱霞：《当代藏族文学的文化诠释》，《民族文学研究》1999 年第 4 期。

的民族。在回族的形成过程中，伊斯兰教起到了重要的作用。因此，"回族是一个全面信仰伊斯兰教的民族，伊斯兰教成为它的核心文化，是这个民族的生命和灵魂，伊斯兰文化不仅以巨大的感召力和牢固的凝聚力促成了回族在中国的形成，而且为回族在与汉文化的融合且处于'大分散、小聚居'的文化格局中保持自己文化的独特性，提供了坚实的心理基础和情感特质。"① 因此张承志、霍达、石书清、马瑞芳、马知遥、郝文波、查舜等回族作家的小说都具有浓厚的伊斯兰教色彩，伊斯兰教不但制约着作家的审美追求，而且也规范着小说的价值判断。张承志的《心灵史》、霍达的《穆斯林的葬礼》、石舒清的《清水里的刀子》、查舜的《穆斯林的儿女》等，几乎所有的回族小说都是用具有伊斯兰信仰的民族心理去感受，用具有伊斯兰信仰的民族情感去思考，用具有伊斯兰信仰的民族色彩去描写他们熟悉的回族生活。这种强大的心理基础和情感特质，使得回族小说具有浓厚的伊斯兰教色彩。而满族小说，鄂温克、鄂伦春等民族的小说，作品中则充盈着萨满教的影响，西南少数民族小说则明显带有上座部佛教的影响。这些小说在不同的宗教氛围下，呈现出不同的审美追求。

三　当代少数民族小说的审美对象是少数民族生活和少数民族意识所观照的生活

少数民族小说的审美对象首先是少数民族生活，包括少数民族的历史、现在和未来，包括少数民族的外在表现和内心世界。少数民族小说还包括少数民族描写的汉族生活，但一定是少数民族作家运用少数民族意识所观照的生活。少数民族小说的写作资源很多，就如李鸿然教授所说："当代中国一位作家或一个民族的写作资源，至少可以包括以下几个方面：（一）现实的和历史的社会生活；（二）本民族从古至今的文学成果和文学资料；（三）中华民族从古至今的社会生活、文学成果和文献资料；（四）世界各民族从古至今的社会生活、文学成果和文献资料；（五）当今世界

---

① 赵阳春：《论当代回族作家创作中的洁净之美》，硕士学位论文，陕西师范大学，2007年，第29页。

政治、经济、文化活动特别是文学活动的信息等。"① 上述五点，都是少数民族小说的审美对象和写作资源，但少数民族小说最重要的写作资源是本民族的社会生活和本民族的文化资源。本民族的文化资源包括本民族的风情风俗、本民族的宗教文化、本民族的民间文学、作家文学和音乐舞蹈等资源。风情风俗和宗教文化前面已论述，这里着重谈本民族的民间文学和历史上的作家文学以及音乐舞蹈等资源。我国 55 个少数民族的民间文学丰富多彩，有著名的当代三大史诗《格萨尔》《江格尔》《玛纳斯》，有《阿诗玛》《召树屯》《嘎达梅林》《望夫云》等著名的民间叙事诗，还有不计其数的神话、歌谣、故事、谚语等，这些都为当代少数民族小说提供了丰富的写作资源。另外，我国少数民族文学历史上有很多优秀的作家资源，也为当代少数民族小说提供了丰富且直观的写作资源。满族作家曹雪芹、纳兰性德、顾太清等的文学创作，为满族小说的创作立下了丰碑也树立了榜样；还有藏族诗人仓央嘉措、藏族小说家才仁旺阶、维吾尔族诗人哈吉甫和尤格拉克等都为藏族、维吾尔族当代小说提供了丰富的写作资源。还有彝族、纳西族在历史上也都出现过著名的作家，他们一直影响着当代的彝族、纳西族作家。而在现代文学史上，苗族作家沈从文、满族作家老舍更是为当代少数民族作家提供了写作的表率。少数民族都能歌善舞，少数民族的音乐舞蹈资源更是如天上的星星一样，闪耀着迷人的光辉。音乐舞蹈和文学是紧密联系的，如民歌既是诗又是歌。文学、音乐、舞蹈三者的融合在少数民族中得到极好的发扬。少数民族的日常生活，有很多是歌、诗、舞三者合一的。这样的生活方式、文化传统和艺术氛围，为当代少数民族小说提供了颇具特色的写作资源。

当代少数民族的审美对象是当代少数民族的生活。20 世纪 50—70 年代，少数民族小说的审美对象主要是少数民族当下和革命历史生活，和当时中国小说一样，在为主流意识服务的前提下，少数民族小说主要描写少数民族在新中国的新生活以及少数民族的革命斗争历史，但是，少数民族此时的小说也区别于汉族小说而具有少数民族特色，那些在主流意识下不

---

① 李鸿然：《中国当代少数民族文学史论》上卷，云南教育出版社 2004 年版，第 60 页。

自觉地呈现出的少数民族风情画和风俗画的描写，那些具有独特少数民族个性的人物形象，都具有鲜明的少数民族审美特色。进入新时期后，少数民族小说的审美对象发生了变化，审美对象更多具有少数民族的文化内涵。少数民族的现实生活、少数民族的精神生活、少数民族的历史、少数民族的神秘宗教、少数民族的魔幻现实等都成为审美对象，并且深入到少数民族的心灵世界，营造出以往从未有过的审美世界。比如，张承志写作了《心灵史》，以哲合忍耶教派崇高、壮美的精神，推崇回教民族的崇高之美。达西扎娃的《系在皮绳扣上的魂》《西藏，隐秘的岁月》《风马之耀》等作品，描写在神秘民间文化和神秘宗教文化影响下的藏族生活，展示了西藏小说的神秘、浪漫、传奇之美。鄂温克族作家乌热尔图则以鄂温克族的狩猎和驯鹿生活为背景，讲述鄂温克族人与自然的故事，描写即将失去居住地的狩猎民族在森林被砍伐、家园被破坏的状态下的忧伤心境，呈现出独特的忧郁之美。

四　少数民族小说具有少数民族的审美意象

"所谓意象，就是客观物象经过创作主体独特的情感活动而创造出来的一种艺术形象。简单地说，意象就是寓'意'之'象'，就是用来寄托主观情思的客观物象。在比较文学中，意象的名词解释是：所谓'意象'简单说来，可以说就是主观的'意'和客观的'象'的结合，也就是融入诗人思想感情的'物象'，是赋有某种特殊含义和文学意味的具体形象。简单地说就是借物抒情。"[①]"而审美意象即对象的感性形象与自己的心意状态融合而成的蕴于胸中的具体形象。"[②]少数民族小说因为有独特的审美主体、独特的审美追求以及审美对象，因此具有独特的审美意象。少数民族小说中因为对世界的独特认识和独特的审美追求，而有自己独特的寄托主观情思和主观情感的客观物象。作家们运用这些特殊的物象表达独特的审美追求，形成独特的审美意象。

首先，少数民族小说的审美意象建构在少数民族的文化之上。

① 百度百科，意象，http://baike.baidu.com/view/711.html? tp=2_11。
② 百度百科，审美意象，http://baike.baidu.com/view/1363864.html? tp=0_11。

在少数民族漫长的历史文化发展历程中，有很多该民族心领神会的审美意象，少数民族作家在自己的民族文化中耳濡目染，将这种民族的审美意象运用到作品中，形成独特的小说审美意象。比如回族小说中"月亮"意象。在回族人的信念中，月亮的洁净暗合了回族人的"清洁"精神，因此月亮尤其是新月是回族独特的审美意象，在很多回族小说中，新月都是作为独特的审美意象出现的。在霍达的小说《穆斯林的葬礼》中那个冰清玉洁的姑娘因为在"新月"升起时出生的，因而取名为"新月"。韩新月在斋月去世，乡亲们都认为在圣洁的斋月离去是真主怜悯她，是好造化。而在张承志的小小说中"月亮"有更多的含义，"'瞬息的弦月'把大西北黄土高原上那种广袤荒凉烘托无余，'一弯新月'是黑暗中给人们亮出的一盏指路的明灯，'新修成的大寺顶上的铜月亮。那青铜的半片月牙熠熠地亮着，使人心里充满欢欣和安稳'。'那三间破屋顶上也叉着一柄铁铸的弯月亮'，'记得那天透过坍塌的顶棚，他看见了那个锈斑累累，缺了一块的镰月。那牙铁月亮漆黑地立在上面，沉重而神圣'。张承志透过一弯铜月亮和三间土坯屋顶上的深沉肃穆、凄美温馨的'残月'指出坚守一种信仰的艰难与希望。如果说'残月'和'弦月'是对历史的沉重回忆，那么对张承志而言，'十五的满月'就是'圣光的照耀'，是所有穆斯林的心灵之光。《心灵史》中有一首诗说：'圆月啊，你照耀吧，唯你有着皎洁的本质。''今夜，淫雨之后的天空上/终于升起了皎洁的圆月/我的心也清纯/它朴素得像沙沟四下的荒山/然后，我任心灵轻飘/升上那清风和银辉/追寻着你，依恋着你，祈求着你，怀念着你。'在这样的美学观照下，月亮不仅饱含了作者深厚的民族情结，而且展现了作者对庄严、崇高、博大、深沉的美学风格的崇尚和对诗化、象征化的艺术手法的独特追求"①。近年来发表了很多反映回族生活的小说并获得鲁迅文学奖的石舒清，他的作品中对月亮意象也运用很多，他在作品中描写月亮，不仅仅是为了描写景色，而是在月亮的意象中展示作为回族作家对月亮这个物象的诸多具有回族特征的情怀，月亮具有圣洁、清洁、安宁、美好的特征。

---

① 马慧如：《当代回族小说的审美意象与精神追求》，《西北民族大学学报》2010年第2期。

其次，少数民族小说的审美意象是少数民族作家主体化创造的结果。

少数民族小说的审美意象需要主体化的创造，才能将历史文化传承下来的意象赋予新的生命力，赋予更丰富的情感特征。进入新时期的少数民族作家，在这一方面表现很突出。少数民族在历史传承中有独特的审美意象，这是少数民族在其发展过程中经过很长时间逐渐形成的具有特殊情感意蕴的物象，是该民族体察感悟世界的心理模式。比如新时期藏族作家，他们就具有很强的主体意识。20世纪80年代以来藏族作家在神秘的藏传佛教和带有原始文化的苯教文化以及藏民族的相关传奇因素的影响下，以扎西达娃为代表，张扬作家的主体意识，通过对心境的主体化描写，创造出神秘、空灵、传奇、超现实、魔幻特色的小说。"在当代藏族作家中，很难找到'旁观者'，'我'的蓬勃生机、旺盛的精力、喜怒哀乐的情绪和道德需要的情操，都化在作品中，造成心物迭映、天人交感，产生了魔幻般的心理意象和怪诞的时空意象，把现实情态化、意象化，以表现对自然的观照、对社会的观照和对人生的观照。"① 因此，新时期的藏族小说具有神秘特质，被称作"神秘小说"或心态小说，藏族小说以藏族民间的文化和藏传佛教为观照对象，这种文化本身就具有很多神秘元素，因此藏族小说就具有隐喻性、不确定性以及多种意义性。"神秘是恐怖的忠实伴侣，没有某种难以名状的神秘性氛围，文学艺术的美必然荡然无存。当代藏族文学的神秘性，是藏族文学的审美传统一以贯之的魅力所在。而这种魅力，正是源于雪域文化的神秘性，并因此使当代藏族文学在中华文学中独树一帜。"② 同时，藏族是一个佛教意识十分强烈的民族，宗教意识导致人们用神的思维、神的眼睛去看待世界、理解世界，因此神的意象是藏族小说最突出的审美意象。神无处不在，神无所不能，因此神又具有超现实的神秘性，阿来《尘埃落定》、扎西达娃的《系在皮绳扣上的魂》、才旦的《食了的月亮和太阳没什么两样》等藏族小说，都是在神秘的神的世界里、在神的神秘意象中演绎着藏族人们的心灵历程。

从审美主体、审美追求、审美对象、审美意象等论域里研究当代少数

---

① 朱霞：《当代藏族文学的文化诠释》，《民族文学研究》1999年第4期。
② 同上。

民族小说的审美特色，可以为当代少数民族文学研究提供一个新的视角。作为当代少数民族小说的审美主体的少数民族作家承载着自己民族的历史、文化和心理，他们在为自己民族写作时，极力表现自己民族的内核，写出自己民族独特的精神。当代少数民族小说的审美追求具有浓郁的民族特色和宗教特色，其审美对象包含少数民族的风俗画、风情画和民族的心灵世界。少数民族小说具有新颖独特的审美意象，其审美意象既是在少数民族的文化中建构的，又通过少数民族作家的主体化创造得到新的发展。

叙述神圣、格调悲壮、意象圣洁

——当代回族小说的审美特色

回族现有 9820000 人（2000 年人口普查数据），是中国分布最广的少数民族，主要聚居于宁夏回族自治区，在新疆、青海、甘肃、陕西、山西、河北、天津、北京、上海、江苏、云南、河南、山东、内蒙古、辽宁、吉林、黑龙江也有不少聚居区。回族是阿拉伯人、波斯人来华后和汉、蒙、维吾尔等民族不断融合而形成的民族。在回族的形成过程中，伊斯兰教起到了重要的作用。因此，"回族是一个全面信仰伊斯兰教的民族，伊斯兰教成为它的核心文化，是这个民族的生命和灵魂，伊斯兰文化不仅以巨大的感召力和牢固的凝聚力促成了回族在中国的形成，而且为回族在与汉文化的融合且处于'大分散、小聚居'的文化格局中保持自己文化的独特性，提供了坚实的心理基础和情感特质"[①]。

回族文学在历史上曾取得了突出的成绩，有比较突出的作家文学。"活跃于宋、元、明、清及其近代的回回文人，则在时代的感召、环境氛围的影响下，用汉文字积极从事诗歌、散文的创作活动，并取得了有目共睹的巨大成就，回回文人既根植于伊斯兰文化，又献身于中国的传统艺术，使自己的诗歌、散文呈现出一种新的美学风貌，与他们自己的散文、小说一起奠定了古代回族文学的基础，从而也为中国传统文学注入

---

① 赵阳春：《论当代回族作家创作中的洁净之美》，硕士学位论文，陕西师范大学，2007 年，第 29 页。

了活力。"① 从唐宋以来，回族作家文学主要在诗、词、曲、散文等领域取得了突出成就："在词曲领域内，今天回回人可以骄傲地宣称，一千多年来，在其先民中出现过不少文学巨匠，佳作名篇更是层出不穷，完全可以比肩同时代的汉族艺术大师。李珣、萨都剌、贯云石、马九皋这四颗巨星，是中国诗歌天空中永远耀眼的星座。其他如蒲寿宬、兰楚芳、梦昉、马之骏、丁澎、马世俊、丁炜、蒋湘南、改琦、端木埰等人，也是才艺卓著，名重一时的大诗人、大学者，他们也为中国诗歌、散文宝库增添了许多闪亮的珍宝。"② 回族小说出现在现代，虽然基础比较薄弱，但马宗融、白平阶的小说创作开启了回族现代白话小说的先河。在中国当代文学的头二十七年里，胡奇、哈宽贵、韩统良、丁一波、谢荣、郝苏明、白练等回族作家创作了许多反映了回族人民生活的小说，在回族民族特色创作方面作出了有益的尝试。回族小说取得巨大成就是在新时期，张承志、霍达、石舒清、马瑞芳、马知遥、郝文波、查舜、马治中、于秀兰、冯福宽、吴秀康、杨英国、马忠静、海力洪等作家，创作了一批优秀的回族小说，形成了回族文学史上空前繁荣景象。尤其是张承志的《心灵史》、霍达的《穆斯林的葬礼》、石舒清的《清水里的刀子》、查舜的《穆斯林的儿女们》等作品，根植于伊斯兰文化内核，描写回族人民的社会生活和心理状态，形成了回族文学博大而深刻的文化特点，具有独特的回族文化的审美特色。

一　当代回族小说的审美主体：族属意识鲜明的回族作家

这里所说的审美主体，主要是指作为创作主体的回族作家。当代回族作家有鲜明的族属意识。在回族的形成过程中，伊斯兰教起到决定性的作用，回族人民都是凭着对真主的信仰在"大分散、小聚居"的环境中找到自己的同胞和心灵的安慰。回族是一个一直在路上的民族，是个移民民族。他们没有自己一直拥有的聚居地，从祖宗那里没有继承下来现成的家园。为了生存，回族付出了艰苦卓绝的努力。回族在其发展、演进过程

---

① 朱昌平、吴建伟主编：《中国回族文学史》，宁夏人民出版社 2007 年版，第 5 页。
② 同上。

中，遭受过太多的苦难，还经常有被杀戮、被侮辱、被迫离开家园的遭遇。同时作为一个具有异质文化的民族，在其发展中还必须学会在夹缝中生存并努力拓展生存空间。因此回族是一个有着特殊的历史变迁、有着虔诚的伊斯兰宗教信仰、有着独特的异域色彩、有着强烈民族意识的民族。他们在为自己民族写作时，总是极力表现自己民族的内核，写出自己民族独特的精神，即使他们有时不是以回族的人物和事件为写作对象，但回族的思维方式和审美方式也会在作品中打下深深的烙印。

当代回族作家在创作过程中，经历了非回族化到回族化的过程。回族文学经历了漫长的非回族化历程，唐宋元明清代以及民国时代，回族作家有自己的族属，但在其文学创作中，回族特色却不鲜明，很多回族作家甚至回避自己的民族身份。新中国成立以后，在党的民族政策的指引下，在尊重回族宗教信仰和回族风俗的氛围中，有一批回族作家如胡奇、哈宽贵、韩统良、丁一波、谢荣、郝苏明、白练等写作了一定数量的反映回族人民生活的作品，但在 20 世纪 50—70 年代，当代文学以政治导向和意识形态为审美追求，回族小说在民族风俗画和风情画方面有所表现，但在宗教意识和民族意识方面则很少表现，因为按照当时的主流意识，认为宗教是欺骗人民的鸦片，因此在这个阶段回族作家对宗教普遍采取回避态度，对于回族的民族意识也没有深入描写。进入新时期后，改革开放使得回族作家开始从本民族的宗教信仰方面思考本民族的文化特质，开始从宗教角度思考本民族的审美追求。因此新时期的回族小说不再回避宗教问题，而是将伊斯兰教信仰作为本民族一个突出的文化现象来进行观照。20 世纪 80年代初期，"马之遥的小说《古尔邦节》成为新时期回族作家突破民族禁忌自觉践行民族体裁创作的发轫作，随后有白练《朋友》、马连义的《回民代表》、金万中的《小河弯弯》、郑国明的《来五养牛》、丁一波的散文《盖碗茶》、马治中《方迷新传》、查舜《月照梨花湾》等一系列作品，都以强烈的民族自觉挖掘民族生活展现民族风情，在回归民族体裁、探索民族艺术手法上走出了实质性的一步，使得回族作家创作开始茁壮成长"①。但此时

---

① 杨文笔：《"文化自觉"下的回族作家回族化创作》，《昌吉学院学报》2009 年第 1 期。

的回族作家主要追求的还是回族的风俗习惯以及外在描写，还没有对回族
社会生活及精神状态作深入的表现。20 世纪 80 年代中期，随着改革开
放的深入，也随着回族作家对民族意识、宗教意识、文化意识的自觉追
求，回族作家"把创作的笔触开始从外在深入内里，挖掘回族文化塑造
下的回族人内在的民族性格、民族精神、民族心理素质，人物形象的塑
造也由类型化转移到了典型性、多元性、丰富性"。同时回族作家在回族
化创作中对回族文化的深层挖掘，表现在对回族宗教文化的自觉挖掘，
更重要的是对宗教背景下回族人心灵状态和精神境遇的关注，建构起文
学创作的深度。甘肃回族作家杨光荣的散文集《环游卡尔白》《朝觐的日
子》，以真挚的文笔、激越的情感写出了穆斯林朝觐的神圣宗教功课，展
现了穆斯林纯洁的心灵、民族精神和虔诚的信仰；云南回族诗人马瑞麟
有着浓烈的回族情结，他写出了大量的民族诗篇，如《沙甸情思》《杜文
秀四题》《盖茶盅》等；山东作家王延辉的小说集《天下回回》中倾注了
一腔民族情感，写出了回族自尊、刚毅、勤劳的民族性格；马知遥的《亚
瑟爷和他的家族》写出了在血腥风雨和邪恶淫威下，回族人自尊刚毅的民
族性格；查舜立足于宁夏黄河岸边的回族乡村，从早期的《月照梨花湾》
到《穆斯林的儿女们》《青春绝版》，以乡土的厚实，民族文化的积淀，宗
教般的虔诚实现了其文学创作的积淀；郝文波的《朝觐者》，一个家族几
代人兑现心灵的誓约历经磨难最终实现朝觐的愿望，展现回族人持守信仰
的神秘的民族心理。① 而回族小说最有代表性的作家是张承志、霍达、石
舒清和查舜等。

回族作家个人创作也如同回族整体文学发展一样，经历了从非回族化
写作到回族化写作的过程。张承志是回族，他在内蒙古草原插过队，后来
在中国科学院工作。他对北方的大地非常熟悉也非常热爱。他说："我希
望我这回又一次勾勒我生命的三块大陆——内蒙古草原、新疆文化枢纽、
伊斯兰黄土高原。"② 张承志小说创作的顺序也是如此，他在发表了《骑手
为什么歌颂母亲》《黑骏马》《北方的河》等小说后，回族的血液和信仰使

---

① 杨文笔：《"文化自觉"下的回族作家回族化创作》，《昌吉学院学报》2009 年第 1 期。
② 张承志：《绿风土》，作家出版社 1994 年版，后记。

他开始专注于回族小说的创作,发表了一系列优秀的回族小说:《黄泥小屋》《残月》《辉煌的波马》《错开的花》《心灵史》《金牧场》等。最有代表性的小说是《心灵史》。《心灵史》通过对回教的一个教派哲合忍耶用生命和鲜血殉教历史的描写,反映了回族人民在极其艰难的处境下的虔诚信仰,展现了回族人持守信仰以生命捍卫信仰的独特的心灵世界,同时也歌颂了马化龙等哲合忍耶领袖面对屠杀大义凛然的英雄主义和人道主义精神。

在回族文学史中,霍达是一位重量级的优秀作家,霍达也是在发表了很多非回族化的文学作品后,那回族的血脉使得她转向对自己母族的观照。凭借自己对母族的热爱,凭借自己深厚的回族文化底蕴,霍达于1998年创作了长篇小说《穆斯林的葬礼》,该作品通过一个穆斯林家族、一个玉器匠人家庭60年间三代人的命运沉浮,生动详尽地描写了回族婚丧嫁娶、生老病死的生活状态,以无比尊敬的笔触描写了回族极具伊斯兰文化色彩的朝觐、礼拜等宗教功修活动。"《穆斯林的葬礼》宏观地回顾了穆斯林本土化的漫长而艰难的历史足迹,揭示了两种文化碰撞和融合而形成的独特的回族的心理结构,以及在世俗和宗教二元领域中人生追求的困惑,充满悲剧的美感,是一部少有的体现了文艺悲剧精神的杰作,读之回肠荡气,感人肺腑,是一部为穆斯林人精心作传的圣洁诗篇。"① 冰清玉洁的玉器、虔诚信仰的宗教以及作品中始终弥漫着的悲剧特色,使得《穆斯林的葬礼》获得了第二届茅盾文学奖。

回族作家石舒清出生在宁夏回族自治区西海固,西海固是回族聚居区,也是伊斯兰文化的典型地区。石舒清在这个充满伊斯兰文化且十分贫瘠的土地上生长,是贫苦农民的儿子,他对母族的历史、文化、现状有真实而质感的感受和理解。因此,他觉得自己有义务将回族的生活、精神和内心世界表达出来。当他拿起笔来书写时,必然会描写自己的民族、自己的家乡,必然以回族和伊斯兰文化为自己写作的骄傲。石舒清曾说:"我很庆幸自己是一个少数民族作者,我更庆幸自己是一个回族作者。……回

---

① 杨文笔:《"文化自觉"下的回族作家回族化创作》,《昌吉学院学报》2009年第1期。

回民族，这个强劲而又内向的民族有着许多不曾表达、难以表达的内心的声音。这就是使得我的小说有无尽的资源。这些年我尽力表述一些，使我欣慰和感念的是，愈是我写我的民族的一些日常生活、朴素情感和信仰追求的作品，愈是能得到外部的理解和支持，像《清水里的刀子》《清洁的日子》《节日》《小青驴》《旱年》《红花绿叶》等能被《人民文学》《十月》《民族文学》等刊物发表，又被《小说选刊》转载就是明证。"① 作为回族，石舒清知道自己民族的内心世界有许多不曾表达、难以表达的东西，作为作家，石舒清知道只有描写回族的日常生活、朴素情感和信仰追求才能获得成功。他说："我觉得一个作家有没有依托的背景是很重要的，这个背景，与其说成是伊斯兰精神，倒不如说成是西海固人的平凡生活更准确些，我非常喜欢、心疼那一块土地和生息在那块土地上的人。隔一段时间回去，见到的每一张脸都那么熟悉，那么亲切，一律像是你的亲人。逢集市的时候，我有时会在一个地方看一张张从童蒙初开时就熟悉的脸。我远远没有写好他们，远远没有写透。……再说一遍，我有西海固这样一块富足阔大而深远的背景，实在是我的福祉。"② 于是石舒清立足于回族的内心世界、立足于贫瘠而充满信仰的西海固，为自己的民族写作，为自己乡亲写作。

还有其他的回族作家也都为自己的民族和信仰进行自己独特的表达。马之遥写了《古尔邦节》《开斋节》，从回族特有的节日中阐发回族的历史文化深度和现实的传承。马治中发表了《三代人》《西城回回》等小说，描写当下回族人充满生活气息的现状。而查舜则发表了《月照梨花湾》《穆斯林的儿女们》等小说。《穆斯林的儿女们》写改革开放初期回族人民的日常生活和宗教生活。作为回族作家，查舜对回族人的宗教生活描写得很有深度："查舜对宗教生活的描写浸透了浓郁的感情。作者是将伊斯兰教的宗教生活的一部分已经演化为回族人民的风俗习惯，渗透在日常生活中。伊斯兰的部分教义已经熔铸在回族人民的心中。作者对伊斯兰教仪式

---

① 石舒清：《自问自答》，《小说选刊》2002 年第 2 期。
② 白草、石舒清：《访石舒清：写作更接近于一种秘密》，新浪网，读书频道：http: // book. sina. com. cn。

的描写实际上是对回族人民的生活和民俗的描写，是对回族的民族性格和心理素质的描写。"① 回族女作家于秀兰则更多关注回族女性的生活和内心世界，还有新疆回族作家白练、甘肃的回族作家吴季康等都创作出了各具特色的回族小说，他们的作品都有鲜明的回族意识，为回族小说的发展作出了自己的一份贡献。

二　当代回族小说的审美追求：神圣感、悲壮美和清洁精神

当代回族小说的审美追求是：信仰的神圣和民族的悲壮。回族是一个全面信奉伊斯兰教的民族，在回族的形成过程中，伊斯兰教起到了重要的作用。这决定了回族在伊斯兰的同一信仰下的强烈的亲和力，伊斯兰教和回族人们的生活关系十分密切，回族人民的世界观、价值观、审美观以及各种节日和禁忌、风俗人情、婚丧嫁娶，乃至农牧业生产和收获，都和伊斯兰教有着密切的联系，这种影响已经渗透到回族人民的骨子里，并积淀成为超稳定的文化因素。因此回族人民的宗教意识和生活习俗是合二为一的，回族人民的民族气质和血统决定了他们对伊斯兰教信仰的虔诚。在此基础上，回族人民具有强烈的民族自觉意识，强烈的民族认同情结。这种集体无意识形成过程中，伊斯兰教起到决定性的作用，回族人民都是凭借对真主的信仰在"大分散、小聚居"的环境中找到自己的同胞和心灵的安慰。

"从总体看，回族是一个心事太重的民族，她善良缄默，不像其他少数民族那样喜歌乐舞，许多交流往往只在几句低语或一个手势中完成。她忍耐且不舍自尊，勤劳中暗存刚毅，爆发时永烈至极。无论是沙漠的酷热，山区的贫瘠，还是隅居城市的冷遇，她都可以忍耐下来，但有一点，你不能戳她的心尖尖——你不能凌辱和侵犯她的信仰和禁忌——说到底是作为人的尊严和原则。否则，忍耐就会在顷刻之间化为反抗，不惜生命。"② 同时回族是个移民民族。他们没有自己一直拥有的聚居地，从祖宗

---

① 白崇人：《喜读〈穆斯林的儿女们〉》，《人民日报》1988 年 8 月 30 日。
② 王延辉：《回归与认知之路》，《散杂居地区回族作家的创作个性与本民族特性之关系》，《民族文学》2005 年第 6 期。

那里没有继承下来现成的家园。为了生存，回族付出了艰苦卓绝的努力。因此，回族是一个在路上的民族："尤其是'族在旅途'的特有度世方式，起源自阿拉伯祖先驼背文化的深远影响，'断了归宿'的漫漫长旅，令回族不得不感到'路上更具故乡遥远'，但'终日只渴望走'，因为自己'最想的还是流浪'。虽然这颗'不安的旅人之魂'是祖先造就的，一代回民的'on the road'，便在他们身上鲜明地体现以'路'为本色的'路文化'，这和以'家'为底色的这个传统'家文化'形成了比照与互补。"① 在这样的宗教信仰和民族意识的熏陶下，回族成为一个具有自尊自强、开拓进取、坚忍不拔精神的民族，同时又是充满悲壮感的民族。这种神圣和悲壮是和追求人的尊严价值与命运、人道、人性和终极价值融合在一起的。回族作家深深了解和知道这种神圣和悲壮，因此在他们的小说中明确追求神圣感和悲壮美。

张承志的小说就是这种神圣感和悲壮美的审美追求的践行者。张承志的小说《心灵史》，满怀神圣、崇敬的心情，描写了哲合忍耶教派200年的悲壮历史，"《心灵史》描写的哲合忍耶，是中国伊斯兰教苏菲主义教派之一，清代乾隆年间由马明心传入，被称作'新教'。'苏菲'是波斯语音译，原意为'羊毛衫'，指身穿粗羊毛衫的人。13世纪汉文记为'迭里威士'，阿拉伯语原意为乞丐、穷人。苏菲主义反对原教旨主义及其烦琐哲学，渴望与造物主直接沟通，本质上是一种异端。马明心传播的哲合忍耶苏菲主义丰富复杂，《心灵史》用'穷人宗教'四个字对它作了概括。西北黄土高原的回族人民处于水深火热之中，这种'穷人'宗教在回族人民心中激起的心灵企盼是今人和局外人难以想象的。清王朝容忍不了这种'穷人宗教'，乾隆在新教和老教的教争中一再使地方当局'以回治回'，'用旧教而除新教'，'务当绝净根诛'。这当然会激起哲合忍耶的强烈反抗。有清一代，回民'三年一小反，五年一大反。'哲合忍耶是回民反清王朝队伍中最刚烈的一支，由于这一支教派一直受迫害、被流放、遭屠杀，先后有几十万人为坚守信仰而死于清王朝的屠刀之下。因此这一教派

---

① 马丽蓉：《二十世纪中国文学与伊斯兰文化》，安徽教育出版社2000年版，第26页。

殉道色彩浓厚，'舍西德'，即'为主道而牺牲'，是这一教派的显著特点，被称为'血脖子教'也由此而来"①。回族的血脉让张承志在浩如烟海的历史事件中找到哲合忍耶，将他们一代一代为捍卫自己的信仰而前赴后继的历史用小说形式写出来，歌颂哲合忍耶七代教主用鲜血和生命持守护卫信仰的崇高精神。张承志"并不仅仅写一个民族、一个宗教群体，只不过借用这一个侧面，以期表达探讨人类所共有的精神世界，追求人类在历史演进中曾经拥有过而如今失落的那些可贵的东西。也就是说，张承志透过这一个侧面，将其升华为人道主义的高度来认识、反映。显然，在他笔下描写的场景、形象大多表现出的不是独自饮泣的悲苦，不是格调低下的愁怨，而是一种富有历史感的悲壮"②。这种神圣感和悲壮感的追求，形成了回族小说的审美追求。

　　霍达的《穆斯林的葬礼》也具有这种神圣感和悲剧美。霍达通过描写一个穆斯林家族、一个玉器匠人家庭 60 年间三代人的命运沉浮，生动详尽地描写了回族婚丧嫁娶、生老病死的生活状态，以无比尊敬的笔触描写了回族极具伊斯兰文化色彩的朝觐、礼拜等宗教功修活动，还以无比骄傲的感情歌颂了穆斯林回族的圣洁。但是，作品是一部悲剧，是一部家庭悲剧也是民族悲剧，作者将故事安排在民族宗教和战争动乱中，战争将一个宁静的回族家庭撕得四分五裂，悲剧的命运笼罩着这个穆斯林家庭，妹妹和姐夫真挚的爱情和穆斯林伦理的背离，导致韩新月的命运悲剧，美丽、善良、冰清玉洁的韩新月被无情的心脏病和姨妈的报复（说出身世）打击后失去了年轻的生命。"当年轻美丽的女主人公的葬礼在穆斯林一片哀声中进行时，当一个个历尽沧桑和磨难的主人公带着心灵原罪感，一个个弃世而去，当那异乡飘零思念女儿苦苦折磨四十年的母亲，在女儿魂归的坟地上痛苦忏悔和怅惘时，当那唯爱的信念和忠贞在悲哀的梁祝声中孤雁盘旋时，文艺的悲剧美持久地震撼着审美的心灵。""没有悲剧就没有悲壮，没有悲壮也就没有崇高，一部真正的深沉的文学是崇高悲剧演绎下的升华。于是为了激扬荡魄的悲壮，塑造撼魄

---

①　李鸿然：《中国当代少数民族文学史论》下卷，云南教育出版社 2004 年版，第 643—644 页。
②　马有义：《中国当代回族文学的审美特征》，《青海社会科学》2005 年第 7 期。

的崇高，挖掘悲剧、展现悲剧成为霍达文学创作的至高境界的追求。"①
这与作家对自己民族深深的忧患意识及神圣感和悲壮感分不开，正是由于
这种苍凉、悲壮的审美追求和审美特色，才深深打动了读者，构成作品的
持久的魅力。

　　回族人民还有一个特殊的审美追求，那就是洁净之美。回族是一个把
清洁、洁净看得至高无上的民族，回族人的生活环境很艰难，常常生活在
缺水的地方。但教规规定回族人一天要做五次礼拜，每一次礼拜前都要清
洗身体，因此清水是回族圣洁之物之一，也是回族人民生命的甘露和持守
信仰的护佑。回族小说也极力追求清洁精神。清洁精神首先表现在回族的
服饰、饮食和清洁的卫生习惯中。穆斯林崇尚白色，认为白色是最洁净、
最美的颜色。而穆斯林的饮食是"清真"，清真的意思是纯洁质朴的意思，
清真的食品就是洁净的食品。石舒清在小说《逝水》中有这样一段描写：
"回民在饮食上原本有所选择与取舍，姨奶奶尤甚。这么说吧，凡是真主
所造，又经过值得信赖的人加工的清真食品，她才吃。所以罐头她就不
吃，机子面她就不吃，街上买来的肉她也不吃。"从这里可以看出回族人
的清洁饮食习惯。回族还有独特的清洁卫生习惯，那是近乎宗教仪式的清
洁习惯。

　　在《穆斯林的葬礼》中，作家以无比圣洁的笔触描写韩新月葬礼中的
洗礼："韩太太手执汤瓶，为女儿冲洗……汤瓶里的水在静静地流淌。伴
着妈妈的泪水，洒在女儿的脸上、手上、脚上……""清水静静洗遍新月
的全身，又从她的脚边流下'旱托'，居然没有一丝污垢，她那冰清玉洁
的身体一尘不染！"② 这既将新月的冰清玉洁烘托到极致，也展示了回族对
水的"洁净"的至高无上的崇敬。"张承志在《心灵史》中反复重申'水'
对伊斯兰教的重要性，'水，是伊斯兰教净身进入圣域的净身中介，水又
是净身时洗在肉体上不可或缺的物质'。在他看来，'水'是穆斯林通往
'清冽的幸福泉'的中介……可见，在作者的心里水是最清洁、最珍贵的

---

　　① 杨文笔：《悲剧的美丽——论霍达小说〈穆斯林的葬礼〉中的"悲剧精神"》，《昌吉学院
学报》2009 年第 3 期。

　　② 霍达：《穆斯林的葬礼》，北京文学出版社 2005 年版，第 21 页。

事物，用这样的事物洗去人在尘世的世俗情怀，换来的是心灵的纯净和精神的高贵，这是最有意义的。"①

三　回族小说的审美对象：具有浓郁回族意识的历史和现状

回族小说的审美对象是回族人民生活，包括回族人民的历史、现在和未来，包括回族人民的外在表现和内心世界。回族小说还包括回族作家描写的汉族和其他民族的生活，但一定是回族作家运用回族审美意识所观照的生活。

张承志的小说早先描写过蒙古族生活，如《骑手为什么歌颂母亲?》和《黑骏马》，也写过没有鲜明少数民族特色的小说《北方的河》。他说过内蒙古草原、新疆文化枢纽、伊斯兰黄土高原是他生命中三块大陆，因此这三块大陆的人民都是他的写作对象。但是作为回族作家的张承志，他小说的审美对象最主要的还是回族人民的世界。"在中国回族文学史上，张承志是最早以小说形式反映回族人民社会和精神世界的作家之一。从反映的深刻程度来说，至今还没有谁能与他相比，他不爱写风俗习惯、节日庆典、婚丧礼仪之类，其笔墨的重点大多在回族历史和精神方面，他特别善于表现回族人民的民族意识，如情感、心理、禁忌等，同时表现得富有历史感、普遍性和哲学意味。"② 张承志的小说主要写具有"念想"的回族人民，这"念想"是回族人民的信仰、信念和理想，是回族人民生命的支撑。《黄泥小屋》《残月》《辉煌的波马》等小说都描写了回族人民在极其艰难的生活条件下的"念想"。《心灵史》则浓墨重彩地描写回族人民的"念想"，张承志被清乾隆年间至现代二百多年哲合忍耶的七代教主为"念想"而前赴后继的悲壮事迹而感动，马明心、马化龙、马元章等哲合忍耶的教主，面对清军屠刀，视死如归、大义凛然地为信仰而慷慨赴死。哲合忍耶第五代教主马化龙是《心灵史》最主要的描写对象。马化龙成为教主后大力振兴哲合忍耶教派，为了反抗民族压迫和宗教歧视，他发动的起义给清王朝以沉重的打击，他主持的金积堡道堂，成为西北的反清中心。清

---

① 马慧茹：《当代回族小说的审美意象与精神追求》，《西北民族大学学报》2010 年第 2 期。
② 李鸿然：《中国当代少数民族文学史论》下卷，云南教育出版社 2004 年版，第 641 页。

王朝大力剿杀，后来起义军弹尽粮绝，马化龙为了挽救金积堡地区回民的性命，自缚进入清营，用自己全家性命和自己遭受凌迟酷刑，换来金积堡地区回民的生命。这样的人物在张承志笔下闪烁着崇高人格美和一种令人油然而生敬意的悲壮美。张承志小说的审美对象主要是回族人民悲壮的历史。

石舒清更多描写回族人民当下的生活，他主要是以当下他家乡西海固的回族人民的生活为审美对象，描写贫苦的西海固回民在极其艰苦的生存条件下的"念想"。石舒清将西海固回族人民的贫困生活作为他的写作对象，但他不仅仅写贫困生活，他在这贫困回民生活中探讨这里回族人民怎样活着，如何活着，有怎样的"念想"。在《节日》《招魂》《沉重的季节》等作品中，石舒清描写了西海固回民的艰苦生活，《月光下村子》《逝水》《清洁的日子》《清水里的刀子》等作品，则展示了回族人在生死、幸福、吉祥、追求等方面的人生态度。比如《逝水》，作品写一个孤苦无依的老人姨奶奶，过的日子很苦，但她有很多清规戒律，尤其是饮食，非清真食品不吃，而且经常对着青灯静坐，她的脸上总出现一种喜悦与幸福、宁静与闲适的表情。作品描写了姨奶奶对信仰的虔诚，也展示了姨奶奶洁身自好、严于律己、关爱弱者、与人为善的良好品德。作品写出了信仰在人心灵深处的神圣作用。而《清水里的刀子》描写一头即将被宰杀的老牛，"这头牛在献出自己的生命之前，会在清水里看到与自己有关的那把刀子，自此就不吃不喝了"，"为的让自己有一个清洁的内里，然后清清洁洁地归去"①。"《清水里的刀子》只有几千字，却把一个民族的清洁精神溶于字里行间，坚硬沉重与柔软轻盈得到了统一，生存与死亡都获得肯定，蕴含着回族穆斯林'两世吉祥'的价值理念。"② 关于石舒清小说的审美对象，可以用李鸿然教授一段话概括："石舒清对现实人生的叩问和对生命的终极价值的追寻，鲜明地体现在他对一系列回族老人形象的刻画中。他总是不自觉地将善良、宽厚，具有强大生命力量的回族老人和懵懂无知的回族少年放在一个现代世界中进行艺术对比，由衷赞美老一代，对

---

① 石舒清：《清水里的刀子》，《人民文学》1998 年第 5 期。
② 李鸿然：《中国当代少数民族文学史论》下卷，云南教育出版社 2004 年版，第 633 页。

老人后代的作为表示批评或保留。父亲一辈人在'左'的年代里生命的孱弱，'我'这一辈在欲海里的挣扎，都与生命本质高贵华美的老一辈相去甚远。"① 可见石舒清小说的审美对象是具有虔诚信仰、具有强大生命力的回族人民。

描写当代都市回族人民生活的作品不多，但元康的"长篇小说《回族人家》却以新时期一个普通的穆斯林人家生活变化为背景，全景式地描写了都市回族群体所发生的巨大变化，全面展示了都市回族群体生活在新与旧、美与丑、传统与现实的矛盾冲突中不同年龄、不同身份人物的内心世界，充满了浓郁的都市平民回族的生活情调，塑造了许多真实可信的回族人及其后代的形象"②。《回族人家》开启了回族都市生活题材创作的先河。和张承志、霍达主要描写回族人民的历史不同，和石舒清主要描写西海固农村的回族现状不同，《回族人家》第一次描写了新时期都市回族的生活，从而将回族小说的审美对象扩展到当下都市回族的生活，并以清真寺为中心，以穆斯林文化为背景，对当今回族集体和个人内心的信仰及生活做了全面的展示。这是自《穆斯林的葬礼》之后，真正充满伊斯兰生活方式的、同现代生活交融的第一部回族都市小说。

"小说《回族人家》以围寺而居的回族平民生活为主线，描绘了一幅都市回族的生活图画。故事的主线是当下都市生活中最为牵动人心的'房屋拆迁'，围绕老屋的拆迁，演绎了主人公米绍元一家的悲欢离合，全景式地再现了回族平民在当下市场经济大潮中发生的巨大变化，揭示了回族群体在生活变化中的奋起和堕落、坚守与放弃、美好与丑恶、传统与现实的矛盾冲突，展示了不同年龄、不同性别、不同教育程度、不同人物身份的回族群众的内心世界。小说充满了浓郁的地方特色和民族特色，地道的北京胡同的语言和北京回族百姓语言、地道的北京回族百姓的生活方式和北京穆斯林的民俗风情交相辉映，勾勒出原汁原味的北京回族生活，让我们了解了当下京都回族百姓生活的真实存在。

小说主人公米绍元是《回族人家》中塑造的理想化人物，是作者精心

---

① 李鸿然：《中国当代少数民族文学史论》下卷，云南教育出版社 2004 年版，第 671 页。
② 元康：《回族人家》，《内容简介》，天马出版有限公司 2006 年版。

刻画的一个有着典型回族性格的主人公。他的一生既平凡又充满坎坷。青年时代因为对宗教的喜爱而在那个特殊的年代里被投进监狱，这就像一把钢刀总是明晃晃地悬在他的面前。改革开放后，民族政策的进一步落实才给他一个公正和发挥余热的机会，使他一门心思扑在教门工作上。为了清真寺的保护工作，他敢于同腐败的现象作坚决的斗争；在都市这个现代化的世界里，他虔诚地恪守着清真的习俗，并在自己的家庭中扩大穆斯林习俗的覆盖面积，也因此产生了来自家庭内外的困惑和纠葛。围绕着这个人物，作品还分别刻画了他的兄弟姊妹和亲朋好友及前后三代人的人物性格及精神气质，从不同的侧面烘托出米绍元性格的核心成分。作者选择家庭的角度，描写了一个家庭的不同成员的不同又相同的性格和不同命运，成为都市中一个民族历史与生活的缩影。"①

在当代回族小说的发展过程中，其审美对象发生过很大变化。20 世纪50—70 年代，和当时中国其他小说一样，在为主流意识服务的前提下，回族小说主要描写回族在新中国的新生活以及回族的革命斗争历史，但即使在主流意识下回族小说仍然不自觉地呈现出回族风情画和风俗画的描写，那些具有独特少数民族个性的人物形象，都具有鲜明的少数民族风俗画特色。进入新时期后，回族小说的审美对象发生很大的变化，更多具有回族的文化内涵。尤其是回族的民族特色、宗教信仰以及对伊斯兰信仰的正面描写，成为新时期回族小说的审美对象。回族的历史、回族的宗教、回族的现实生活、回族的精神生活等都成为审美对象，并且深入到回族的心灵世界，营造出以往从未有过的审美世界。

四　当代回族小说的审美意象：明月清水

"所谓意象，就是客观物象经过创作主体独特的情感活动而创造出来的一种艺术形象。简单地说，意象就是寓'意'之'象'，就是用来寄托主观情思的客观物象。在比较文学中，意象的名词解释是：所谓'意象'简单说来，可以说就是主观的'意'和客观的'象'的结合，也就是融入

---

① 魏兰：《平实的都市生活　清真的精神世界——读元康的长篇小说〈回族人家〉》，《回族人家》序一，天马出版有限公司 2006 年版。

诗人思想感情的'物象'，是赋有某种特殊含义和文学意味的具体形象。简单地说就是借物抒情。"① "而审美意象即对象的感性形象与自己的心意状态融合而成的蕴于胸中的具体形象。"② 回族小说因为有独特的审美主体、独特的审美追求以及审美对象，使得回族有自己独特的寄托主观情思和主观情感的客观物象，作家们运用这些特殊的物象表达独特的审美追求，因此，当代回族小说具有独特的审美意象。阅读当代回族小说，会发现回族小说中有很多比如月亮、清水、土地、汤瓶、清真寺等既能反映回族文化特征、包含着回族人心领神会的内涵又包含作家主观情感的物象，这就是回族小说的审美意象。而回族小说中最鲜明的审美意象是明月清水。

"月亮"在中华民族的审美体系中是一个有鲜明内涵的审美意象。在中华民族文化尤其是汉族文化中，月亮是永恒的象征、永远的主题，是人世短暂的寄托，是思念与孤独的载体；中华民族的月亮意象包含有团圆、宁静、思念、神秘、孤独的内涵。中国古典诗词中的月亮，常常是团圆的象征，寄托着亲人团聚的期待和愿望，是思乡和思念亲人的憧憬："举头望明月，低头思故乡。""今夜月明人尽望，不知秋思落谁家。"望月怀远，明月千里寄相思，都是月亮意象的鲜明表达。月亮在古诗词中还是离愁别绪的载体："思悠悠，恨悠悠，恨到归时方始休，月明人倚楼。""明月不谙离恨苦，斜光到晓穿朱户。"月亮还有闲适、宁静、永恒等内涵。

回族作为中华民族的一分子，继承了月亮文化中的精华，并且赋予月亮以回族独特的文化意蕴。月亮的洁净暗合了回族人的"清洁"精神，回族作家对月亮这个物象有诸多具有回族特征的情怀，月亮在回族文化和回族小说里是圣洁、清洁、安宁、美好的象征。月亮的纯洁和皎白的颜色，和回族人爱好白色融为一体，回族人将自己纯净如一、沉静内敛品质和月亮的洁白宁静结合在一起，月亮表达着回族人民的美好追求和心灵期待，也代表着回族人民引以为豪的民族品德，月亮还承载着回族人民在路上自尊自强、开拓进取、坚忍不拔的民族精神。因此月亮尤其是新月是回族独

---

① 百度百科，意象，http：//baike.baidu.com/view/711.html？tp＝2_11。
② 百度百科，审美意象，http：//baike.baidu.com/view/1363864.html？tp＝0_11。

特的审美意象。"回族作家杨峰以《故乡的新月》结成诗集，唱出'颂月'豪情；张承志以《残月》中的'伤痕累累'的西北穷山沟老人靠清真寺顶残月的支撑咬牙度日并心存不死的念想；王延辉的《黄沙黄土——天下回回》借历史悲境中毁灭寻家问根之举，吟出'寻月'哀情；《穆斯林的葬礼》更奏响了一曲'追月'的壮美篇章；作家有意将'月'与'玉'间隔叙述，'玉'乃梁亦清和韩子奇创办'博雅'玉器世界的传奇故事，'月'乃几代人苦苦追求生命至洁至美的执着精神，两条线索交叉再现出神性与俗性中求生活命的人们于磨难和尴尬中历练自我的心路历程。"① 在很多回族小说中，新月都是作为独特的审美意象出现的。在霍达的小说《穆斯林的葬礼》中那个冰清玉洁的姑娘因为在"新月"升起时出生，因而取名为"新月"。韩新月在斋月去世，乡亲们都认为在圣洁的斋月离去是真主怜悯她，是好造化。而在张承志的小说中，"月亮"有更多的含义："'瞬息的弦月'把大西北黄土高原上那种广袤荒凉烘托无余，'一弯新月'是黑暗中给人们亮出的一盏指路的明灯，新修成的大寺顶上的铜月亮，那青铜的半片月牙熠熠地亮着，使人心里充满欢欣和安稳。'那三间破屋顶上也插着一柄铁铸的弯月亮'，'记得那天透过坍塌的顶棚，他看见了那个锈斑累累，缺了一块的镰月。那牙铁月亮漆黑地立在上面，沉重而神圣'。张承志透过一弯铜月亮和三间土坯屋顶上的深沉肃穆、凄美温馨的'残月'指出坚守一种信仰的艰难与希望。如果说'残月'和'弦月'是对历史的沉重回忆，那么对张承志而言，'十五的满月'就是'圣光的照耀'，是所有穆斯林的心灵之光。《心灵史》中有一首诗说：'圆月啊，你照耀吧，唯你有这皎洁的本质。''今夜，淫雨之后的天空上/终于升起了皎洁的圆月/我的心也清纯/它朴素得像沙沟四下的荒山/然后，我任心灵轻飘/升上那清风和银辉/追寻着你，依恋着你，祈求着你，怀念着你。'在这样的美学观照下，月亮不仅饱含了作者深厚的民族情结，而且展现了作者对庄严、崇高、博大、深沉的美学风格的崇尚和对诗化、象征化的艺术手法的独特追求。"② 石舒清作品中对月亮意象也运用很多。"'月亮在天上了，只是随着

① 王继霞：《当代回族文学民族性审美初探》，《语文学刊》（高教版）2005年第9期。
② 马慧如：《当代回族小说的审美意象与精神追求》，《西北民族大学学报》2010年第2期。

夜的加深才正亮起来'‘月光下，一些沟谷和凹处更显得幽奥难测’‘我们
静静地立于月光下不知往哪里去'。石舒清大量用‘月亮’‘月光’等意象
寄托当时当地的人和事，表现对一些哲理性的思索。‘月亮在天上显得安
静，甚或是有些慈祥’‘天宇浩渺而澄澈，几乎只有一盘月亮的天宇让心
里空荡荡的，有些冰凉’。用这样一些特意的描写表达作者微妙的情绪，
也为作品带上较为浓烈的象征意味与神秘意味。‘一轮明月已挂在天边了，
跟妈妈的脚丫子一样好看，我真想在这荒野里抱着月亮大哭一场’，‘有一
线月光从箍窖的哨豁眼照射进来，映在墙上，把墙上一张看图作文映得分
外亮’。这些描述月亮的句子着眼于小说设置的场景，大多时候是为了故
事情境的营造，没有特别的指向，但从本文整体看来，特定情境中特定审
美意象创造是作家潜意识中的‘移情’活动的过程，在不自觉地对审美客
体（月亮）进行想象、联想的同时，审美形象得到积极的再创造，把心灵
深处对人生的迷惘、对清洁精神的深沉追求、对外在认识和内在认识的理
解自然地表达了出来。"[1] 石舒清在作品中描写月亮，不仅仅是为了描写景
色，而是在月亮的意象中展示了作为回族作家对月亮这个物象的诸多具有
回族特征的情怀，具有圣洁、清洁、安宁、美好的特征。

回族在其对"清洁精神"的审美追求中，就包含了"清水"这一鲜明
的审美意象。"清水"是回族文学尤其是回族小说的著名意象。清水具有
生命的甘露、信仰的虔诚、清洁的精神等丰富的内涵。"‘水’是回族文学
中的经典意象。伊斯兰教就其本质而言，是基于洁净的宗教。穆圣说：
‘你们爱好清洁吧，因为伊斯兰是清洁的宗教。’《古兰经》中‘惟带一颗
纯洁的心来见真主者（得其裨益）’。《古兰经》中‘下临诸河的乐园’是
除‘安拉是宽恕的、仁慈的’一句外，出现频率最高的词句，成为重要的
主题句之一。在此‘乐园’中，濒临泉源，诸河交汇。‘其中有水河，水
质不腐；有乳河，乳味不变；有酒河，饮者称快；有蜜河，蜜质纯洁’，
天河诸河、美不胜收，这样的渲染描绘，鼓励启示着信徒们要恪守教规，
以清洁精神支撑自己人生，求的‘永居水中’（天国）。

---

[1]　马慧如：《当代回族小说的审美意象与精神追求》，《西北民族大学学报》2010 年第 2 期。

　　为了表示对主的虔诚，穆斯林在进行五大功课之一——礼拜前要自行净仪。做礼拜要达到淋浴全身，净化心灵，以达到表里纯净的境界。沐浴净身外，还要做到洁衣盛服，且在洁处方能行拜。于是'水和人'的关系就成为'一种内心的精神的关系'。水成为伊斯兰教徒进入圣域的精神中介，也是回族作家笔下重要的抒情达意的媒介。"[1]

　　张承志在他很多文章中也反复描述"清水"意象的丰富内涵。在《最净的水》中，张承志介绍回民最清洁的水不是用来喝的，而是用来净身。他感叹回民每天都把"净瓶用这种绝对洁净的水装满，就悄悄地凝思举意了，当第一捧水洒下去以后，无人暗处，这独自一人的农民已经沉入梦境。他继续念着，举落有致地一一洗着，薄薄一层水遮住了肉身，渐渐把他带到肃穆的境界。他的疲倦枯疼的肌肤湿润了，那净水在意念中滤过他的肌腱骨骼，向着心意之底流去。等到最后一捧水流尽时，他鬓发上闪着晶莹，脸庞上聚着血气，他起身戴上白帽子，变成了一个脱离了尘世的异域人"[2]。在《穆斯林的葬礼》中，作家满怀深情以无比圣洁的笔触描写韩新月葬礼中的洗礼，用清水的洁净，比喻韩新月的冰清玉洁。这既将新月的冰清玉洁烘托到极致，又展示了回族人民对水的"洁净"的至高无上的崇敬。在这里"清水"意象的内涵得到丰富的、充分的展示。

　　石舒清的小说，对"清水"意象的运用是十分到位的，清楚地表达了"清水"所蕴含的丰富的回族特色和伊斯兰纯洁信仰。他的小说《清水里的刀子》在题目里就清楚地运用了"清水"意象。在小说中，那在清水里看到刀子的牛，从此不再吃喝，为的是让自己有一个清洁的内里，然后清洁地归去。马子善老人理解到老牛对死亡的坦然，并由"清水"展示了回族的生死观：一个人干干净净、清清白白、从从容容地离开人世是圣洁的。展示了一个民族对生命的神圣的理解。由此，"清水"意象在《清水里的刀子》中得到全面而深刻的展示。

---

① 王继霞：《当代回族文学民族性审美初探》，《语文学刊》（高教版）2005 年第 9 期。
② 张承志：《最净的水》，《朔方》1998 年第 9 期。

返回土家山寨

——论叶梅小说的浪漫主义特色

叶梅走出大山、走出土家山寨之后，她的神思常常回到家乡恩施，回到那片神奇的土地。她以对那片土地的由衷热爱，以对土家文化的深深领悟，返回到恩施土家先民悠久的历史文化之中、返回到恩施那片神秘秀美的山水之中。获得2005届骏马奖的小说集《五月飞蛾》就是在"返回"的过程中，叶梅神思的一次次飞跃。

"当人们又重新拾起旧日的宗教和局部的及地方的旧有的民族风格，当人们重新回到古老的房舍、堡邸和大礼拜堂时，当人们重新歌唱旧日的歌儿，重新再做旧日的传奇的梦，一种欢乐与满意的大声叹息、一种喜悦的温情就从人们的胸中涌了出来并重新激励了人心。在这汹涌的情操中，我们最初并没有看出一切心灵中所引起的深刻而不可改变的变化，这种变化有那些出现在明显返回倾向中的焦虑、情感和热情给它作证。"这是克罗齐对19世纪浪漫主义文学运动的描述，它指出了浪漫主义的精神冲动是以"返回"为特征的。当我们仔细阅读叶梅的小说时，感到那种强烈的返回故土土家山寨的情结，使叶梅的创作具有浓郁的浪漫主义特色。"一种混合着诗人心灵变化多端的想象和轻快、洒脱、飘逸的幻想，在同一部作品中将近处和远方、今天和远古、真实存在和虚无缥缈结合在一起，合并了人和神、民间传说和深意寓言，把它们塑造成为一个伟大的象征的整体。"① 叶梅小说就蕴涵着勃兰兑斯所描述的这种浪漫主义的内在特征。故

---

① ［丹麦］勃兰兑斯：《十九世纪文学主流——法国的浪漫派》，人民文学出版社1983年版，第26—27页。

乡在叶梅心中熔铸成为一个整体，从而使叶梅小说在故事情节、自然描写、文化内涵等方面蕴涵着浓郁的浪漫主义特色。叶梅回到故乡那片神奇的山水之中，在土家历史的时空中漫游，把恩施山水塑造成为一个颇具魅力的浪漫主义整体。

一　文本——土家山寨的浪漫传奇

传奇，是浪漫主义最明显的特征。《最后一个土司》《山上有洞》《回到恩施》中土家山寨悲欢离合的传奇故事、传奇性人物、历史环境及其语言氛围，构成了叶梅小说的传奇特色。叶梅小说的传奇故事在土家山寨中展开，恩施土家山寨对于叶梅来说，犹如曲波的林海雪原、莫言的高密东北乡，从而成为一种象征，一个符号，一种独特的浪漫主义文化艺术氛围。土家山寨已成为叶梅取之不尽、用之不竭的艺术宝库，成为她永远的故乡情结。

1. 土家山寨的传奇故事

叶梅的《最后一个土司》《山上有洞》《回到恩施》讲述了一个个土家山寨的传奇故事。《最后一个土司》以外乡人李安闯入土家山寨，在土家山寨引发的一系列反响，描写了最后一个土司和一个土家神奇的女子伍娘的传奇故事，两个男人和一个女人的纠葛，被叶梅用充满传奇的笔触，赋予了恩施土家山寨特有的浪漫主义情怀。那土家族特有的土司初夜权，被叶梅用土家最好男人对土家最美、最好女人的爱情所代替，从而笼罩着迷人的爱情浪漫特色。外乡（汉族）文化与土家文化的冲突也被叶梅用传奇故事诠释得具有浪漫主义色彩。《山上有洞》运用时空交叉的手法，描写了另外一个最后土司和他儿子的传奇故事，田土司在历史命运（改土归流）前所做的特殊举动；在大敌当前为儿子在山洞操办婚事后引颈自杀的壮举；田土司儿子田昆和牟杏儿的浪漫爱情故事，被叶梅描写得神奇而迷人。《回到恩施》是叶梅最具有"返回"特征的小说，叶梅以又一个外乡人父亲的视野，返回到 20 世纪 50 年代的恩施土家山寨野三关，在那里演绎了一段革命历史传奇故事，外乡人父亲、区长张赐和土家人谭驼子、谭清秀、沈先生的纠葛在神奇的恩施土家崇山峻岭中展开，如同野三关山水的神奇一样，他们的故事也具有神秘的传奇色彩。谭驼子的死、九姨的疯、沈先生的世事沧桑以及在历史巨变前的个人悲剧色彩，在叶梅笔下一一展开，父亲终于成了一个恩施人，他最后回到了恩施。叶梅也回到故土，以深情的浪漫主义笔触描写恩施那片土地上发生的传奇故事。叶梅小说的传奇故事，带领我们返回到恩施土家山水之中，让我们深深浸润在恩施土家山水的历史内涵和土家儿女的热血情怀中，让我们和作者一起感受她对恩施土家山水和土家儿女的无比热爱之情。

2. 土家山寨的传奇人物

叶梅小说从特定的土家文化和恩施土家山水情境出发，塑造了一个个性格突出而富有浪漫传奇色彩的人物形象。

《最后一个山寨》中的伍娘就是一个充满了浪漫主义传奇色彩的人物，她是土家山水的化身，是土家文化的精魂。伍娘的出生就充满神秘色彩："李安后来才知道，同龙船河许多解不开的谜一样，女子伍娘的身世也是一个谜，十八年前的一个早晨，桡夫子在龙船河的旋涡里发现一只转动的木盆，不管水流如何冲击，木盆只是在那里打转，两个时辰过去了还在原地。更让人惊异的是，一个小小的婴儿裹着一件红绸衣，安安静静地躺在木盆里随那波浪打转，一个劲儿地对天空奇异地微笑。土司看了说：'河水都打不走，那就养在龙船河吧。'她随土司姓了覃。"

"覃伍娘从生下来就不会说话，她高兴或者生气都只会呵呵地叫。可她长成了龙船河最美妙的女子，她吃百家饭长大，自小便学鸟飞兔跑，树摇草动，将山水天地间的灵气都采到了心里，她会用身体的动作表达一切，龙船河的人从来也不觉得伍娘不会说话……"这个漂亮、美妙充满灵气的土家女子，是土家文化的精魂，她用生命护卫爱情，也用生命诠释土家的神灵。她用生命舞蹈，用恩施山水所有的灵气舞蹈。当神灵和爱情发生矛盾时，她用舞蹈和生命完成了对舍巴日的祭祀。可以说，伍娘是土家奇异秀美山水的化身，是土家文化的精魂。

《山上有洞》中的田土司是一个传奇性的英雄人物，他在土家山寨面临灭顶之灾时，以土家人特有的胸怀，为儿子田昆在山洞里当着汹汹来犯之敌操办婚事，为了免除全族人的杀身之祸而引颈就义。《回到恩施》中的沈昌舜，这个参加过武昌起义的土家绅士历经沧桑，身世传奇。在土改和剿匪斗争中他深明大义，力劝匪首投降。叶梅用神秘的笔调描写了他因历史变迁而难以违抗的悲剧结局，但无论如何，沈昌舜确是一个具有传奇性的人物。

叶梅小说中其他人物也具有浪漫传奇色彩，如《最后一个土司》中的土司覃尧，《山上有洞》中的田昆、田红军，《回到恩施》中的谭驼子。这些土家山寨养育的人杰，有情有义，血气方刚，敢作敢为，活得光彩照人，死得惊天泣神。他们既是恩施土家山水养育的儿女，也是恩施土家山水的精魂。

二　自然——土家山寨的浪漫主义标志

1. 自然成为角色和主人公

叶梅是恩施人，对于故乡——恩施土家山寨那方山水她怀着特殊的感情。如果说传奇故事是她对土家先辈们的神话崇拜，那么对土家山寨的自然描写则是对土家山水的诗化写意。让故乡从背景走向前台，把故乡作为主人公，把自然性灵化是浪漫主义的又一个明显的特色。叶梅小说中的故乡，已不是一般的风景、风物描写，它是热烈的情感宣泄，是安妥作者灵魂的一方圣土。叶梅的故乡既是土家山寨本色的展示，又是其心灵的抚慰和情感的寄托。在叶梅作品中，故乡已不仅仅是人物活动的环境和背景，而是从背景走向了前台，成为叶梅小说的角色和主人公。

《山上有洞》中的"洞"，不仅仅是小说故事发生的背景和场所，也是叶梅故乡山水独特的代表，是叶梅心中一块圣地："应该说土家人从他们的祖先巴人开始就对洞穴有着深刻的感情。那时在清江之畔的武落钟离山，有着赤穴黑穴两个山洞，住着五姓族人。巴氏之子生于赤穴，其他四姓生于黑穴，起初的时候不分君长，俱事鬼神，后来相约掷剑于石穴，说明中者，则奉以为君。巴氏之子务相独中……五姓人于是心悦诚服，共立巴务相为廪君，廪君就是土家人供奉的祖先，死后化为白虎，受到子孙万代的景仰。土家人因此对祖先住过的山洞敬仰有加，田土司……把高高山上的通天洞当成儿子的学堂，考虑不能不说有他独到之处。"

"这洞与世隔绝，风光秀美，本是一个让人断绝尘念修身养性的绝妙所在，且紫气东来，冬暖夏凉，真所谓洞天福地。"

从这段描写中可以看出，叶梅对"洞"绝不仅仅作为一个普通的自然景物来描写，它饱含着叶梅对"洞"的土家文化意韵的热爱和崇拜之情，既充分展示了洞在土家文化中的深刻历史内涵，又包含着作者对故乡山水无比热爱的圣洁之情。

2. 故乡山水被"人化"和"神化"

故乡山水在叶梅作品中成为角色，成为精神实体，它被性灵化了。它的性灵化包括"人化"和"神化"两个方面。如王又平先生所说："所谓'人化'，即把自然理解为一个可解人意、与人声息相通、心灵相同的世界"。"所谓'神化'，则是把自然理解为一个不言不语、神秘莫测，具有崇高感的威严世界"。

叶梅作品中的故乡，即土家山寨的山山水水：龙船河、清水河、通天洞、野三关，不仅仅是人物和环境的装饰和道具，它自身就是角色，甚至是主人公。土家山寨的山水具有自己的灵性、性格、意志和力量，它自身就构成一个自足的世界。用俄国形式主义的术语来说，故乡山水（自然）被置于前景，对于整个作品的审美起着支配作用。故乡山水是一个可解人意、与人声息相通的世界，它能抚慰心灵、寄托情感，甚至具有人所不具有的超意志力量。

"不是所有的人都知道，长江三峡沿岸高低起伏的大山里有许多大大小小的溶洞，它们是崇山峻岭中一只只睁大的眼睛，长久地不动声色地凝视着天和地，是是非非，风风雨雨爱恨情仇，沧海桑田，一代又一代。……人老洞未老。"这是《山上有洞》中的一段话，在这里溶洞不仅仅是作品主人公生存、栖息的地方，也不仅仅是故事发生的背景，自然已经从背景走向前台，它和田土司、田昆、田快活一样，是作品的主人公，是一代又一代土家人的历史见证，也和作品中的土家儿女一样，是作品中的重要角色，一起展示着故乡土家山寨的文化内涵。

三　文化——土家山寨的浪漫主义内涵

叶梅小说蕴涵着独特的文化意韵，那是土家文化特有的浪漫主义内涵。那土家山寨的传奇故事,那土家山水的自然情韵,都包含着土家的文化意韵和文化氛围,包含着叶梅对故乡的热爱之情。在她小说的很多地方,都表现了土家文化的浪漫主义意韵。

"土家族女作家叶梅便是这样一位有着强烈本民族文学意识的作家。她以本民族文学作为自己的支撑点,把创作思想和文化价值取向指向土家族文化传统所蕴涵的美德,通过对土家人生活的挖掘和人生意义的揭示,讴歌新时代新生活,展现民族的人情美和人性美,也传达着土家人在同社会命运、个人命运搏斗中的力量和坚强。"这是吉狄马加在为叶梅小说《五月飞蛾》所作的序中对叶梅小说的评价,他看到了叶梅小说所蕴含的深厚的民族文化内涵。叶梅小说的民族文化内涵具有土家人特有的浪漫主义内涵。土家人崇尚自然,崇尚神灵,张扬生命激情,他们把自然和神灵一样看待,从自然中去感悟生命的本质。《最后一个土司》中的伍娘就是这样文化的典型,她"自小学鸟飞兔跑,树摇草动,将山水天地间的灵气都采到心里,她会用身体的动作表达一切,龙船河的人从来也不觉得伍娘不会说话"。这是只有土家山寨才会有的女子,是土家浪漫主义文化孕育的精灵。叶梅用充满浪漫主义的笔调,描写了伍娘用舞蹈、用身体动作表达对自然的崇敬、对神灵的崇敬,同时也展示伍娘那深入骨髓的土家人特有的情结,那就是把生命奉献给神灵,完成对美好未来的渴望,完成对舍巴日的祭祀:"她一次次舒展双臂向空中呼唤,充满迷惘的渴望。她泪流满面,同时又灿烂地微笑,她的舞蹈像龙船河水飘然而过,像天边的月亮冉冉升起,像树丛中飞过的精灵,她像是忍受着烈火的煎熬,又像是在烈火中找到了归宿。"这段充满激情和诗意的文字,充分展示了土家文化的浪漫主义本质。

土家人在巴山秀水中生活,在山的熏陶和水的洗染下,土家女子温柔美丽,清纯得如同恩施那美丽的清江水,为了神灵、为了爱情可以舍弃一切。而土家男人则轻财重义、守信重诺,豪放豁达、乐观自信。叶梅用充满激情的笔触,描写了一个个具有浪漫主义特色的土家人。覃尧深沉和柔情并重;田土司智谋和大义共存;牟杏儿敢在恋人遭受灭顶之灾时不顾一切和恋人一起承受苦难,在大敌当前时嫁给心上人;伍娘则把生命都敬献给她心目中最美好、最神圣的舍巴日。

土家文化的浪漫主义的内涵被叶梅用充满激情的文字描写出来，让我们在她那深情的描写中感受土家文化的浪漫主义本质。

四 结语：返回土家山寨与走出土家山寨

叶梅小说返回到了恩施，返回到了土家山寨，那是走出土家山水后的返回，是离开土家山寨后，她的神思一次次向故乡的飞跃。她返回到故乡的山山水水，返回到土家悠久的历史文化中，在返回中将近处和远方、今天和远古、真实存在和虚无缥缈结合在一起，合并了人和神、民间传说和深意寓言，把它们塑造成为一个伟大的浪漫主义整体。这是叶梅对故乡的热爱之情的充分表现，也是叶梅小说浪漫主义的鲜明特征。

叶梅已经走出了大山，走出了土家山寨，因为走出，所以她的眼光才那么独到和宽阔，所以她的作品才具有超越大山的胸襟。因此她的小说也不仅仅是返回式的模式。她的其他作品如《五月飞蛾》就是走出大山、走出土家山寨的另一种描述，是走出大山后对当下的思考。因此叶梅小说既返回土家山寨，又走出土家山寨，这是叶梅不同于那些纯粹返回式浪漫主义小说家的长处，也是叶梅小说今后发展的生命力所在。

土家山寨的新农村建设之歌

——评李传峰新作《白虎寨》

经过三年的写作，著名土家族作家李传峰于 2014 年 1 月推出了他的新作《白虎寨》，笔者读完这部近 40 万字的小说后的第一个感觉是，这是近几年中笔者读到的难得的好小说。这部小说通过一个土家山寨白虎寨的 80 后年轻人——幺妹子从外出打工之地回乡，带领一群年轻人改变土家山寨落后面貌的故事，描写了土家山寨白虎寨在新农村建设中的巨大变化，歌颂了以幺妹子为首的土家族年青一代为改变土家山寨的落后面貌而努力奋斗的精神，歌颂在新农村建设中各级政府、各种人物为少数民族地区的新农村建设所做的切实的贡献，是一首土家山寨的新农村建设之歌。作品将当今最富现实的题材——新农村建设设置在土家山寨，不仅具有强烈的现实性还具有浓郁的民族特色。

一　土家山寨新农村建设的现实图景

《白虎寨》描写的是 2008 年以后的土家山寨，一场金融风暴将在外打工的幺妹子、春花、秋月、荞麦逼回了白虎山寨，使得这群年轻的打工妹开始认真观察自己的家乡。虽然已到了 2008 年，但白虎寨依然贫穷，最大的问题是敲梆岩如天险一般阻断了白虎寨与外界的联系，连电都还没通，全寨人均收入处在贫困线以下。在这样的现实困境中，本来还准备外出打工的幺妹子在父亲——老支书的指导下，在全村人的期盼中，在一群土家年轻人的支持下，留在白虎寨任村支书，带领着白虎寨的土家人开始改变贫穷、建设新农村的奋斗，他们抢来了农业技术员、给白虎山寨通了电，发展烟叶、魔芋种植，将漫山遍野的寮叶销到山外，给白虎寨带来了新气象，改变了白虎寨贫穷落后的面貌。尤其是白虎寨人通过不断努力，历尽艰辛、一波三折地修通了白虎寨通向山外的公路，也修通了白虎寨的幸福之路。

《白虎寨》具有强烈的现实主义精神，作者站在现实主义高度，用现实主义的笔触描写土家族山村白虎寨到了 2008 年依然贫穷的现状，因为白虎寨山高路险，到了 21 世纪，白虎寨依然没通电、没通车，老年人靠天生活、年轻人外出打工，是最贫困的山村。作者将小说定位在 2008 年颇具深意，因为 2008 年的金融危机，导致幺妹子们回到白虎寨，这样的描写具有现实性和合理性。幺妹子回乡不是她头脑发热，也不是如以往描写先进人物那样先天具有很高的觉悟，而是在被逼回家乡后，家乡的贫穷落后激起了她改变家乡的决心，在走还是留的问题上，幺妹子也是经过好多次的思想斗争。因此幺妹子留下来成为改变白虎寨的带头人具有合理的原因，使人信服。

《白虎寨》具有鲜明的时代特征。在幺妹子带领白虎寨人改变贫穷落后面貌的同时，党和国家的三农政策、惠农政策，甚至湖北省政府的三万行动都给白虎寨进行新农村建设带来政策的、政府的支持，因此幺妹子等土家青年正是在这样大好的形势下，在这样难得的机遇中开始他们土家山寨新农村建设的伟大事业。

《白虎寨》正视现实问题，写出了新农村建设中的阴暗面。作者在描写土家山寨的新农村建设中，不是一味地歌颂，而是正视新农村建设的矛盾和问题，将各级政府中的腐败、无作为以及传统思想的阻拦写得深刻而清晰。白虎寨的干部班子涣散，支书常年病痛，没法工作，村主任则自己出去打工，不履行职务；乡党委书记常年霸占着公车，乡长想使用一次，司机都使绊子；乡长在工作中更多是和稀泥，县委则更多地关注已成新农村建设的样板的村寨——金寨村；在公路建设的关键时期，因为塌方导致工程停工，同时白虎寨的新农村建设示范点被取消，工程队要撤走，迫切希望通车的白虎寨人不准撤走，导致了群体事件……白虎寨在新农村建设中的问题不断出现。作品将土家山寨改革中的痛苦、艰难描写得深刻而细致。

但是，这部作品是土家山寨新农村建设的奋斗之歌，是具有正能量的改变土家山寨贫穷落后面貌的昂扬之歌，作者在 80 后的土家新一代农民身上寄托了巨大的希望，也给读者巨大希望，作者一扫很长一段时间对农民的苦难、愚昧、灰色的描写，将中国新农村建设的欣欣向荣的景象、将新一代青年农民奋发图强、积极进取的精神展示出来。这部作品将是以后新农村建设题材的潮头，将会引领大批热爱农村、关注农村的作家从正面描写农村生活，形成新农村建设文学思潮。在此之前，描写新农村建设的文学作品，比较有名的有赵本山的电视剧，比如《刘老根》《马大帅》《乡村爱情》以及描写北方新农村建设的电视剧《喜耕田》等，这些作品首先打破了底层写作中对农村农民苦难、灰色的描写，正面描写农村和农民的新气象，但是这些作品大都是描写北方农村的作品，而且有些关于农村的作品有不太像农村的弊端。因此，《白虎寨》是第一部正面描写南方农村尤其是第一部正面描写土家族农村新农村建设的优秀作品。

二 浓郁的土家族文化特色

《白虎寨》不仅具有强烈的现实性，而且具有浓郁的土家族特色。作为土家族作家，李传峰对土家族的历史、文化、风俗习惯非常熟悉，对自己的母族有强烈的热爱之情，对土家山寨的当今现状了然于心。李传峰在他的创作生涯中，对土家族的历史文化、风俗风情、民族意识有积极的追求。因此，作者在创作《白虎寨》时，就将现实性和民族特色结合起来，展示出独特的土家族民族和文化特色。

取名《白虎寨》包含了作者对土家文化的热爱和追寻。首先，作者将一个当下热门的新农村建设的故事放在土家山寨，采用少数民族的空间叙事，将读者带到具有浓郁土家族民族特色的土家族地区，给读者带来不同于汉族的异域之感，并带来陌生化、新鲜的审美感觉。其次，作品取名《白虎寨》，包含着作者浓郁的热爱母族之情。白虎是土家族的图腾，土家族是巴人后裔，土家族传说土家先人巴务相死后化成白虎，世世代代庇护着土家子孙。李传峰在他的《最后一只白虎》中描写了白虎的历史文化内涵以及土家族和白虎相互保佑、相互依存的关系。《白虎寨》是描写当下土家人生活的作品，作者将满腔热爱土家文化、崇敬白虎之情都化作这个寨名，化作这个作品名。通过白虎寨，我们可以遥想土家族的历史、纪念土家先人廪君王。

除了作品名包含丰富的土家文化内涵意外，作者还采用正面描写的方式，对土家的历史文化、风俗风情都作了丰富的展示。首先作品通过金幺爹的讲古、通过顾博士的考察，穿插土家族的白虎图腾的来历、土家白虎兵抗击倭寇的历史，描写土家族悠久独特的历史文化；其次，通过对老红军守墓人的描写，描写白虎寨在中国革命斗争历史中作出的巨大贡献。白虎寨既是少数民族地区，也是革命老区，这里曾是红军的伤病医院，当时的土家人为了掩护红军伤病员曾作出过巨大的牺牲；最后，作品还通过赵书记的言行，描写"文化大革命"中，白虎寨人利用敲梆岩天险，赶走造反派，保护了赵书记。这些历史在小说中被有条不紊地描写出来，将白虎寨的历史文化和现实结合在一起，既有厚重的历史文化，又有鲜活的现实场景，历史文化、民族文化和当下白虎寨新一代的土家人的奋斗经历结合起来，使得这部土家山寨的新农村建设小说具有立体感。

作品还描写了浓郁的土家族风俗风情，这些风俗风情在李传峰笔下熠熠生辉。所谓风俗是："一种传统力量而使社区分子遵守的标准化的行为方式。"[①] 风俗是一个民族文化的重要组成部分。东汉班固《汉书》卷二八（下）《地理志》上说："凡民察五常之性，而有刚柔缓急音声不同，系水土之风气，故谓之'风'，好恶取舍动静无常，随君上之情欲，故谓之'俗'。"明确说明了自然条件不同而形成的特点称为"风"，由社会环境而形成的特点称为"俗"。土家族经过几千年独特的发展，形成了和汉族不同的风俗。在衣食住行、婚丧嫁娶、节日礼仪、信仰禁忌等方面都有独特的地方。作品中描写土家族风情的地方比比皆是。比如穿，土家

---

① ［俄］马林诺夫斯基：《文化论》，中国民间文艺出版社 1987 年版，第 30 页。

族有自己独特的服饰，在抢农业技术员的时候，春花"穿了一件土家绣花红袄，格外显眼"①；比如住房，白虎寨人大多数都还住着吊脚楼；比如吃，土家人吃腊蹄子火锅、合渣、榨广椒炒腊肉等土家特色菜肴；幺妹子妈妈一年四季在家织土家织锦西兰卡普；土家妹子能歌善舞，一开口就是优美的土家民歌"五句子"，一挥手就会跳"摆手舞"。这些描写在作品中作为一种方法，成为凸显土家民族特色的策略。

作品中关于土家风俗风情描写除了白虎寨的日常生活以外，还浓墨重彩地描写土家族独特的丧葬习俗。我们在一些土家族作家中看到过关于土家族"跳丧"的习俗，比如叶梅小说《撒忧的龙传河》中就大篇幅地描写了土家族"跳丧"的场景。但是《白虎寨》中则描写了一场"跳活丧"，这是在其他描写土家族生活的文学作品中没有见过的描写。田国民为父亲平叔办"活丧"，在平叔还活着时，设好灵堂，"今天是给活人办丧事，'亡人'平叔好端端地坐在那黑棺之前，卷起一只大喇叭筒烟拿在手上，笑得眼睛都眯缝了"②。这种对死亡顺应自然、超脱而轻松的观念，这种人还活着就做一场"跳丧"（跳撒忧儿嗬）的习俗，只有土家族才有，这是这个将死亡看成是自然归宿的民族才有的独特的生死观。作品在描写这场"活丧"时，描写得惊心动魄。在那些土家老人在热烈地跳撒忧儿嗬的过程中，已经瘫痪多年的平叔竟然站立起来："他猛地一跃而起，踉跄了几步，居然加入了跳丧的队伍……平叔按捺不住地激动，神助似的，醉意而跳，天地仿佛也一起跳动，要让他把多年没跳动的舞步都挥霍一空。"③ 平叔在这跳丧中，忽然"双手向上，猛地跃了一步，一下子就扑在地上去了"。④ 活丧变成了死丧，平叔的死给白虎寨带来的不是悲哀而是欢乐，大家尽情跳丧，尽情唱"撒忧儿嗬"。李传峰在作品中充满陌生化地、惊心动魄地描写了土家族的"活丧"风俗，这是在以往任何文学作品中都没有看到过的独特的风俗，作者不是静止地描写风俗，而是将风俗和故事、风

---

① 李传峰：《白虎寨》，作家出版社 2014 年版，第 47 页。
② 同上书，第 176 页。
③ 同上书，第 177 页。
④ 同上。

俗和生命、风俗和文化水乳交融地结合在一起，形成了李传峰土家族小说独特的风格。

三 鲜活的新一代土家人物形象

《白虎寨》还塑造了一群鲜活的土家人形象，这是作者在对土家民族特色、土家历史以及土家人现状充分熟悉的情况下的再创造，尤其是对土家年轻人的塑造更加成功。这些土家族年轻人，既具有土家人的传统美德，又具有新时代青年的特点，为少数民族文学画廊里增添了一批生动、丰满的土家族新人形象。

小说中最成功的人物形象是幺妹子。幺妹子是小说的主人公，她是白虎寨土家年轻人的代表，是改变白虎寨贫穷落后面貌的领头人，这是一个以往文学作品中没有出现过的土家族新女性的形象。她是高中毕业生，有着老一辈土家人没有的文化知识，她外出打工，见过外面的世界，见过大世面，而且有着土家人的勤劳质朴智慧的品格，在打工时就成了组长，说明幺妹子具有良好的管理能力，金融危机逼得幺妹子回到白虎寨，本来她是准备等一段时间再外出打工的，但是，回到家乡，面对一辈子都想改变白虎寨落后面貌而不得的父辈们，眼看着白虎寨的年轻人没有着落，在伙伴们的怂恿和支持下，她想出了抢农业技术员的方法，将农业技术员向思明抢到了白虎寨，接着幺妹子带着白虎寨的年轻人想方设法给白虎寨通电、发展烟叶、魔芋栽种，开展多样的改变白虎寨贫穷落后面貌的活动。在党和政府三农、惠农政策的扶持下，幺妹子担任了白虎寨的村支书，全力以赴为摘掉白虎寨的贫困帽子努力奋斗。她是一个具有21世纪眼光的基层干部，她和她父亲一样，一心为公，不谋私利，一心一意为改变土家山寨面貌而奋斗，是新一代新农村建设中的佼佼者。但是作者并没有把她写成一个新时代的英雄，她常常表现出不成熟和不知所措的状态。她作为一个青年妹子，面对各种复杂的矛盾、难以解决的问题，也常常束手无策，甚至好几次都想不干了再次外出打工，逃离这块土地。她甚至有时候还不懂法，竟和粟五叔一起，违法将粟米绑架回来，差点犯了非法拘禁罪。但是幺妹子有一股土家人质朴、勤劳、执着不服输的劲头。不管多么艰难，多么复杂，只要是看准的事情一定要办好，在经过无数的艰难困苦后，幺妹子带领着白虎寨的土家人，在党和政府的三农、惠农政策的支持下，在县乡村政府和白虎寨人的共同努力下，终于修通了白虎寨通往山外的公路，初步改变了白虎寨的落后面貌，虽然还没完全改变白虎寨的贫穷落后面貌，但是，已经为白虎寨修通了公路，为白虎寨进一步脱贫致富奠定了基础，白虎寨的未来将会有更好、更快的变化。作品还重点描写了幺妹子的爱情，她和金大谷的爱情描写表现了幺妹子丰富的个性，她喜欢金大谷的淳朴善良，又犹豫金大谷的粗俗，作为一个走出山里又回到农村，且具有能力和魄力的村支书，她有时会疏远金大谷，但有时又觉得更有文化更有素质的人，比如向思明、比如四眼博士不会如金大谷那么支持自己的工作，因此，到小说结束，幺妹子和金大谷的婚事都还没尘埃落定。这种犹豫，将幺妹子写活了，写出幺妹子的丰富性和客观性，将一个土家改革领头人的人物形象描写得更加丰满。

小说中的另一个土家姑娘春花描写得也很成功。这是一个敢爱敢恨、聪明漂亮的土家妹子，她和幺妹子一起从广州回到白虎寨，全力支持幺妹子改变白虎寨的所有举措，可以说，她是幺妹子的闺密加死党。在抢技术员向思明的过程中她是急先锋，在通电、推广种植魔芋、修公路的各种活动中，春花都是主力。春花最引人注目的是她的爱情故事，她在第一次见到向思明时就爱上了他，土家妹子的爱情执着、热烈，不管不顾，只要爱，其他任何东西都不能阻拦，春花的爱情观就是土家女儿的爱情观，大胆、热烈、主动。她主动追求向思明，全然不顾向思明的犹豫和退缩。作品描写得最鲜明、最有特色、最震撼人心的是向思明被马蜂蜇了后、春花将未曾开怀的乳房挤出鲜血和液体为向思明治疗马蜂毒的描写，那么美好、那么圣洁，充满了土家族女儿对爱情的无私付出和执着追求的美好品格。犹豫和常常退缩的向思明在经历这样的震撼以后，被春花的爱情深深打动了，深深爱上了这个美丽、执着善良的土家妹子，将家安在了白虎寨。

其他的土家年轻人也都描写得生动丰满。比如温婉而文气的秋月，比如泼辣而大胆的荞麦，比如献身新农村建设的技术员向思明，比如为追寻血缘而投身于土家文化研究的四眼博士，以及憨厚善良的金大谷，机灵好玩的金小雨，还有陷入传销的大学生粟米都描写得细致传神。

《白虎寨》还塑造了一批老一辈土家人的形象。作品中着笔最多的是幺妹子的父亲，他是原白虎寨村支书覃建国，这是一位常年坚守基层工作的少数民族地区的村支书形象，他一辈子都试图带领白虎寨人脱贫致富，一心为公不谋私利。但是，生不逢时，虽然他一辈子努力奋斗，为了改变白虎寨贫穷落后面貌落下一身病，最终也没有完成打通敲梆岩让白虎寨通车的夙愿。但是他看出幺妹子的能力和智慧，极力支持幺妹子的工作，在幺妹子不知所措和动摇的时候关心、帮助幺妹子，虽然在白虎寨通车之前去世，但他已经看到了白虎寨的希望。

给我印象最深的另一个白虎寨老一辈土家人是都无队长，这是为了打通敲梆岩付出一切的老队长。他为了修通公路，常常吹响"都无""都无"的牛角号，为了修通公路让白虎寨脱贫致富，在修公路时脑子受重伤，从此他的脑子只记得一件事就是修路，他不认得亲人，不再说话，他的记忆只有一样保留下来，那就是——修路。他每天唯一的工作就是到修了一半的公路上去修路，去砸石头，几十年如一日。这是一位为了白虎寨不惜一切的老队长，是白虎寨的脊梁和英雄。

其他的老一辈土家人也描写得颇具特色，那会讲古的土家文化人金幺爹、那重情重义的刚而立、那一辈子守候红军墓的老红军、那退休后拿出自己退休工资感恩白虎寨的赵书记，那死在自己活丧中的平叔……这些人组成了白虎寨的人物群像，为21世纪少数民族文学画廊增添了土家人文学形象。

总之，《白虎寨》用现实主义的笔触描写了土家山寨的新农村建设图景，塑造了一批社会主义新农村建设的有血有肉、丰富生动的土家形象，为新世纪少数民族文学画廊增添了土家族文学新人形象。同时该小说具有浓郁的少数民族特色，将新农村建设故事设置在土家山寨，将现实性和民族特色结合起来，奏响了一支充满现实性和民族特色的土家山寨的新农村建设之歌。

下篇

从湖北到全国
——新时期湖北文学研究

楚地水乡的精魂和图腾

——论马竹的小说《芦苇花》的深层意韵

马竹是武汉作家群的代表作家之一，他近期发表了《芦苇花》《荷花赋》《一路茅草花》等作品，被《小说选刊》《小说月报》《小说精华》等权威杂志频频转载，在全国文坛引起了较大的反响，但评论界对他的创作关注不够。

《芦苇花》是马竹的"三花系列"的第一部，在他的创作中具有很重要的地位。《芦苇花》洋溢着浓郁的楚地水乡情结。它在故事情节、自然描写、文化内涵、意象意韵等方面蕴涵着浓郁的楚地水乡文化特色。"一种混合着诗人心灵变化多端的想象和轻快、洒脱、飘逸的幻想，在同一部作品中将近处和远方、今天和远古、真实存在和虚无缥缈结合在一起，合并了人和神、民间传说和深意寓言，把它们塑造成为一个伟大的象征的整体。"① 马竹的视野返回楚地水乡，在楚地水乡的时空中漫游，楚地水乡的人物、自然、文化甚至是芦苇花，都成为马竹的情感寄托，马竹用饱含感情的笔触把故乡——楚地水乡塑造成一个伟大的象征整体。芦苇花既是作品的中心，又是楚地水乡的精魂和图腾。

一 文本——楚地水乡的传奇故事

《芦苇花》具有鲜明独特的传奇风格。富有浪漫主义气质的艺术构

---

① ［丹麦］勃兰兑斯：《19 世纪文学主流》，《法国的浪漫派》，人民出版社 1983 年版，第 26—27 页。

思，悲欢离合的传奇故事以及传奇性人物、历史环境及其语言氛围，构成了《芦苇花》的传奇特色。《芦苇花》的传奇故事在楚地水乡展开，楚地水乡对于马竹来说，犹如曲波的林海雪原、莫言的高密东北乡，从而成为一种象征，一个符号，一种独特的文化艺术氛围。马竹继续在楚地水乡挖掘下去，楚地水乡应该可以成为马竹取之不尽、用之不竭的艺术宝库。

1. 楚地水乡的传奇故事

《芦苇花》以抗日战争为背景，讲述了一个发生在楚地水乡的极富传奇色彩的故事。在汉川刁叉湖，马、刘两大家族为争夺水域而世代相互仇杀，不共戴天。当作品主人公马福保、刘玉香成人时，两家的仇恨已到了白热化程度。玉香的父亲——刘家台族长被马家台人挖眼而死，玉香的妹妹碧莲被马家台掳为奴婢后投井自杀。如果没有日军的侵入，两家的仇杀将会持续下去。日军的侵略和血腥屠杀改变了所有人的命运。在国仇面前，马氏家族年轻的族长马福保和刘氏家族年轻的族长刘玉香泯去私仇，共同抗日，在刁叉湖携手战斗，分别成为共产党游击队的领导人。在共同战斗中，两人日久生情，由仇人变成恋人。1943 年 7 月，福保、玉香在去刁西开会的路上，发现日军大批集结，企图将马、刘二台的群众和游击队一网打尽。在危急的情况下，为了掩护福保，让福保能游几十里水路为游击队报信，玉香惨烈而悲壮地自杀身亡。在芦苇花漫天飘舞的时节，玉香这个侠骨柔肠的女英雄为祖国、为爱人、为楚地水乡献出了年轻而美丽的生命，成为福保心中永远的女神。福保为此终身未娶，终身不离开刁叉湖半步，直至终老葬于刁叉湖畔。

《芦苇花》涉及楚地水乡的历史文化，有楚地水乡土匪之间的惨烈仇杀，有家仇、国仇的胶结与转化，有文弱书生的成熟与变化，有水乡女子侠骨柔肠的义举情怀，有仇人变为恋人的传奇故事叙述，有小家不及大家、大家不及国家的哲理阐发，有战争毁灭爱情、毁灭美好生命的血泪控诉，有纯洁美好、令人永远回味的爱情的温馨展示……《芦苇花》里的传奇故事，囊括了三四十年代楚地水乡的历史内涵，展现了楚地水乡人民的热血情怀，表现了作者对楚地水乡的无比热爱之情。

2. 楚地水乡的传奇人物

《芦苇花》从特定的楚地水乡情境出发，塑造了性格突出而富有传奇色彩的人物形象。作品中的男女主人公马福保、刘玉香都是各具光彩的传奇人物形象。

马福保是马家台族长马三爷的儿子。虽然马、刘两族的人为争夺赖以生存的水域、为争当刁叉湖的老大而血腥仇杀、不共戴天。但福保却是一个两耳不闻窗外事，一心只想去省城武汉读书的文弱书生。他在家里除了读读书就是下下棋。马、刘两大家族的仇杀，他只是从丫鬟——被掳来的刘家二女儿刘碧莲嘴里了解一二。但是，日军的侵入改变了福保的命运，使福保从此步入了传奇、辉煌的人生之路。日本人杀死了福保的母亲、福保的大爷，福保的父亲在国仇家恨面前气急身亡，福保从此成了马家台年轻的族长，率领家族开始了自发的抗日斗争。在国恨家仇的熏陶下，加上马家土匪家族的血性本色，福保这个文弱书生很快成熟起来。他干净利索地杀掉前来劝降的汪伪湖北省合作总社汉川支社社长、大汉奸杜先生；毅然率领马家台人从后面伏击日本人，解了刘家台之围；并在共产党人甘宏生的引导下，成为共产党刁北基干队的队长，在刁叉湖成为令日军闻风丧胆的人物。

刘玉香是刘家台族长的大女儿。在父亲被马家台人挖眼而死、妹妹被掳自杀后，她对马家怀有刻骨仇恨。初次见着马福保，如果不是共产党人甘宏生阻拦，玉香早已杀掉了福保。但在国仇大局面前，加上福保曾带人解过刘家台之围，化解了刘家台的灭顶之灾，使玉香对福保由恨变爱。在抗日战争中玉香英勇果敢，和福保一起带领马、刘二台的人民与日伪军浴血奋战。她拿出自己的巨额财产，购买大批武器武装游击队；带领刁北基干队智出奇兵，手刃日军翻译、大汉奸张世真；在危急关头，她用自己的生命掩护福保逃离，谱写了一曲感天动地、惊鬼泣神的英雄之歌——

玉香用力一把拉住了福保说：趁日本人没看清船上是几个人，你下水逃吧。福保睁大眼睛：你说什么？你怎么办？玉香说：福保，好哥哥，我们生死永别了。福保说：你胡说，我去荡船！玉香再次用力拉住福保:不能出去,留下一条命总比都死在这里强,刘马基干队没有你不行,你必须赶回去带着大家转移,日本人不定今晚就杀过去了。福保说:你下水,你走!玉香恼了:我没有这么大的力气游几十里水路,可是你行!……

玉香的脸上洋溢着新嫁娘所有的欢欣与羞怯。这心神合一的愉悦一闪即逝,玉香从福保的怀里挣脱,冷冷道:福保哥,走吧!你赶快走!福保有些犹豫,这时,玉香手举短刀,用力向胸口刺去,玉香看福保的最后一眼充满夫妻之爱。福保大惊失色。

这段文字如歌如泣地展示了玉香英勇无畏的举止、侠骨柔肠的风范。把一个水乡奇女子、一个抗日女英雄的人格和情怀展示得淋漓尽致。玉香是楚地水乡的精魂,是芦苇花的化身。

作品中其他人物也各具传奇风采。如匪首、族长合一的马三爷、共产党人新四军游击大队参谋甘宏生、宁死不受辱的碧莲都描写得不同凡俗。三爷嗜武、顽固,从不和任何党派、团体联合,只相信自己的力量,在日本人的杀戮下,他无法保住自己的妻子、家业,在国仇、家仇的双压下气急而亡。甘宏生以超人的智慧和勇气深入刁叉湖,把两个水火不相容的部族组织起来,共同抗日,最后在日军的大扫荡中英勇牺牲。碧莲被掳后不甘永做奴婢,在把姐姐玉香托付给福保后毅然投井自尽……这些楚地水乡的人杰,血气方刚,敢作敢为,活得光彩照人,死得惊天泣神。他们既是楚地水乡养育的儿女,也是楚地水乡的精魂。

二　自然——楚地水乡的主角和精魂

1. 自然成为角色和主人公

马竹是汉川人,对于故乡那一方水土他怀着特殊的感情。如果说传奇故事是对楚地水乡先辈们的神话崇拜,那么楚地水乡的自然描写则是对楚地水乡的诗化写意。《芦苇花》中的自然,已不是一般的风景、风物描写,它是热烈的情感宣泄,是安妥作者灵魂的一方圣土。《芦苇花》中的自然,既是楚地水乡本色的展示,又是其心灵的抚慰和情感的寄托。在《芦苇花》中，自然已不仅仅是人物活动的环境和背景，而是从背景走向了前台，成为了《芦苇花》的角色和主人公。

作品的第一部分中对三爷大房的描写既具有水乡特色，又饱含作者对家乡的无比热爱之情——

现在大房稳稳坐落在三房台居中正南的高高台基上，每天门启门合的声响可以响彻十里开外的刁叉湖面，三爷领着族人浴血湖荡的威风在这响声中得以持久传播。在福保的记忆里，马家那两扇山一样的大门每天门启门合的叫声犹如美丽的天鹅鸣空飞过，三爷借此而愉悦；这是天鹅开门。

把门启门合的声音比作天鹅鸣空飞过，恐怕楚地水乡之外，没有人会有如此美丽而又具有特色的比喻。这个比喻既展示了楚地水乡的本色，又包含着作者对楚地水乡无比热爱的圣洁之情。

《芦苇花》中的楚地水乡（自然），即刁叉湖的湖水、湖畔、大雁、芦苇花，不仅仅是人物和环境的装饰和道具，它自身就是角色，甚至是主人公。楚地水乡具有自己的灵性、性格、意志和力量，它自身就构成一个自足的世界。用俄国形式主义的术语来说，自然（楚地水乡）被置于前景，对于整个作品的审美起着支配作用。楚地水乡（自然）在《芦苇花》中是一个可解人意、与人声息相通的世界，它能抚慰心灵、寄托情感，甚至具有人所不具有的超意志力量。

在刁叉湖两大族人争夺水域相互仇杀时，楚地水乡是刁叉湖物竞天择、弱肉强食的写照——

其实方圆不过百里的刁叉湖全是浩荡的湖水，但在多少年里为了争得属于自己的湖荡，各个家庭之间像湖里的鱼儿那样老是大鱼吃小鱼小鱼吃虾子虾子吃泥巴，如今仅剩的两条大一点儿的鱼儿马刘二大家，又以刘家惨败告一段落。

在日本人大肆屠杀刁叉湖老百姓时，自然（楚地水乡）也遭受涂炭，连大雁都不落脚刁叉湖——

　　冬天的刁叉湖，漫天的芦苇花在飘扬，那本是大雁南飞的最好季节。那一年，大雁没有经过刁叉湖，枪炮与硝烟，让芦苇花落满湖面，好似经久不散的大雪。

在福保、玉香二人第一次正式会面，准备携手共同抗日时，自然（楚地水乡）是二人将要同舟共济的预兆——

　　成群的大雁正在向南飞行，那时候芦苇花还未尽情开放，茂密的芦苇在秋风中发出响声，晴朗的太阳照耀着两张年轻的脸，秋风吹动着玉香的头发同时也拂起福保的衣角，两人眼睛碰上以后心灵深处都感觉到了生死与共的未来极有可能同船过渡或同舟共济。福保希望芦苇花开遍视野，让一九四一年十月的天空布满喜悦的气氛。

在1942年抗日战争最艰苦的时候，自然（楚地水乡）也在苦苦挣扎——

　　那天北风很急，不时听到芦苇秆断裂的声音，大雪搅动着旋落下来，天地一片苍茫。

在福保、玉香入党时，自然（楚地水乡）是他们的内心写照——

　　福保和玉香对望一眼，一九四二年冬天的大雪在他们心中融化了。

在玉香英勇牺牲后，自然（楚地水乡）是玉香侠骨柔肠、冰清玉洁、英勇无畏的象征，是福保痛彻肺腑的思念写照——

　　那是一个流血流泪的血泪具涌的冬天，福保视线中的芦苇花空前的雪白，成群的大雁飞临芦苇丛，不肯南迁。福保心想：大雁在呼叫着玉香的名字呢。福保把无边的芦苇花当作花圈，玉香美丽的身体埋在福保的心里，福保听见自己在喊她：玉香，我的玉香，我的好玉香啊！

在福保以七十四岁高龄病故，葬于刁叉湖畔时，自然（楚地水乡）则成了神灵，成了超意志的力量，成了爱情感天动地的物证，成了福保真正永远安憩的家园——

现在福保的坟前放着一只玉环和一把芦苇花。

按常理，春天是没有芦苇花的，前来送葬的刘马二台上千的人们不禁互相问了：这时节哪来的芦苇花，这芦苇花怎么这样雪白？

雪白雪白的漫天芦苇花啊！

《芦苇花》中楚地水乡（自然）被赋予了灵性、被赋予了性格，是作品中的角色，是作品中和福保、玉香具有同样地位的主人公。楚地水乡成了一种符号，一种象征，一种独特的文化艺术氛围。

2. 芦苇花——楚地水乡的精魂

作品以芦苇花命名，芦苇花是作品的中心、主题，也是楚地水乡的精魂。

如同莫言笔下的红高粱是高密东北乡的图腾和精魂一样，芦苇花就是刁叉湖的图腾，是楚地水乡的精魂。芦苇花的生命力极其旺盛，就如同楚地水乡的人们。雪白雪白的芦苇花，象征着纯洁、象征着爱情、象征着英勇无畏、象征着忠贞不渝，是福保、玉香的化身，是楚地水乡的精魂。

芦苇花在作品中反复出现，成为该小说的一个著名的极富个性的意象。在作品的关键部分，芦苇花总是适时出现，与作品的故事、人物、心境、象征意义相辅相成。在1942年的冬天，芦苇秆发出断裂的声音，枪炮与硝烟，让芦苇花落满湖面，好似经久不散的大雪。芦苇花是当时艰难环境的写照，也是福保从族人私利中猛醒的见证。当芦苇花再一次飘扬的时候，十九岁的福保少年老成，此时芦苇花与时间一同显示福保的成熟和变化。在玉香牺牲时和福保去世后关于芦苇花的描写中,芦苇花已和人物命运、人物精神、人物心灵融为一体,芦苇花就是玉香、福保,福保、玉香就是芦苇花,二者互相辉映,共同铸成楚地水乡的精魂。

芦苇花是楚地水乡自然中最突出的景象,也是楚地水乡的象征。芦苇花在作品中不仅仅是一普通的自然景象,她是作品中和福保、玉香处于同等地位的主人公,是具有灵性、具有精神甚至具有超自然力量的精魂。作品中关于福保和玉香在芦苇荡中的见面,芦苇花完全是一个有血有肉的、与人声息相通、善解人意的精灵,两人的情感就如同芦苇花还未尽情开放,福保希望芦苇花开遍视野,让一九四一年十月的天空布满喜悦的气氛。芦苇花代表福保的心境,展示福保的希望,把两人的微妙情感刻画得惟妙惟肖。

芦苇花在作品中不仅是精魂、是图腾。芦苇花还推动情节发展,成为该作品的叙事动力。

三 文化——楚地水乡的深层意韵

《芦苇花》中蕴涵着独特的文化意韵,那是楚地水乡的文化内涵。那楚地水乡的传奇故事,那楚地水乡的自然情韵,都包含着楚地水乡的文化意韵和文化氛围。在《芦苇花》中,有两处极有深意的棋局描写,突出地表现了楚地水乡的文化意韵。

棋是中国人独特的文化象征,如江河日月一样,是中国文化的内核之一。从某一种角度来说,棋局在中国文化中是人生命运、人生契机、人生选择的代名词。寻根小说潮中努力追寻中国文化真谛的作家阿城,在其《棋王》中专门寻找根植于"棋"中的中国文化意韵。马竹在《芦苇花》中无意去专门探讨中国"棋"文化,但他在《芦苇花》中的两次关于棋局的描写却大有深意,颇具文化功力,是作品中不可缺少的经脉。这两盘棋局既是福保两次人生命运选择的契机,又是推动作品运转的叙事动力,而且,棋局与福保的人生互相映衬,棋活则命运转机,二者一起推动着作品向前发展。

作品中第一次关于棋局的描写,是福保还是一个两耳不闻窗外事的文弱书生的时候,他举棋不定,六种下法都没能走出高招,此时,他的丫鬟，被掳来的仇家之女刘碧莲轻拈一子，让福保大惊失色——

> 白 1 扑！，我的天，白 1 扑！这是高招！绝顶的高招！绝妙的高招啊！白 1 扑，黑 2 必提，白三断，黑子无缘断脱白子，白棋自然有了联络。下得欣喜，福保一气呵成，心中大快。

这个不可小觑、大有来头、大有深意的女子成了福保命运转机的人物，成为福保和玉香相识、相恋的开始，成为福保传奇命运的开始。这一棋局让福保思索了半个世纪——

> 可能是在半个世纪以后，早对围棋失去兴趣的老福保有一天仰望北斗星，忽然想起那盘洞庭秋月的全部寓意，即古谱原名是"精义入神势"，明代《仙机武库》易名"洞庭秋月"。古谱如画，有洞庭秋波万顷金轮辉映水天澄明之象，此时悠悠北斗焦心呼唤，自恃势强的水中月儿终被呼应。这就是刘碧莲的那手白 1 扑。天官在上，水天分明。含义深远，四方会意。

这盘棋局，具有浓郁的楚地水乡文化特色：那天、那水，那月儿，那洞庭秋波、那万顷金轮，那北斗的呼唤、那月儿的应答，一幅多么纯净的楚地水乡圣景。那天官在上、水天分明、含义深远、四方会意的内涵，包含着悠悠楚地水乡文化的无穷意韵，是楚地水乡文化的精华所在。

作品中关于棋局的第二次描写，是福保和玉香联手伏击日军后举棋不定的时候。此时，他们的命运也如同棋局一样，上下为难。共产党人甘宏生对"洞庭秋月"古谱作出了新的解释——

> 右路这边天地宽广的北斗七星在呼唤这堆白子，这八颗白子困居死地，看似稳固，其实要死不活。看来就地求活也不是不能，但实在艰难，有不顾大家的小家子气，何况稍有不留神，必死无疑。联络北斗，不仅能活，而且成为困境中大手段，是北斗呼之欲出的中坚，是

不是？福保心中觉得奇怪：甘参谋，有何高招？甘宏生一笑：白1扑，这叫釜底抽薪。

　　在这里，作者很好地把围棋棋局和人生棋局结合起来，棋局的自身含义和棋局的象征意义合二为一。甘宏生为福保的棋局指出高招，也为福保的人生指明了道路。高人甘宏生的指点，既活了棋，又指了路，二者合一。把中国棋文化的精髓和当时的情势结合起来，终于使福保从一个只为族人谋福利的族长成长为一个共产党员，一个在刁叉湖令日军闻风丧胆的抗日民族英雄。

　　《芦苇花》中两次棋局的描写，对主人公福保来说，都具有非常重要的意义。两次高人的指点，使福保的命运发生了两次转机：碧莲的指点，使福保遇上了玉香，成就了他一生刻骨铭心、生死不忘的爱情。甘宏生的指点，使福保从一个族长成为一个共产党人、一个抗日英雄，成就了他的一世英名。

　　《芦苇花》中两次关于棋局的描写，文字甚少，但却大有深意，对于整个小说起着画龙点睛的作用。

四　希望——楚地水乡的文化艺术情怀继续延续和升华

　　马竹的这篇《芦苇花》具有浓郁的楚地水乡情结，表现了鲜明的楚地水乡传奇、自然和文化特色。从该作品来看，《芦苇花》填补了新文学中对楚地水乡文化意韵的描写与探索空白。楚地水乡和楚文化历史悠久、源远流长，它既是中华民族和中国文化的历史渊源之一，又在长期的历史演义中始终保持着独特的地域特色，它强大的生命力、影响力为世人之共识。但是，现当代小说在对楚地水乡和楚文化的表现和探索上，一直很薄弱，早年的新歌剧《洪湖赤卫队》倒具有楚地水乡的文化特色，可惜它不是小说，而且只此一部，没有后续者。马竹的《芦苇花》在这方面做了实实在在的努力。虽然《芦苇花》在故事和人物的叙述和安排方面还稍有雕琢之痕，对楚地水乡的文化底蕴也有待进一步深入去领悟、开掘，但我们还是很欣慰地看到马竹的创作正在超越自我。

　　近期我们欣喜地看到，马竹继续在楚地水乡辛勤耕耘，又发表了《荷花赋》《一路茅草花》等具有浓郁楚地水乡特色的作品。我们真诚地希望，马竹保持这已渐形成特色的楚地水乡文化意识，继续在楚地水乡这片沃土上辛勤耕耘，进一步开掘楚地水乡悠久的历史文化传统，升华自己的小说创作，为繁荣和传播楚地文化、提升武汉作家群体在当代文坛的地位做出更大的贡献。

诗性与禅意并存

——论《白莲浦》的叙事艺术

读完陈旭红的《白莲浦》，我首先想到的是这部小说很像湖北黄梅废名小说的风格，黄梅与浠水相距不远，那种鄂东水乡的风格渗透在创作风格之中，不仅具有共同的地域特点，还有相似的创作风格。总的来说，《白莲浦》叙述笔调诗性与禅意并存，审美情感内敛节制，审美形象含蓄蕴藉。

一　少年女性的叙事视角

作品采用云儿这个十二岁的女孩的视角，叙述一个伟大、朴实母亲的故事。用一个养女敏感、细腻的心思感受着母亲的伟大和慈爱。云儿用她十二岁女孩似懂非懂、似成熟非成熟的眼睛看取母亲的一生。作者没有从头说起，而是从最重要、记忆最深刻、最伤痛的事件说起，那就是最疼她们也最疼她们母亲的爷突然去世。爷死在白莲浦，而"我"却出生在白莲浦，这片水乡是这里人们生生死死的地方。作品通过对白莲浦景物描写后自然切入母亲收养"我"的过程，母亲有三个孩子，亲生的儿子跟随父亲在北京生活，养父带来的细骚儿也不是母亲亲生，但母亲却以宽广、温柔的胸怀养大了他们。他们一家，三个孩子都没有血缘关系，但比亲生的兄妹还要和谐，就是因为母亲就如白莲浦的水一样包容，又如同菩萨一样雍容慈悲。在云儿不疾不徐的叙事中，温柔的、慈爱的、圣洁的母亲形象一点一点地矗立起来，那么亲切、那么委婉，那么让人感动。

作品不是着力去叙述这个特殊家庭之间的各种悲欢离合的故事，而是按照一个知道自己养女身份、细腻而敏感的十二岁的女孩的思维展开。在云儿的视线和心思中，云儿的母亲、爷、细骚儿、细骚儿的母亲、三爸爸、云儿的亲生母亲、浦云、豪儿哥等，一个一个依次出现，一个一个故事随着云儿的心思、云儿的情感、云儿的眼睛展现。云儿用她一个十二岁的少女的眼光缓缓看取这个特殊家庭发生的一切故事。云儿作为弃儿，她最依恋母亲，她时时都在寻求关爱，生怕母亲的爱被其他人抢走，家里其他亲人更加怜爱云儿，给她更多的爱让她倍受温暖，云儿就在这爱的环境中长大，她在母亲的影响下，在这个充满爱的特殊家庭长大，因此用她充满爱的心灵感悟和叙述着这个家庭爱的故事。

作品采用云儿少年女性的叙述视角具有独特叙事效果。一来云儿作为女孩，她目力所及的就是母亲、家庭，用她的视角可以完整描写母亲及家庭的生活。二来这个知道自己弃女身份又得到养母慈爱的女孩，敏感、细腻，因此她可以用她的心思叙述她所感受到的温暖，叙述她所感受到的母亲的伟大，母亲的"天高云淡、水瘦山明"品格一直深深地影响和感染着云儿，因此整个作品基调也就是母亲的格调，宽容、舒缓、善良以及无限的爱意。

二　诗性与禅意的叙述笔调

整个作品叙述悠然安静，叙述话语平实素朴，圆润顺畅，充满诗性。在人与自然和谐的氛围中，白莲浦的水乡特色在云儿的描述中充满了自然美，充满了生机，也充满了诗意。"白莲水库是以青冈峰为主的群山中的一个大型水库，60年代依山塘而造成，深山中劈就这么一块广袤的水疆，汛期蓄水旱时为流，滋养浦上万物苍生。每逢汛期山里各处小沟壑中浑浊的雨水流入水库，入库时犹如一条黄龙钻入库底，什么样的浊流到了这里，经过时间与宽广水域的慢慢澄清与融合，使得它们沉下泥沙，化成山中的一面更宽的镜面，仰照苍天，藏星纳月。"① 这段描写既有诗意又有禅

---

① 陈旭红：《白莲浦》，江苏文艺出版社2013年版，第4页。

意，形成了一种安然舒缓的情调，形成田园牧歌式的诗意。这种诗意贯穿整个作品。

　　作品中的禅意是作品最突出的特点，这种禅意，不仅表现在母亲、爷那为人处世的方式，那波澜不惊却蕴含丰富的情感表达上。母亲在至亲至爱的爷去世后，和顿危师傅的对话，包含着充满智慧的人生感悟，"……妻和孩子落水死了，我活着，反过来其实我死了，他们都活着，他们的人世课业已满，我仍在不明中向明"。"……妈在想啊世上就是这个样子，这世上有几人修得全能全满，有你爷在，我们一家过得圆满。爷走了，就像顿危师傅说的他没死，在妈心上搁着。眼前还有你和细骚儿，妈要大谢天和地。"① 亲人逝去但在亲人心中活着，自己活着亲人就在心上活着，这种生死观中充满禅意，充满智慧也充满哲理。这种生死观和废名的生死观有异曲同工之美，"在废名看来，死亡并非生命的终结，而是生命的另一种存在方式，在他的生命哲学里，生死相同，生命在死后飞扬，在脱胎换骨中更生，生命通过超越走向精神的永恒"②。因此母亲在爷死后能够平静地生活，能够"天高云淡、水瘦山明"，母亲在面对自己死亡时能够平静安详，就是这种生死观的体现。而且母亲、爷并不是文化人，不是读书人，他们的这种生死观不是从书本上学来的，也不是什么外来文化人教的，而是在这方充满禅意的土地上自然生成的，是世世代代自然传承下来的。这种禅意和观念又传给下一辈，传给了云儿、细骚儿、豪儿哥和蒲云，还感染了三爸爸、细骚儿妈等不那么具有禅意的人们。这种顺应自然、天人合一、平静安详的、天高云淡、水瘦山明的风格成为中国文化中最诗意的一支。

三　自然物象与人物形象的审美塑造

　　首先，作品中描写了一系列具有强烈审美特色的物象。比如，白莲浦、白莲水库，青岗峰、白莲花、云踪屿，这些充满水乡特色的物象，被作者掺进独特的审美情感，形成了独特的审美意向。这些意象在作品中既是抚育母亲、爷、顿危师傅、云儿、细骚儿等人善良、温暖、慈爱、清

---

① 陈旭红：《白莲浦》，江苏文艺出版社 2013 年版，第 18 页。
② 吴长龙：《论废名小说的叙事艺术》，《黄山学院学报》2004 年第 2 期。

澈、宽容等品格的世界，又是这些美好人物的象征，二者互为映衬，显示了作者独特的人世态度和审美体验，那就是宁静自然、天人合一的生命哲学。作品中令笔者印象深刻的是关于红毛狗的传说，这种人类因为贪欲破坏人与自然、破坏人和动物和谐关系的描写在很多作品中都有表现，作品中长生婶讲述了红毛狗的故事，那红毛狗父亲、母亲为了孩子乞求人类、为了救护孩子跳崖的惨烈行为惊心动魄，震撼着人的灵魂，作品通过这个传说说明人和自然和谐的重要性，从反面表明了作者崇尚天人合一的信念。

其次，作品塑造了一系列具有浓郁审美特色的人物形象，作品中母亲、爷和顿危师傅，都是温厚智慧充满禅心的人物。母亲一生充满了艰辛和坎坷：当军官的丈夫抛弃了自己，至亲至爱的爷意外溺水离开了自己，一手养大的儿子被生母接走，母亲却从不抱怨命运，不抱怨他人，用善良的包容的、放下一切的心境看待一切，就如白莲水库一样包容一切，清澈透明，波澜不惊。爷温厚充满爱意，三个孩子都不是亲生的，但他却比亲生父亲还要慈爱。云儿虽然有时会使些小性子，但是这个在母亲、爷的美好品德熏陶下的女孩，善良、清纯、清新而充满生气，用自己的眼光、自己的心灵去感悟母亲、爷的美好，用善良的心性去看取一切，而且聪明、智慧，像白莲花一样清香纯洁。

从作品的审美意蕴看，包含着作者的文学理想和生命哲学。

首先说文学理想，作者的文学理想是希望在尘世中谱写一曲清丽脱俗、纯洁美好、充满诗性与禅意的心灵之歌。因此作者塑造了一位如白莲花般圣洁的母亲，她是作者塑造的理想人物，既慈爱、善良、坚强，又温婉、素雅、美丽，是一位清雅的中国母亲，也是一位叫我们心灵澄净、叫我们性格平和、叫我们举止优雅的母亲。所以作者塑造一个天高云淡、四季花香、清澈丰富的白莲浦，这里空气洁净、鱼肥水美。不仅养育了这里人们，还带给这里人们宽阔的心胸、清澈的心灵、包容的气概。所以作者塑造了一个真正参透生命本质的顿危师傅，他的处事态度和对生命的看法极大地影响了爷和母亲，也影响了云儿和细骚儿，达到佛教中关于生命的最高境界。

其次，作品追求天人合一，顺应自然的生命哲学和自然哲学。作品中对白莲水库的歌颂，对白莲浦的热爱，对红毛狗的尊敬，对生死的坦然，对生命的尊重，对亲情的呼唤，对爱的追寻，形成了作者整体的风格，如白莲浦的白莲花，清香宜人，韵味悠长。

历史悲剧的独特表现

——论唐镇中篇小说《特派员老米》

一　红军肃反悲剧历史的独特表现

唐镇《特派员老米》以独特的视角描写了红军肃反 AB 团的历史悲剧。AB 团的名字来自英文"反布尔什维克"（Anti - Bolshevik）的缩写，全称为"AB 反赤团"，是北伐战争时期在江西建立的国民党右派组织，成立于 1927 年 1 月，其目的是打击共产党和国民党"左"派。AB 团的宗旨，是反对联俄、联共、扶助农工，取消民主主义。这样一个组织，在成立后仅三个月，就被国民党左派和共产党发动的"四·二"大暴动摧垮。1930 年上半年，赣西南革命根据地在肃反工作中首先开展了所谓肃清 AB 团的斗争。1931 年后，这一斗争扩展到鄂豫皖、湘鄂西等革命根据地。反 AB 团的斗争混淆了敌我矛盾，使肃反扩大化，造成了严重后果，很多红军和红军领导人被当作 AB 团人处死，甚至还发生因肃反导致红军奋起反抗的"富田事变"与"坑口兵变"。在高华所著《红太阳是怎样升起的——延安整风运动的来龙去脉》一书中，详细地描述了红军反 AB 团的前因后果。

《特派员老米》对这一特殊的历史事件作了全面的反映，从一个青年红军的视角对反 AB 团历史作了形象化的描述。老米是一个对内奸有深仇大恨的青年红军，他的父亲，一个共产党的地下党，被内奸出卖而英勇牺牲，当他被接到红军营地成为一个红军战士后，对内奸仇恨、为父亲报仇成为他内心最主要的动力。参加红军后，他对内奸的仇恨在一段时间内被红军内部的友爱、亲情、建立新中国的伟大理想所代替。他同如父亲的老关和老崔、如兄长的曹志霖、如兄弟的肖秉富共同战斗，共同打击敌人，而且还因为他的特殊才能，成为红军军工厂的厂长。保卫局局长老关因为信任老米，把老米调到保卫局当特派员，老米第一次知道 AB 团是混进革命内部的内奸组织，他想起了父亲，对内奸的仇恨使得他痛恨 AB 团。但是他的战友、兄弟的被杀，使他惶惑和矛盾，那如父亲的老崔，那孩子般的肖秉富都被当作 AB 团的人杀害，老米陷入痛苦和矛盾之中。当他最尊敬的、对革命忠心耿耿的曹志霖被当作 AB 团的人要被处决时，他纠结在巨大痛苦和矛盾中。他把保卫局局长的要求和命令当作党的命令和要求，可是活生生的事实让他无法处决曹志霖。最后善恶的交锋，终于善战胜了恶，良心战胜了观念，他以自己的生命点燃了兵工厂的炸药，消灭了敌人，掩护了大部队转移，以悲剧性的结局，解决了他内心的痛苦和矛盾。"那一刻，整个世界一下子亮堂了许多"，这句很有象征意味的结束语，也使得牺牲了的老米那蒙昧、痛苦的心灵因这悲剧性的结局亮堂起来，老米只能用这种悲剧性的结局了结他的痛苦和矛盾。

描写红军肃反，反 AB 团的文学作品不少，但很多只是有部分的描写和反映，《特派员老米》以整个作品描写和反映这场历史悲剧，具有独特性。虽然没有全景式的描写和反映，但作品以老米的独特视角描写肃反的缘起、过程以及后果，对这场历史悲剧的描写是深刻、独特且全面的。

二 人性深度在阶级斗争中的独特表现

《特派员老米》成功之处在于从人性的深度描写和反映了红军反 AB 团历史悲剧的缘由及其后果。

1. 战争对人性的扭曲

人性是善恶纠结的，善和恶谁占上风，除了人性自身的原因，还有外界对人性的影响。肃反和镇压 AB 团何以能大面积施行，就是战争环境对人性善的扭曲。老米生活的环境，是血雨腥风的战争年代，父亲被内奸出卖牺牲，使得他小小年纪就成为孤儿，红军收养了他。在红军队伍里，老米在老关，老崔、曹志霖、肖秉富等人如父如兄的革命关爱中，感受到革命的温暖。老齐、老关关于肃反的理论和宣传，使得他对内奸的仇恨转移到被称作 AB 团的人身上。因此，老米虽然感觉老崔、曹志霖、肖秉富等人不是内奸，但是"笑嘻嘻的九叔"一次又一次提醒他，内奸是从表面看不出来的，内奸是最会伪装的，因此，"那个晚上老米久久难眠，肖秉富那张永远长不大的娃娃脸一直在他眼前笑嘻嘻地晃来晃去，怎么也赶不走。不光赶不走，父亲和那个笑眯眯的'九叔'的身影也紧接着出现了。《宣传大纲》上说得对啊！敌人是狡猾的，他们是不会让我们一眼就看穿的，他们也不会爽爽快快地承认自己是反革命的。老米咬牙切齿地想。也许当初肖秉富是要真心革命的，就像当年那个'九叔'和父亲一起割破手指喝下血酒时一样。可是今天他叛变了。他背叛了他当初的誓言！他居然会下跪。向我下跪！这种软蛋一旦遇到敌人的威逼利诱怎么能不叛变！天快亮时老米攥着那对绿领章进入了梦乡。梦中，老米亲手砍掉了九叔笑眯眯的脑袋"。

人性中的善恶纠结，在这个血雨腥风的年代里，终于以独特的经历和肃反的《宣传大纲》为老米作了自认为合理的诠释。该作品从人性的深度，探讨了红军历史上肃反、镇压 AB 团悲剧发生的缘由。

三　人性善的独特光辉

人性在特殊时间中会被扭曲，但是人性善的光辉是不能长久被压抑和扭曲的。《特派员老米》写出人性善恶纠结的独特性，也写出了人性善的光辉。因此作品洋溢着人性美的光辉。老米在老关要处决曹志霖的过程中，目睹曹志霖那对革命忠心耿耿的行为，感受到曹志霖那坦荡无私的革命情怀，在事实面前，他知道曹志霖不是内奸，不是 AB 团，但是他无法扭转老齐、老关的看法，也无法扭转当时从上至下的肃反的格局，因此，老米只能牺牲自己，以自己的生命保卫红军，保护曹志霖。在巨大的矛盾和痛苦中，一个有良心的红军老米，只能作出这样的决定：

敌人循着口哨声一步步向老米逼近。

老米手里捏着一根电焊条，如同捏着指挥棒一样打着拍子。

老米微笑着。他看见自己快乐的口哨声在一个个炸药箱上跳跃。

敌人站住了。他们奇怪地看着面前这个端坐着的、脸色苍白的年轻人。

当他们终于发现有几十条导火索如同一条条金色的响尾蛇一般嘶嘶啦啦蜿蜒前行之时，他们顿时诈尸一般突然跳起夺路狂奔……

老米哈哈哈大笑起来……

那时候总供给部已经和加强营会合一起，冲出南山口十好几里路了。

那时候老齐、曹志霖、丁文娟、米小扬正前前后后寻找老米。

"看见老米没有？"

"看见老米没有？"

"看见老米没有？"

摇头。

摇头。

摇头。

就在这时他们身后传来了那声惊天动地的大爆炸。

曹志霖回过头。

米小扬回过头。

老齐和丁文娟回过头。

大夹山山凹上空火光冲天，滚滚浓烟升腾而起……

笼罩整个山头的冬日沉重的铅云突然被涂抹上一层耀眼的、灿烂的金黄……

那一刻，整个世界一下子亮堂了许多。

老米的世界终于以他的悲剧性的牺牲"亮堂了起来"，老米既以这种悲剧性的结局了结他个人的痛苦和矛盾，也展现出了老米人性善的灿烂光辉。

当下有很多作家很喜欢描写人性恶，沉溺于人性的原欲而不能自拔，认为这样就写出了人性的深度。也有些作家只写出人性的表面特点，而缺乏对人性的深层开掘，《特派员老米》既写出人性的深度，又张扬了人性善的光辉，有其独特之处。

四　描述视角的独特性

《特派员老米》写作艺术也有其独特之处。作品题材独特，内容丰富，人物形象丰满，尤其是作品描写的独特视角使得作品的主题表达独具特色。

《特派员老米》是一部反映红军肃反、镇压 AB 团历史悲剧的作品，红军肃反、镇压 AB 团历史悲剧事件复杂，内容庞杂，如果以全景式的视角进行描写，有很多复杂的历史问题不好处理。而唐镇在描写这个作品时，采取了独特的描写视角，就是用青年红军老米的视角来描写这段历史，来结构整个小说。整个故事都是用老米的视角来描写，老米父亲被内奸出卖牺牲、老米参加红军、老米对老关、老崔、曹志霖、肖秉富等人的印象、老米成为军工厂厂长、老米被老关调到保卫局当特派员、老米目睹老崔、肖秉富被当作 AB 团处死、曹志霖被诬蔑为 AB 团后依然对红军忠心耿耿的行为、老米最后的牺牲等。

用老米的视角描写，首先，能很好地表现作品的主题。作品用老米的经历来表现红军肃反的历史悲剧，从而更好地契合《特派员老米》的主题。用老米的视角来组织小说，使得小说结构完整，一气呵成。

其次，用老米的视角来结构小说，能真实而独到地描写老米的心灵，真实而有深度地描写老米的人性，从而使得作品对人性的开掘，合理而真实。

最后，用老米的视角来结构小说，可以使小说精炼，线索清晰，老米的经历真实而深刻地反映了红军肃反的悲剧，与老米无关的内容就可以不写，其他关于红军肃反复杂而无法说清楚的东西，因老米的视角的限制，就可以理由充足地不涉及，从而使得作品线索集中，便于表现。

唐镇的中篇小说以独特的视角，描写了红军肃反、镇压 AB 团的独特的历史悲剧，使我们在他的作品中了解到这段特殊的历史。他在作品中对历史悲剧中人性深度的独特展示，值得我们深思。在建设和谐社会的今天，怎样避免人性的扭曲，扬善弃恶，依然是我们要思考的内容。怎样发扬人性自然美的光辉，建立真正和谐的社会，是我们当下要继续努力的方向。

职场中的"险象"

　　近年来，随着《杜拉拉升职记》的走红，职场小说成为一个令人关注的名词。这类小说以当代职场为背景，描写职场中各种人物的奋斗故事。汪忠杰的小说《险象》也是描写发生在职场中的钩心斗角的故事，既有职场小说的特点，也有自己的独到之处。

　　这部小说没有浅层次地描写人性在工业化社会中的变形，而是以一种漫不经心的方式讥讽了商界的掌权者，在这个地方没有正确的是非观，只有对权力的兽性争夺。小说讲述的是保险公司高管欧阳拜东的故事，他的手下因未能妥善处理业务，造成大量客户要上街游行，引起董事长震怒，这正好给了欧阳在职场上的对头田迪以把柄，欧阳不得不前往深圳处理此事。欧阳运用自己的才智处理好此事后，董事长希望他能待在深圳完成指标后再回总部。欧阳在深圳招兵买马，做得风生水起。正当他如愿回到总部时，和他有着暧昧关系的林娜却出卖了他，将他联手其他人想把田迪弄下马的事情汇报给了董事长。董事长又震怒了……初看上去，这部小说可以归为职场小说，但是再细究一下，可以发现《险象》更多耐人寻味之处。职场小说这个名词诞生于杜拉拉系列畅销的2008年。杜拉拉系列小说第一部名为《杜拉拉升职记》，趁热出版的第二部名为《杜拉拉2：年华似水》。这部系列小说的主人公是一位在外企工作的女性白领杜拉拉，通过平民出身自食其力的杜拉拉在职场中的生存经历，显示出当下普通白领的一种生存状态。小说作者李可并非职业作家，和杜拉拉一样，一直就职于外企。"新浪读书"将其归类为"商场小说"，而出版该书的陕西师范大学出版社在《杜拉拉2：年华似水》的封面将其定位为"现实主义的职场小说""职场白领'过冬'的最佳读本"。这部小说的目的不是为了抒发主人公的私人情绪，而是用主人公的职场经历，使同样身在职场的读者获得某种心理激励。而《险象》的不同之处在于，它通过现实主义的方式再现了职场的冷酷与凶险，却并不指望它来激励读者的心灵。

作为一部现实主义小说，《险象》的精彩之处主要在于欧阳拜东形象的丰富性、情节的悬疑性以及具有隐喻性的开头。

首先，欧阳拜东不是一个简简单单唯利是图的人，他有自己的抱负，虽然从政界到商界，他的理想最终仍然是破灭了——这样的人物形象和杜拉拉式的自我奋斗从而在职场站稳脚跟有所不同。欧阳拜东研究生毕业后分配到省委宣传部工作，按照一般人来讲，应该会满足于这样的工作机会，但是欧阳拜东内心却有着成为商界英雄的渴望，这样的渴望在公务员系统内是实现不了的。经过他对自己的分析，他毅然从科长一职辞职而成为一名保险推销员。欧阳拜东不是一个普通的只知道赚钱的保险推销员，他有除了金钱之外的雄心壮志。但是在保险公司里工作12年后成为副总裁，欧阳拜东仍然面临着同样的问题，人们之间仍然是在争夺最低层次的名利，尽管他们有着很高的教育背景和职场位置。最后欧阳拜东为了赢，使用了他一直不屑的手段，仍然是从这样的角斗中败退。与其说杜拉拉这样的形象更具普遍性，不如说欧阳拜东这样的形象在各个城市——而非仅是一线城市——的职场中更为普遍。他代表的不仅是一种个人英雄主义式的奋斗精神，还承载着一种理想主义终将在现实中破灭的冷酷感——这和以《杜拉拉升职记》为代表的职场小说截然不同，从而从人物形象上说更具深度。

其次，情节的悬疑性使得这部小说尽管写的是发生在保险界的故事，但却吸引着读者读下去。欧阳拜东的属下出了工作失误，引致客户的极大不满，欧阳拜东作为上司，如何来扭转这个棘手的局面？事情终于妥善解决，董事长却要欧阳拜东待在深圳把业绩做上来再回总部，欧阳拜东将失去晋升的良机，他该怎么办？等到事情似乎有了转机时，又发现欧阳拜东的对手想用这件事来解决掉欧阳拜东，欧阳拜东如何处理？整个故事环环相扣，无疑吸取了通俗小说擅长讲故事的优点。"通俗艺术向大众张开的就是一面有关艺术内容的大旗。它广泛搜罗，极尽铺排，紧紧牵动着大众的感觉神经，招揽着普通人的广泛关注。"① 在严肃文学读者大量流失的当代，如何继续以传统文学的方式吸引读者的注意力，事关作家本身的前途命运，也事关文学价值在时代中的展现。适当运用通俗艺术、文学的方法来适应当前读者的阅读习惯，未尝不是一个值得一试的渠道。

最后，故事是从欧阳拜东正在看一场篮球赛开始的，寓意着欧阳拜东在职场上的经历也和球赛一般，有输有赢，输了就得下场。这样一个开头，体现着作者对职场、对人生的理解，有自己的特点。经由这个开头，结尾欧阳拜东离开董事长的办公室就容易理解了——这代表着欧阳拜东虽然输了这一局，但是并非没有再次上场的机会。在泥沙俱下、价值观混乱的当代，作者还能用积极乐观的态度面对并不公平的职场斗争、人生输赢，亦属可贵。

当然，这部小说如果从文学理论，或者说从文学经典体系的观点来看，存在着一些尚待改进的地方。

首先是除了欧阳以外，其他人物形象都比较平面化。比如欧阳的对手田迪，作为董事长从海外挖来的高级知识分子，他似乎只知道想办法把欧阳踩下去自己好大权独揽。比如其中的女性角色，要么是像欧阳妻那样死忠的贤妻良母，无论欧阳做什么，都完全服从于他，要么是像林娜这样的职业女性，为了名利，不惜一切代价，毫无良心与道德感。当然，要在一部 10 万字的小说中凸显多位主要人物的性格与命运并非一件容易的事情，但是次要人物是否出彩也是经典小说与非经典小说之间的分野之一。

其次是文学性欠缺。所谓文学性，主要指文学语言所营造出来的独特的审美空间。欠缺文学性，这是目前职场小说的通病，也是通俗小说的天然缺陷，而职场小说则很容易掉进通俗小说的陷阱中。尽管《险象》有着通俗小说所具备的一些优点，但是从审美空间的营造上来讲，以《险象》为例的职场小说虽然体现了现实主义小说的特点，这些小说描摹现实，塑

---

① 王晋中：《接受视野中的雅俗艺术论》，《文艺理论与批评》2006 年第 4 期。

造具有典型意义的人物，符合历史维度，但是从理论角度来讲，欠缺文学那种照亮人生的特性。"以促成和启发'圈子'思考的职场小说，如果没有足够宽阔的视角和更高的境界，不能将职场的问题上升到'欲取先予'等等的高度，不仅会有误导的嫌疑，更有可能会在自设的一个个圈套里兜来兜去，直到山穷水尽。"① 这是《险象》作为职场小说来讲同样在思想高度方面的欠缺。值得再次指出的是，《险象》已经注意到了主角的思想深度问题，但是在许多地方，尤其是在次要人物的塑造方面，仍然单纯陷入到了讲故事的境界中，这难免流于其他中篇小说很容易就出现的问题中："当下的许多小说作品物欲肉欲弥漫，小说家过于注重物质的东西，而忽略了对精神层面的追寻和探究。描写的成功人士是穿着名牌华服，出入于华丽豪华酒店和灯红酒绿之中，对奢华场面和挥霍情景大肆铺排渲染，以为可以引起读者的好奇心；有些作品反复强调物质利益、金钱欲望与人的生存地位之间的紧密关系，不断将物欲化的现实演绎成一种合理的、必然的甚至是最为核心的存在本质，致使他们笔下的人物变成了一个个唯利是图的贪婪机器。"② 并且，作为现实主义小说，《险象》的语言有些地方通俗有余，优美不足。比如"正当他心荡神驰、痛快淋漓之时，手机却不解人意，在口袋里一次又一次地顽固振动着。他强忍住愤怒，暗骂那个不知趣的捣蛋鬼，掏出手机，准备关掉，但出于习惯，他的眼角余光还是瞥了一眼来电显示：啊?！是董事长的电话！"这样的叙述构成整部小说的语言基调，欠缺张力。

汪忠杰能够将保险业高层的钩心斗角写得如此绘声绘色，实属有心。本篇小说以欧阳千方百计要保住自己的位置却仍然被打败为结局，隐含着作者对现实容不下理想主义这一批判，相信作者未来还会有更多佳作问世。

（本文与周晓薇合作）

---

① 夏燕：《杜拉拉之后，新职场小说阅读季》，《观察与思考》2009年第7期。
② 何子英：《当下中短篇小说创作的一些问题》，《当代文学评论》2009年第24期。

家国情怀、天沔风情和亲历历史讲述价值

——论文昌阁的传记文学《黑马》

一　真挚、朴实的家国情怀

《黑马》是一部反映个人命运的自传体小说，作品通过对文均坦70年人生历程的描写，将中国20世纪近70年来的历史风雨寄寓在个人的人生历程中。作品既描写了文均坦作为新中国成立初期沔阳协和祥的一个小老板到湖北侨光石化机械有限公司总经理的人生历程，又详细描写了文均坦在这几十年中的坎坷经历；他经历了新中国成立之前的乱世、也经历了极"左"路线给予他的天灾人祸；他和改革开放的历程一同成长，将三万元注册的"侨光"小厂建设成资产8000万、拥有20多项专利技术的高新产业。在这种线性的叙述中，作品不仅仅是他人生经历的回顾，还饱含着真挚、朴实的家国情怀。家国情怀是中华民族的优良传统，中国人自古以来推崇的就是"修身、齐家、治国、平天下"。没有千千万万的个人和家庭，就没有国家。谋生创业，安身立命，衣食住行，生老病死，对老百姓来说是家庭生计，对国家来说则是要事要务。

作品中的主人翁饱经沧桑，历经坎坷，愈挫弥坚，愈挫愈勇，始终对人生、对生活充满热情，始终笑对人生。正如作者在跋中所说："《黑马》记述的是我大半个世纪的记忆，有美好的，也有不美好的，我一律视为美好。老沔阳人乐观的天性影响了我一生，我也希望我的乐观能感染我的读

者……人生的道路是漫长的，难免遇到挫折、遇到不公，遇到极端的人和极端的事，但是我们绝对不能采取极端的态度来应对。……我唯有一招，就是笑对生活。"笑对生活是该作品中主人公的至理名言。在任何艰难困境中，文均坦都热爱祖国，热爱家乡，用正能量对待生活的苦难，用顽强奋斗改变生活的困境。他用顽强的奋斗精神改变自己的处境，用自己的力量为社会做贡献，这种家国情怀在作品中展现得很充分。作品揭示出文均坦和他的家庭以及杨树峰镇所经历的一切，正是70年来中华民族现、当代史的风云画卷；文均坦和他的家庭的命运，始终与国家的命运紧密相连；文均坦身上那种饱经沧桑、历经坎坷、愈挫弥坚、愈挫愈勇、敢于担当的"黑马"精神，正是中华民族厚德载物、自强不息精神的具体写照，传播着一种感人肺腑、催人奋进的正能量。

二 浓烈的生活气息和浓郁的天沔文化色彩

《黑马》讲述的是天沔地区一代人的经历和故事，作品内容丰满，真实感人，很接地气。《黑马》中的人物性格及其言谈举止无不弥漫着浓烈的生活气息；作者描写的开店、读书、行船、打鱼、做工、防灾等劳作方式以及走亲访友、婚丧嫁娶、风物人情等则深刻、细致地反映出江汉平原文化传统的色彩和个性。浓烈的生活气息和浓郁的天沔地域文化色彩，是《黑马》的特点之一和成功之处，这得益于作者丰富的生活经历和对人生的深切感悟。

首先，作品以饱满的热情描写了沔阳州的富饶和美丽，称其家乡杨树峰是一个"流金淌银"的地方，这里是江南鱼米之乡，20世纪60年代在月亮弯打鱼"一网能打二三十个油牯子鱼"，"一天能打三四十斤鱼"。同时这里又是沔南重镇，是一个有药铺、当铺、染坊、槽坊尤其是鲜鱼交易中心的集镇，这里还是大汉王陈友谅的家乡，是一个英雄辈出的地方，这里也是作品主人公文均坦建功立业成为石化行业"黑马"的地方。作者如数家珍地描写江汉平原的富饶美丽，充满了对家乡的热爱之情。

其次，作品描写了江汉平原近70年来各个时期的劳作方式和风情风俗。作为鱼米之乡的江汉平原，作者写得最为精彩的是打鱼的具体场面，

20世纪50—60年代打鱼的场景被作者描写得生动有趣：比如场面宏大的"邀朋"，那是二十多条船一起捕鱼，"二十多条渔船分成两列，在东荆河上顺流而下，随着一声号令，同时往河中间逼"。比如一人一条船的"崴浑"。那是在冬季靠人的热量抓鱼的方法，用竹篙破冰，然后人站在冰水洞里："我们脱掉裤子，哆嗦着下水。水齐大腿，冰得刺骨，寒气直逼胸口……黑鱼不知是憨还是懒，明知被捉也不挣一挣。鲫鱼尽管灵活，却喜欢自投罗网，感觉到热气就靠过来取暖，黏在腿上，弄得人痒痒的，既然送上门，那就不客气了，捉一个就往舱里丢一个。"这种捕鱼方式只有江汉平原才有，这样的描写具有民俗学价值。

民俗是一种历史的积淀，是一个地方风俗风情的具体承载者，通过对民俗的描写，可以展示一个地方浓烈的生活气息和地域文化色彩。《黑马》中对天沔地区各种民俗的描写，可以展示江汉平原天沔地区的风土人情，可以将天沔地区的历史与现实、精神与物质、时间和空间结合起来，从而提高作品的历史文化内涵。

三　亲历历史讲述的独特价值

所谓亲历历史讲述，是亲历了历史的人讲述其亲身经历。但是很多人因为各种原因，却没能讲述他亲历的历史，随着岁月的流逝，一代代人老去，他们的经历却没能流传下来，一个人就是一个世界，当这个人逝去后，他的世界、他的经历、他的故事都将逝去，因此，经历丰富的老人能用亲历者的身份讲述历史，那将是对历史的极大贡献。《黑马》就是一部亲历历史讲述的作品，作品采取以人生经历为线索的线性结构，在70年的历程中，作者将自己的人生经历与社会变迁结合起来，以第一人称的视角进行客观描写。作者将他经历的社会变迁和人生坎坷一一道出，具有亲历历史价值。

在漫长的70年历史长河中，文均坦亲历了70年的社会变迁。文均坦出生在一个小商人家庭，20世纪50年代因为家庭困难，没有继续读高中而回乡打鱼，新中国成立后因为有两个叔叔去了台湾，成为台属，在那个年代"台属"备受歧视，虽然各方面都很优秀，但也不能提干，只能到搬运队工作。作者将那个年代"台属"的境遇描写得真实而深刻，作者作为"台属"备受歧视的境遇用文均坦的经历描写出来，具有亲历者的真实和质感。

作品以历史亲历者的身份描写文均坦因为对没收家房产的人说了几句狠话而被打成反革命的过程，将"文革"时期以"革命"的名义整人的现实描写出来，将文均坦的个人经历与社会历史过程结合起来讲述，从文均坦个人的角度讲述"文革"历史，写出了文均坦所经历的"文革"状态，具有文均坦亲历的历史价值。

作品还描写了改革开放后文均坦身份的变化，描写了改革三十多年文均坦的亲身经历，由原先的人见人怕的"台属"成为政协委员，加入了中国共产党。他抓住改革开放的时机，建立"侨光"公司，在改革开放的三十多年中，经历了各种艰难困境，甚至曾经因为酱菜"大跃进"让自己差点走入死胡同，但是，几十年战胜艰难困苦不服输的斗志以及改革开放的有利时机，使得文均坦从一个做五金配件的个体户，成为参与打造国家第一套 PX 生产装置，生产的石化芳烃超过了美国、日本，具有世界一流水平的大型石化企业的董事长。改革开放三十多年来，一个个体户如何经过艰苦奋斗成为世界著名的企业家的历史经历，通过《黑马》讲述出来，就是一种独特的亲历历史。

虽然改革开放初期离当下时间不是很长，但也已有三十多年的历史，这段历史通过文均坦的自我讲述，依然具有亲历历史讲述的历史价值。

《黑马》平铺直叙，没有采取过多的小说叙事技巧。作者对人物和事件的描述具体、细致，有几分"春秋笔法"，这就使得《黑马》具有亲历历史讲述的价值。阅读《黑马》，人们可以感受和发现 70 年来历史的变迁和风风雨雨，可以感受和发现一代人历经磨难、自强不息的经历，可以感受和发现生活在这片大地上的人民的进步及其所追求目标的变化，可以感受和发现江汉平原人的思维方式、生活方式和生活习惯的蜕变，甚至还可以感受和发现各个时期爱情及其表达方式的差异，还可以感受和发现江汉平原自然环境的退化。想来那在 20 世纪 50 年代一网就能打下几十条鱼的东荆河现在已经打不到野鱼了吧？

　　这种亲历历史的讲述，是一种个人化的历史讲述方式，也是一种不同于国家正史讲述的方式，但是这种讲述更具有质感更具有民间生活的丰富性和生动性，还包含有正史所没法企及的民间智慧。正如高晓辉在序中所说："《黑马》无疑是一种个体的民间的书写，但这种书写的意义就在于，因为这种个体的、民间的书写留存着特定的生命体本真的生命信息，同时，它又像一粒露珠折射阳光一样，可以看出历史风云的变化与演进，可以看出民族的精神基因作用于个体生命、滋养人生成长的生动轨迹。所以，它是一尊不可复制的生命标本。这种审美标本最珍贵的价值，就在于它不可复制的'唯一'。可以想象，千万个唯一的不断累加，拔地而起的必将是一个民族的历史丰碑。"高晓辉揭示了这种亲历历史讲述的本质，也说明了这本书的价值。

生命的坚韧和希望

——论农民作家周春兰小说《折不断的炊烟》

拿着厚厚的近二十四万字的小说稿《折不断的炊烟》，和周春兰相识和交往的过程一幕一幕浮现在我面前，让我的心温暖而欣喜。

2009 年 4 月，湖北省作家协会在主席方方的倡导下，开展了一项温暖而具有深远意义的活动——"农民作家扶持计划"。经襄阳市作协推荐，周春兰参加了省作协农民作者座谈会。2009 年 9 月，"扶持计划"进入辅导阶段，周春兰的《张庄的炊烟》成为入选全省获扶持的 10 部长篇小说之一。我被省作协确定为周春兰"一对一"的辅导老师。我很高兴地接受了这个任务。首先，我觉得方方主席这个倡议非常好，是省作协为湖北农民作家做的实实在在的好事，我也希望能为这个计划做一点自己力所能及的工作。其次，我为农民作家这个群体感动而好奇，感动的是，农民作家在繁重的农活之余能够提起笔来写长篇小说；好奇的是农民作家如何进行写作和写作水平如何？我第一次和周春兰通电话，就被周春兰对文学的热爱和执着感动了，她在收割麦子的田野中接到我的电话，对于她的写作充满了信心，让我也对辅导她充满了信心。半年后，周春兰就拿出了初稿，虽然书稿还有很多需要改进的地方，但半年之中写三十万字让我敬佩不已。看了初稿后，我针对她的书稿提出修改意见，三个月后，她便拿出了第二稿，作品明显有了很大的改进和提高。周春兰是用笔、稿纸写作，写好后拿到镇上请打字员输入，然后再发到我的邮箱，我便萌生了送台电脑给她的想法，好让她能直接在电脑上写作和修改，一来可以提高写作效率，二来可以减少她请人打字输入的费用。2010 年 2 月 2 日，方方主席带着我和《长江文艺》常务副主编何子英一起到湖北省襄阳市襄州区龙王镇柏营村看望周春兰，我便带了台电脑给周春兰。当我和方方主席、何子英主编来到周春兰家的时候，大家都被震撼了：周春兰在摇摇欲坠的房子里，在唯一一张书桌上用小学生作业本写出了三十万字的长篇小说。方方主席的看望让周春兰激动不已，我想这种精神的鼓励将会伴随周春兰一生的写作。

这以后周春兰在我的指导下，对小说进行了三稿、四稿、五稿修改，每一稿都有很大的进步。而且，周春兰还学会了打字，可以在电脑上写作和修改了，虽然她家还不能上网，但在 word 上修改，毕竟比在稿纸上修改要方便和快捷得多了。就这样，周春兰在两年内将书稿修改了六稿，终于在农民作家扶持计划长篇小说的评审会上得以通过并出版。两年中，我在教学、科研之余和周春兰一起度过了一遍一遍看书稿的时光，看着周春兰的小说由《张庄的炊烟》的提纲变成了二十四万字的长篇小说《折不断的炊烟》，我无比激动也无比欣慰。今年周春兰又成为湖北省作家协会文学院第九届签约作家。我想，周春兰会在文学创作的道路上越走越好，越走越远。

《折不断的炊烟》以第一人称视角，描写了农村妇女周任玉在贫穷、艰难的环境下依靠写作找到人生尊严和人生目标的故事。作品细腻而冷峻地描写了主人公周任玉痛苦和艰难的处境，周任玉因娘家贫穷无势和丈夫无能暴躁，备受婆家叔伯、妯娌的欺负，儿子生病无钱救治、丈夫无端的毒打，使她曾喝农药自杀。但是周任玉和一般农村妇女不同的是，她是一个文学爱好者，是一个用文笔描写自己内心感受的作者，她常常在最艰难的处境下用诗歌抒发自己的感受，用文学温暖自己的心房。因此她在贫穷和艰难的处境中找到一条抚慰内心和战胜苦难的方法，那就是写作。写作不仅成为她抚慰内心伤痛的方法，而且她的写作得到社会的承认，她发表了很多诗作、小说，还作为省作协重点扶持的农民作家，参加了省作协的农民作家培训。她的努力改变了原先欺负她的叔伯妯娌的看法并得到他们的尊重，也得到丈夫的理解和尊重。作品用《折不断的炊烟》命名，是因为在作品中，周任玉妈妈在她最痛苦的时候说过："哪个烟囱不冒烟？"其中饱含了农村妇女生命的坚韧和希望。作品结尾这样描写："我妈说过：'哪家烟囱不冒烟？'炊烟仍在飘，只是与以往有所不同。"将一个农村妇女、一个农民女作家的坚忍、希望阐释得更加深刻。作品用第一人称的手法，以一个敏感而有文学感受的农民女作家的视角，描写一个农村妇女周任玉由文学爱好者成为农民作家的艰难历程，文笔冷峻而细腻，文气而深沉。猛一看，周任玉好像不太像农村妇女，或者作品和一般描写农村生活的作品不同，不太"像"描写农村的小说。但我觉得这正是《折不断的炊烟》的特点。作品不是描写一般备受苦难的农村妇女，而是描写一个虽然备受苦难但颇具文学才气的文学爱好者，她不太像我们一般认识的农村妇女，是因为她确实和一般农村妇女不同，她是一个内心丰富、有较高的文学素养的农民作家。那么作品中大段大段的内心描写，那种和周围叔伯妯娌不同的生活态度，就正好凸显了农民女作家的特点。周任玉是一个备受生活苦难，但用文学找到人生尊严和人生目标的新的农村妇女形象，是独特的这一个。

反读、细节、主体性

——任蒙切入历史的三种方式

任蒙的历史文化散文切入历史有三种方式，即反读、细节、主体性，这三种方式具有内在的逻辑性。反读、细节描写是任蒙的历史文化散文主体性思考的两翼，主体性是任蒙历史文化散文的本体，如此一体两翼地切入历史，使得任蒙散文具有超常性、超前性和超我性成就。本文从反读、细节、主体性三个方面研究任蒙的历史文化散文切入历史的方式，探讨任蒙历史文化散文的内涵和成就。

任蒙的散文新作《反读五千年》以其独特的切入历史的方式，对中国五千年的历史进行了独特的观照。《反读五千年》是一部散文合集，分为四辑，第一辑为《世纪的黎明》，描写辛亥革命的艰难历程；第二辑为《遥远的影像与符号》，描写中国古老的文化符号所蕴含的复杂内涵；第三辑为《青灰的往事与记忆》，描写中国历史文化遗产的善恶特色；第四辑为《神奇的圣贤灵光》，描写中国历史人物的多重人格。《反读五千年》出版后得到专家读者的一致好评，《反读五千年》汇集了任蒙所有的历史文化散文，是他历史文化散文的总集。

仔细阅读任蒙的历史文化散文，发现任蒙最具特色的方法是采用"反读"、细节描写和主体性思考等方式，多个侧面对中国五千年历史文化进行任蒙式的解读，即如书名所说的"反读"，对中国五千年文化进行了深刻而独特的反思，对人们耳熟能详的历史事件进行颇具主体性的解读。

一 "反读"

所谓"反读"是任蒙给自己散文集所取的书名，也是他所有历史文化散文的主要特色和主要写作方法。"这是一部充满着新锐思考的厚重之作。在以中国悠久历史为题材的文化散文几乎让读者厌倦的情况下，任蒙运用反向思维，别出蹊径，以自己的目光审视历史文化，通过反思一些重要历史事件和历史人物，重新解读了中国五千年的文明史、文化史，不少篇章给人耳目一新之感。正如作者所言，所谓'反读'，并非故意唱反调，念歪经，而是力求将历史说透，力求将过去一些荒诞的历史观纠正过来，其实是'正读'。这种解读，为读者开拓了一个异彩纷呈的世界，让人掩卷沉思，不得不叹服作者思辨历史的睿智和魅力。"① 中国历史文化，在几千年的发展过程中，有过各种各样的解读方法，其中最具代表性的有两种：一种是按照传统文化的解读，这是按照几千年历史积淀下来的文化内涵进行的解读；一种是意识形态的解读，这是某个时期主流意识形态的解读。这两种解读交叉在一起，形成了人们对历史文化的基本共识。这两种解读都有其合理的一面，也有其不合理的一面。传统文化的解读，是几千年的传统的积淀，包含着几千年中国传统文化的传统内涵，这种固化的解读，主要包含中国正统观念，这种观念主要是封建文化内涵，但也包含有中国优秀传统文化，比如儒家文化的"仁义"内涵、道家文化的"自然"内涵等。主流意识形态的解读，具有时代特色，也有政治特色，这既是其优点又是其缺陷。一方面，任何文化都要向前发展，在发展中必然运用新的观念去解读历史，这是社会发展的必然形态，但是这种主流意识形态的解读必然带上政治的痕迹，必然会按照主流意识形态的观念解读历史，从而形成对历史事实的某些遮蔽、对历史解读的局限。因此对历史文化的解读可以形成多重解读方法。任蒙在对历史文化事件、人物、现象以及典籍充分阅读、充分掌握、充分思考的情况下，提出"反读"的方法，就在于他看到以上两种解读方法的缺陷，试图运用自己的解读方法，对历史文化提出

---

① 沈世豪：《"反读"的睿智和魅力》，《书屋》2014 年第 7 期。

自己的思考。要说明的是，任蒙是文学家，是散文家，他不是历史学家，因此他运用的是文学的方法，他的"反读"也是文学的"反读"。

任蒙首先选取中国历史文化中最令人震撼、影响最大的历史事件——辛亥革命进行他的"反读"。其原因，首先，任蒙生活在武汉，武汉是辛亥革命的发源地，这里有丰富的辛亥革命的历史遗址，对于散文家任蒙来说，他经常到辛亥革命起义旧址去寻访、去考察、去思考、去想象、去发思古之幽情。因此任蒙这部散文的第一辑主要是对辛亥革命的艰难历程进行思考，进行"反读"。其次，任蒙对历史文化有自己独到的见解，他所谓的"反读"不是完全消解历史，也不是将所有的历史解读都推倒重来，他是在传统的历史解读和主流意识形态的历史解读的基础上，进行自己的独立思考。

在《反读五千年》的引言中，他对辛亥革命的界定是"可以说它是一次成功的革命，也可以说一场失败的革命"。他在《世纪的黎明》中感慨地说"公正地看，革命党人没有错；立宪党也没错，皇帝仍然没有错"。这种解读就具有他所说的"反读"的意味。"历史的进步换一个角度看，历史是否能够经受住理性的追问？在国家危急、群雄逐鹿的乱世，革命主张与立宪诉求的激烈较量各有其理，而最终的胜负其实常常取决于许多偶然因素的此消彼长、互相作用。"[①] 樊星的这段文字，说明了任蒙这种"反读"的合理性。这种解读，肯定不同于传统的解读，也不同于当下主流意识形态的解读。因为按照主流意识形态的解读，辛亥革命是一场推翻清朝建立共和的伟大革命，当然只有革命党人是对的，立宪党人和皇帝都是错的，而任蒙却说他们也没错，可见这就是"反读"。这种反读并不是没有历史依据，也不是任蒙一个人的想象，这是任蒙深读历史后的哲理思考，也是冲破历史陈规的一次飞跃。

在第二、三、四辑中，任蒙对很多历史现象、历史事件和历史人物也进行了"反读"，其实就是在已有的历史文化解读中呈现自己的思考，发表自己的不同于传统的、也不同于主流意识形态的历史观点，从而使得他

---

① 樊星：《反读历史悟玄机》，《大江文艺》2014 年第 3 期。

的散文呈现出一种不同于普通文章"借景抒情",又不同于一般游记"借游说理"的审美特点。

对于历史现象,任蒙在人们惯常的历史思维中提出反诘,写出自己的解读,从而呈现出"反读"之意。

对于马王堆,任蒙一反人们歌颂女尸千年不朽的奇迹,展开自己的思考,反诘这个封建的列侯夫人的"阴间奇迹"是如何出现的?这样一个小小的官僚夫人就如此奢华,不是残酷地搜刮民脂民膏,她何以能够千年不朽?最后任蒙掷地有声地说:"漫长的时间使腐朽化作了神奇,而我们通过神奇更透彻地看到了腐朽!"这种"反读"就不再和其他的游记散文一样,只是按照一般的、主流的观念进行简单的表达,而是"反读"出历史的深刻内涵,写出自己对历史的独特思考。

对于长城,任蒙不再将长城比喻为中华民族伟大的象征,他另辟蹊径地将长城比喻为围墙,把故宫比喻为院落。这种围墙和院落不过都是封建皇权这个家天下的私物,是为了维持自己私欲的一种束缚。这种"反读"将人们从传统的、经验束缚的观念中牵拉出来,用当下的、心灵的、自由的思维进行思考,也是这种"反读"的当下意义。

对于泰山,任蒙也不再是仰望它的巍峨,不再是歌颂它的"五岳之尊"的神圣,任蒙在《辨识泰山》中这样写道:"那一刻,我越打量,越觉得泰山像个被层层缠裹的病夫。泰山伤痕累累地带给今天的许多古董、故事和历史痕迹,由于浸透过漫长的时光,使人们无法否认它们的文化价值。但是,无论是从自然审美的视角,还是从文化演变的视角看,泰山在其几十个世纪的所谓荣耀历史中堆积起来的不过是一处深蕴着悲剧意义的荒诞文化。"[1] 任蒙掀掉泰山的层层光环,将泰山比喻为一个被层层缠裹的"病夫",是一种"荒诞文化",任蒙以超人的勇气,以对封建社会本质的鞭辟入里的认识,"反读"出泰山被历代统治者所神圣化的实质。

对于孔子,任蒙既不同于封建传统文化将其仰望为"圣人"也不同于有的时代将其糟践为"孔老二"。任蒙这样评价孔子以及孔府:"孔府是孔

---

① 任蒙:《反读五千年——一个文化学者的历史沉思》,广东教育出版社 2013 年版,第 226 页。

氏子孙的天堂，但对于天下的百姓来说，却是一座精神的监狱，一座思想的牢笼。天不生仲尼，万古如长夜。但事实上，正因为老天生下仲尼，才万古如长夜！"① 他并不是要否定作为传统文化存在的儒家思想，而是警示人们千万不可将孔孟理论继续作为我们社会的思想主流。这就是任蒙"反读"历史的精华，充满了勇气、充满了哲理、充满了智慧，这种反读将引领者人们去思考、去创新。

对王昭君，任蒙也不是一味歌颂这个汉家姑娘如何深明大义，如何在匈奴和汉朝和睦中起到了巨大的作用。"事实上，在匈汉和睦中起根本作用的不是（也不可能是）公主外嫁，联姻只是一种形式，通过这种形式宣告结盟或归附和体现友好。能否实现友好，关键仍在于双方政治和外交的方略是否正确。"② 任蒙明确地说明这样一个小小的女孩子是起不到人们津津乐道的那种意义和作用的，实际上，两国是否能够和平相处，最重要的在于双方决策者在政治和外交方略上的选择。

这样的例子在任蒙历史文化散文中不胜枚举。

从以上分析可以看出，"反读"是任蒙对历史文化切入的锐利钻头，它深入到历史文化的深处，力求进行新的开掘。这种开掘的结果不再是人们耳熟能详的内涵，也不是已成定论的历史教科书，它是任蒙通过对历史现场的考察、对历史典籍的研究、对历史观念的思考而进行的反向思考。这种思考不是消解历史，也不是否定历史，而是在历史解读的基础上进行非束缚的、非经验的、非传统的解读，在历史基础上进行自由的、心灵的、当下的解读。这种解读会引领人们用自己的而非他人的、用心灵而非经验的、用自由的而非束缚的思维进行思考，对历史文化能有自己的思考，才能解放思想、不断创新。打破陈规是创新的基础，"反读"则是打破陈规的一种重要方法。

二　细节描写

所谓细节，本是叙事文学的一个术语，细节即细小的情节，是叙事文

---

① 任蒙：《反读五千年——一个文化学者的历史沉思》，广东教育出版社 2013 年版，第 183 页。
② 同上书，第 145 页。

学刻画人物、展开情节、构成环境的基本单位。因此细节描写是文学术语，而非历史术语。文学尤其是叙事文学特别强调细节描写，只有细节生动丰富，作品才生动丰富，才不会干巴，不会了无生趣。而对于历史文本来说，只需要描写历史事实、历史现象，尤其是历史事件的结局，不需要细节描写，尤其是生动的细节描写。因此历史文本显得枯燥、干巴、不生动丰富，如同一段干枯的树干，基本事件、基本人物都有，但没有细节，就如同枯树干上没有枝叶，没有花朵。实际上，发生过的历史事件是有丰富的细节的，有生动丰富的生活的，但随着时间的流逝，这些丰富的细节和故事就如同枯树干上的枝叶和花朵一样凋零了。甚至一些历史文化散文，也只是将历史事件、历史人物描写出来，最多将历史事件对当下的影响写出来，而不去进行细节描写。因为他们认为历史细节已湮没在历史长河中了，无法去还原，也无法去表现。

但是历史文化散文不是历史教科书，它是文学，是可以想象，也是可以进行细节描写的。历史文化散文的细节描写不同于纯粹的文学创作，可以完全虚构，历史文化散文的细节描写必须有历史根据。那么这样写出来的细节，就会将历史文化描写得丰富生动，可以将历史枯树变得枝繁叶茂、花朵飘香。任蒙的历史文化散文就采用在历史事实基础上进行细节描写的方法，将五千年历史描写得枝繁叶茂、活色生香。

任蒙的历史文化散文凸立于一般散文之上，除了他反读的智慧以外，其突出的特点便是细节描写，他的历史文化散文的细节不同于小说和其他叙事文学的细节，他的细节描写是在历史事实基础上进行的合理的描写。任蒙历史文化散文细节描写主要包括以下几种方式：

第一，查找被人们忽略的历史细节。任蒙的写作不是坐在家里没有根据的想象，他对历史资料、历史典故、历史事实进行详细的研究；他走出家门，到处游历考察，用他一颗具有思辨、审美的心灵进行历史考察。他研究历史不同于历史学家，按照历史学科的规律进行研究。任蒙是文学家，是散文家，他会发现很多历史学家或者其他文学家不曾发现的历史的细节，这些细节的发现，既是对历史事实的补充，是对历史的丰富，又使得他的历史文化散文充盈着审美特色，饱含着文学的温度，并使得他的历史文化散文从枯燥无趣的历史文献中凸显出来，成为枝繁叶茂、丰富多彩、活色生香的历史文化散文。

对于辛亥革命发生的时间，任蒙在《中国的十月革命》中这样写道："我根据不少资料判断，那是个晴朗的秋高之夜，武汉的十月刚刚告退酷热，晴朗少雨，是这里最好的季节。十月十日，数字整齐好记，又意味着吉祥，像是精心挑选的'黄道吉日'，其实是一个接一个的意外事件导致的。""起义的具体时间应该是九月二十四日，那天是农历八月初三。上午，武昌蛇山北麓的一条小巷陆陆续续走来一些年轻人，他们都若无其事地来到巷子口，然后回头张望一下便迅速走进一户人家。史料记载，他们聚集的这户人家，是共进会骨干分子、新军士兵胡祖舜的寓所。"① 这是任蒙在查阅了历史典籍后进行的细节描写。历史学家不会去关注十月十日这天的天气情况，其他的散文家也不会如任蒙那样深切感受到武汉九月的天气，只有生活在武汉的人才能感受到武汉十月的秋高气爽，因为武汉从五月到九月都是酷热的天气。任蒙根据资料判断，根据武汉的具体天气特点，写出了武昌起义的天气细节，这细节填补了所有关于武昌起义文献的细节空白，令人读起来有亲临其境的感受。而关于胡祖舜的寓所，则是任蒙仔细查找历史典籍后的描写，这种细节也不是很多人都会知道和了解的。任蒙用他既不仅仅是历史学家、也不仅仅是文学家而是一个历史文化学者的敏锐眼光，发现了这个细节，让读者清晰了解当时情景，这些细节描写，让读者仿佛看到当时那些热血青年的面容，听到他们为了举事来到蛇山北麓匆匆而镇定的脚步声。

对颇具争议的黎元洪，作者从其照片着笔，运用细节描写对其进行"反读"："武昌起义爆发时，黎元洪在湖北军界是仅次于张彪的第二号人物，相当于一个旅长，年已四十八岁，五短身材，头圆颈粗，腮帮上隆起的鼓肉挤去了他青春时代的大眼、浓眉和挺拔的鼻梁，两撮八字胡也遮蔽了他棱角分明的嘴唇。这副'块头'与袁世凯不但相似，而且斤两上估计也不相上下，但各自表情所包含的个性和内容却大不相同。肥圆的袁世

---

① 任蒙：《反读五千年——一个文化学者的历史沉思》，广东教育出版社 2013 年版，第 22 页。

凯，一看就是机灵和奸诈，而黎元洪的胖脸上显露的却是敦厚、忧郁和疲倦。两个不同性情、不同心思的人，从不同的途径走到了时代的风口浪尖，他们的根本表现和根本追求是不同的，历史对他们的结论也应该是截然不同的。黎元洪被起义官兵摁住头颅强行架上都督宝座，他还是顺从了革命，在大混乱的风暴里没有迷失自己，特别是袁世凯称帝后封了他这个副总统为'武义亲王'，他坚辞不就，袁氏派心腹将所谓册封圣旨送到他府上长跪不起，遭他一番痛骂，又通过邮政寄来，仍然被他严词拒绝。"①任蒙对一直以来被诟病的黎元洪进行"反读"，这里的细节是照片，任蒙对黎元洪的照片作了细致的描述，尤其是和袁世凯脸上的表情作了详细的比较。任蒙写出了自己对黎元洪的判断：他是"敦厚、忧郁和疲倦"的，和袁世凯的"机灵和狡诈"截然不同。而黎元洪对袁世凯称帝的严词拒绝，也被任蒙用"痛骂"的细节描写得生动丰富。

第二，根据历史事实进行合理想象。想象是文学的主要方式，但是历史文化散文的想象方式不是漫无边际的想象，这种想象必须有历史事实为依据，符合历史基本规律。任蒙的历史文化散文，就是根据历史事实进行合理的想象，这种想象，将冰冷无趣的历史事实描写成有血有肉的历史故事。任蒙在进行这些合理的想象的时候，满含人道主义情怀，具有强烈的历史思辨精神，对历史事件进行任蒙式的想象，便形成了他的历史文化散文中的细节描写。

在《历史深处的昭君背影》中有这样的细节描写："面对乡亲们庄重而敬畏的表情，聪慧的昭君已多少从中领悟出了自己的未来，她本来沉沉的心思中掠过一阵阵不快。在村边的响滩渡口，昭君朝着她的父母挥挥手，朝着乡亲们挥挥手，朝着延绵不断的大山挥挥手，她要上路了。乡亲们看着她挥动着瘦小纤细的手，好像突然想起：她还是一个孩子！"这是任蒙想象的王昭君告别故里开始第一次远行的细节，这段文字让读者看到一个即将离开父母、离开大山的女孩子走出大山的场面，尤其是那句"乡亲们发现她还是孩子"的细节交代，满含深情，满含怜惜，将一段冰冷的

---

① 任蒙：《反读五千年——一个文化学者的历史沉思》，广东教育出版社 2013 年版，第 60 页。

历史写得如此清晰，从而让历史在任蒙笔下有血有肉、活色生香。历史从而变成了任蒙的历史文化散文，有细节，有温度，有情怀。

在《世纪的黎明》中任蒙对武昌起义发生的具体细节描写得格外细致，这是在历史事实基础上的合理想象："'哪来的子弹？你敢造反！你敢造反！'陶启胜以为自己这下立了多大功劳似的，得理不饶人，朝着金兆龙连声大吼。革命，暴动，早在金兆龙他们脑子里想过一万遍了。此时，他知道自己过不了眼前这个'坏货'的一关，于是他霍地一下跳起，以更大嗓门咆哮道：'老子造反了又怎样？还怕你咬了我的卵子？'金兆龙口里骂着，并不解气，他顺手将枪支往床铺上一丢，边骂边上前揪住陶启胜的衣领，还用脚使劲踢他。陶启胜见势不妙，只想尽快挣脱逃走。金兆龙哪肯松手，此时他已回过神来，扭头朝窗外高声呼喊：'弟兄们动手吧，还等个么事！'"① 对于武昌起义，很多人都只知道"彭刘杨"烈士，知道打响第一枪的熊秉坤，知道从床下捞出来的黎元洪，但是怎么发生的，具体发生的细节是怎样的？除了一般人知道的这些起义英雄以外，还有其他英雄吗？很多人都不清楚。任蒙在历史事实的基础上进行的这番合理想象，为我们提供了生动、丰富、详细的细节，让历史变成有血有肉的过程，让那些湮没在历史中的人物鲜活起来。任蒙的细节描写不是胡编乱造，不是不着边际的所谓遐想，而是符合历史事实，符合历史规律的合理的想象。

在他的历史文化散文中，这样的例子很多。比如在《秘藏了二十多个世纪的拷贝》中，对长沙古墓辛追夫人，他有这样的细节描写："当管家捧着厚厚一叠所收贡物的清单，送给利家大官人过目时，他那位娇小玲珑的年轻妻子，正在一旁努力克制着外露的喜悦。也许她心里正盘算着如何向丈夫提出，今年她还将添置一件素纱衣和质地精美的绫锦制衣，还想为家中再购几种新式样的漆具，等等。她当然知道这类衣物是世上最稀罕、最昂贵的，一匹新款绫锦价格可达万钱；而那些漆器所以名贵，是因为一只杯盘需用百人之力，一扇屏风竟需万人之工，她也是听说过的。但是，

---

① 任蒙：《反读五千年——一个文化学者的历史沉思》，广东教育出版社 2013 年版，第 27 页。

她认为这一切是他们应该拥有的，她知道丈夫完全会满足她的要求，可她是否想过，为了维持他们一家的贵族生活，那饱经战乱刚刚过上安宁日子的七百户人家，要付出多少艰辛？仅仅一件薄如蝉翼、轻如鸿毛的素纱衣，凝集了其侯国庶民的多少血汗？今日，我们也没有必要去推测那位贵妇人的思想深处，对百姓的艰辛是否有过丝毫的怜悯。"① 这段细节也是任蒙在历史基础上的合理想象，利仓夫人辛追那墓中奢华的陈设，那超过当时人民承受力的享受，应该是不断搜刮民脂民膏的结果。当一般人都在惊叹其尸体千年不朽的时候，任蒙却从中反读出"漫长的时间使腐朽化作了神奇，而我们通过神奇更透彻地看到了腐朽"的历史真谛。这些历史判断不是无中生有的，也不是虚无缥缈的，是有具体细节支撑的，是运用细节描写来说明来表现的。从而使得这段历史具有温度、具有细节、具有过程，给读者以深刻的印象，从细节描写中得出的结论，比那些大而化之的描写更具有说服力。

三 主体性

所谓的主体性，是指文学的主体性，在这里我们主要谈及的是作家的主体性。"主体性是源于哲学领域的人类学本体论命题。……主体性可以说是一切思维、意识和感觉的统一体，是指积极活动和认识的、具有意识和意志的独立存在的'个人'，它与客体是对立统一的；……就哲学来说，主体性最大的特色是强调人的主观能动性，强调人本质上就是自由的。"② 那么文学尤其是作家的主体性就是作家自己的不同于陈规的、不同于一般人的主观能动性。刘再复在他那篇著名的《论文学的主体性》中，强调了主体性的重要性。"而一个作家，如果能充分地意识到自己的精神主体的全部灵性，则能自觉地构筑内心雄伟的调节工程，最大程度地调动和发展自己的创造才能，达到前人尚未达到的彼岸。"③ 因此一个作家如果没有主体性，就没有创新，也就没有作为个人的而不同于他人优秀的文学作品。

---

① 任蒙：《反读五千年——一个文化学者的历史沉思》，广东教育出版社 2013 年版，第 132 页。
② 陈剑晖：《论散文作家的人格主体性》，《文艺研究》2003 年第 5 期。
③ 刘再复：《论文学的主体性》，《文学评论》1985 年第 6 期。

因此刘再复说，具有主体性的作家一般都表现出三种特征："即超常性、超前性和超我性。"①

任蒙的历史文化散文就具有超常性、超前性和超我性的主体性特征。

第一，超常性。任蒙的历史文化散文具有自己独立的思考，对历史事件、历史人物、历史现象都有自己超越常规的思考，他不是重复前人已有的观点，而是摆脱了前人的窠臼以及前人已有的构想。任蒙历史文化散文的"反读"实际上就是超常性的表现。他对辛亥革命功过的独立思考、对历史人物的重新评价、对历史符号的再次言说，都是超越前人思考、评价和言说的，具有超常性。

第二，超前性。所谓的超前性就是要"尊重现实又超越现实，具有站在历史制高点的气魄"。② 任蒙历史文化散文则是尊重历史又超越历史，并站在历史制高点对历史文化进行的深度思考。任蒙历史文化散文的细节描写，就是在尊重历史基础上的合理想象。他在所有散文中都能站在人道主义、辩证主义的高度，拥有积极美好的愿望，寻找历史和现实美好的连接点。任蒙的历史文化散文走在时代的思想前列，具有强烈的批判封建主义、官僚主义、独裁统治等人类腐朽观念的意识，试图用自己的作品作为照亮人们前进的灯火，具有充当时代先驱者的意识。同时将中国五千年的历史文化用自己的主体所同化，并融合进自己的独特思考，从而进行美的再生产和再创造。同时，任蒙用自己的主体作为中介去感悟历史，将自己的主体思考和历史事件、历史人物、历史符号的内涵融合在一起，并采用细节描写去感受历史人物的悲欢离合和情感起伏，给历史以新的生命力。

第三，超我性。刘再复所说的超我性是从自我实现来说的，强调作家既要有自我又要超越自我。而超我的最高境界则是"无我"的状态。从任蒙的历史文化散文看，他的超我性表现在两个方面。一个方面是任蒙的写作不断地超越自我，从他早年的"梦回乡关"到如今的"反读历史"，可以看出他不断自我超越的过程。从对乡土的眷恋到对历史文化的解读和思考，任蒙大踏步地跨越，这种自我超越是他主体性不断加强的结果。另一

---

① 刘再复：《论文学的主体性》，《文学评论》1985 年第 6 期。

② 同上。

个方面是任蒙具有热爱生命，热爱正义，热爱真理的内在品质，他在散文中呼唤真善美，抨击假恶丑，针砭时弊，同情底层劳动者，同情弱者，这是作家的使命感。作家还具有忧患意识，将历史和现实结合起来，从历史教训方面联想到当下的问题，任蒙不断地拷问，不断地思考，就是希望后人不要重蹈覆辙，而对那些忘记历史、将历史意识形态化的短视行为，作家则满怀忧虑："汉口楚善里那座小小的胡同，确定了一个划时代的日期。几多次，我捧起一幅模糊的图片，凝视它给后世留下的唯一姿容。只见狭窄院落的石板地面及其停放其中的一辆黄包车，还依稀可辨，但院中几扇黑黢黢的门户，人们无法判定哪一户房间是当年策动革命的神经中枢。这个其貌不扬，但足可号称'天下第一胡同'的宝善里，却是整个中国的一处重要记忆，更是值得大汉口引以为荣的一处记忆，却在90年代初期的城市改造中被铲车推平了。几年后，开发商迫于舆论压力才在他们竖起的高楼下面，贴着墙基补建了几间异型小屋，相关部门也在墙上嵌进了'湖北共进会旧址'的大理石标牌，仍然称作'楚善里二十八号'。"① 这段文字虽然只是客观描述，但是作者的忧患意识和愤怒情绪已跃然纸间，那是对当下历史被遗忘的忧患，那是对那些不尊重历史、只寻求利益的人的有力抨击。

任蒙历史散文中主体性表现最为充分的表达，我认为是《莫高窟，让一个民族纠结百年》中对于王道士的描写。这个在余秋雨散文《道士塔》中被详细描写过的人物，任蒙在查阅历史资料后作了自己的另辟蹊径的描写。王道士在发现宝藏经卷之后，曾经不断给当地官方报告，两个县令毫不理会，道台大人也不置一词，甘肃省府则宣称筹不出六千两银子的运费而不了了之。最后王道士为了维修佛窟将经卷卖给了外国人，这个西方探险家一个人万里迢迢就卷走了莫高窟二十九箱文物，而这个不幸的日子离王圆箓发现藏经宝窟已经整整七年了。因此，任蒙感叹地说："敦煌悲剧绝不是一个自生自灭的低等神职人员的耻辱，而是封建国家的无能和制度的羞耻。"② 任蒙在大名鼎鼎的余秋雨写过的王道士身上发掘出新的历史事

① 任蒙：《反读五千年——一个文化学者的历史沉思》，广东教育出版社2013年版，第34页。
② 同上书，第260页。

实，新的历史思考，这是任蒙超常性主体特征的明显表现。

　　任蒙历史文化散文切入历史的三个方式具有内在的逻辑性。反读、细节是任蒙主体性思考的两翼，主体性是本体，如此一体两翼的切入历史的方式使得任蒙散文具有超常性、超前性和超我性特征，因此首届全国孙犁散文奖组委会给《任蒙散文选》以如下的颁奖辞："亘古兴衰，历史沧桑，山河变迁，现实经纬，经他的酣畅笔力化作了一道道气象万千、诗意沛然的人文风景。无论是黄钟大吕的磅礴长调，还是言近旨远的精粹短歌，都使他站在了一个'天、地、人、文'浑然交融、厚积薄发的写作高度。"①这种高度与他这三种切入历史的方式密不可分。

---

①　转引自石华鹏《对民族历史文化的敬畏思考与心动书写》，《长江丛刊》2014 年第 5 期。

文化乡愁、女性视角、口述与亲历历史写作

——评肖鸿散文《在呼兰河的这边》

肖鸿的散文集《在呼兰河的这边》，最突出的特点是文化乡愁、女性视角、口述与亲历历史性写作，是一部具有女性清雅风格、充满女性智慧的散文。

一 浪漫主义的文化乡愁

著名作家熊召政在为肖鸿本书所作的序中说："她把人生的每一个驿站都认作故乡，对它们都有着深切的思念与回忆。她的乡愁已成为她人生一份别致的美丽。"可见本书的最大特点就是浪漫主义文化乡愁。这是一部回忆式散文，具体地说是一种浪漫主义的回忆状态。浪漫主义有两个维度，一个维度指向未来，一个维度指向过去；指向未来采用想象的方法，指向过去采用过滤式方法。笔者认为，采用过滤方法就是过滤掉假恶丑的东西，呈现出真善美的境界。肖鸿就采用这种返回式的过滤方法，对父辈、对自己的人生经历进行了过滤式的回忆，呈现出真善美的境界。肖鸿这部散文写作的时间跨度很长，大概有五十年，不仅包括她自己的亲身经历，还包括她父亲母亲的历史；这部散文空间也很有特点，包括黑龙江、北京、湖南、贵州、十堰，这么多的空间描写，和时间构成一个生命轴。那么这部散文的时间与空间的结合点是什么呢？也就是说时间和空间的核心、轴心是什么呢？轴心就是真善美。作品中真心的表达、真情的描写，都是基于生命需要的写作。很多写作写到最后都是经验式写作，但早期的

写作是心灵的写作，我更喜欢这种心灵表达的写作方式，用心、用情表达出来，给人一种真诚温暖的力量。

文化乡愁主要包括三个方面，一是历史审视。作品对五十多年的历史，表面上是进行温婉的、云淡风轻的描写，但内核却是直指历史的本质。对于历史我们可以写得大江东去，可以写得山高水长，但也可以写得云淡风轻。肖鸿采用的是云淡风轻的表达。比如《我的父亲叫沧桑》一文，作者描写父亲仅仅跟着部队行走了七天，就在他的一生当中背负上了国民党特务的黑锅。但她并没有写得大怒大怨，而是不慌不忙娓娓道来，但却是直指历史本质。记得有人说过，这个世界最后不被摧毁的还是女人，因为女人的爱、善良和温暖，会化掉许多纷争。二是生命关照。她写了在孩提时期、青年时期很多生活过的地方，尤其是描写她的父亲母亲，对她生命当中各种人物的体悟与关照，都有着极其深刻的生命感悟。三是主体性表达。所谓主体性就是个性，就是特色，而不是人云亦云。主体性必须是个性的、唯一的，别人不能替代的东西。无数个唯一才组成了丰富多彩的多元文化和万紫千红的社会。而肖鸿就是这丰富多彩和万紫千红当中的一朵散发着幽香的兰花。

二　独特的女性主义视角

女性视角在肖鸿散文中有两个层次表达，第一，是以女性视角来进行描写。她以一个女孩儿、女儿、妻子、孙女、外甥女的视角去看、去观察、去描写这种女性视角很温婉、细腻，读起来有一种清风拂面的感觉；同时，肖鸿的文字犹如苏州的丝绸，光滑而有弹性。第二，是女性主义视角。散文具有强烈的女性主义意识，这种意识是对男权社会的反抗、对男女平等社会的追求，这种女性意识在《赤赤烈花，萧萧落红》中有鲜明的表达。《赤赤烈花，萧萧落红》一文中对已故作家萧红的描写深刻而充满思想的火花。因为萧红的历史有很多是不被人理解的，她的做法有很多是让人不好理解的。但肖鸿对萧红却有着同是女性的心灵相通的理解。她认为，萧红在追求自由、独立、精神解放的过程当中，一方面忍受着社会战乱带来的生活的窘迫，另一方面又忍受着极强的传统的男权的压迫，作为一个有思想有追求的女性，在渴望独立与自由的同时，也会渴望来自男性的温暖。并且，在抗战的形势下，萧红的态度是积极的，她置自己羸弱的身体于不顾，用笔墨做武器，积极大胆地投身到抗战当中，为当时的女同胞们作出了正义的榜样，这应该是值得人们肯定的。作为女性，无论是古代还是现代，我们都有许多身份的焦虑，似乎必须做好女性的角色，才能再去从事自己追求的事业，如果反过来就麻烦了，这不能不说是一个复杂的社会问题。

三　口述与亲历历史写作

历史讲述可以分为口述历史和亲历历史讲述，一个人讲述自己的历史，就是口述历史；而亲历历史讲述，是亲历了历史的人讲述其亲身经历。但是很多人因为各种原因，却没能讲述他亲历的历史，随着岁月的流逝，一代代人老去，他们的经历却没能流传下来，一个人就是一个世界，当这个人逝去后，他的世界、他的经历、他的故事都将逝去，因此，经历丰富的老人能用亲历者的身份讲述历史，那将是对历史的极大贡献。

每一个人都有自己的经历，每个人都是一部历史。肖鸿对父亲的描写，就是典型的口述式描写。你不讲述出来，这段历史就会消失，而你讲述出来就是一段历史。我们知道新中国成立初期那种极"左"路线对人的摧残和磨难，许多无辜者离去什么都没有留下，所以这种口述式历史写作是非常重要的。还有亲历历史写作也很重要。有的人是不能讲，有的人是不想讲，有的人是没有能力讲。当一个人年纪大了，逝去了，历史就不存在了。而世界是丰富多彩的，当多种历史不存在以后，对这个世界绝对是一种损失。所以亲历性历史写作，对世界、对历史是非常有帮助的。尤其肖鸿这种风轻云淡的充满真善美的和充满正能量的写作，将对我们的人生、历史、对后人都有着非常重要的意义。肖鸿将她父亲、她爷爷、她舅舅的历史描写出来，就是口述历史；肖鸿将自己亲身经历描写出来，就是亲历历史写作。我们从这部散文中看到中国近五十年的历史，这种历史描写是一种个人化的历史讲述方式，是一种不同于国家正史讲述的方式，但是这种讲述更具有质感，更具有民间生活的丰富性和生动性，还包含正史所没法企及的民间智慧。

最后想说的就是，肖鸿的作品感情充沛、文字淡雅清新，作为一个女性对美的感悟也非常准确。我发现现在有不少业余作家，水平都非常高，作品也非常好，只可惜现在读文学的人越来越少了。其实文学不热闹也不是坏事，这样文学恰好回归到文学本来的功能上面。去除掉过去文学承担的政治和其他非文学功能，现在的文学更真、更纯粹。肖鸿散文集就是这种文学现象的表现。

现实之路与心灵之路的交集

　　董祖斌是我家乡恩施的年轻作家，是恩施市文联的副主席，恩施土家族苗族自治州文联秘书长。知道他的名字是在 2007 年湖北文学奖的评审名单上，我是那年湖北文学奖的评委，认真看了他的散文集《岁月栈道》，那是董祖斌的第一部散文集，虽然充满了才情，但还显得稚嫩。2009 年，我被恩施市政府举办的一年一度的"女儿会"会务组邀请为论坛嘉宾，在恩施"女儿会"上见到了董祖斌，他是一个英俊、充满阳光的年轻人。董祖斌是那次会议的秘书长，会务的大小事都在管，因此到处都看见他忙碌的身影，而且会务的事情都做得扎扎实实，是一个认真踏实而又充满才情的人。另外，我和董祖斌还有另外一层关系，他嫂子卢世菊是我最好的朋友，因此知道他的情况就比较多。这次也是通过卢世菊给我联系，希望我给他的新作"在路上"写一评论文章，但他 7 月 1 日给我发来他的作品，我 7 月 2 号就随境外高校管理培训团到了美国旧金山，在旧金山州立大学培训结束后回国已是 7 月 22 号，回国后天气很热，还要倒时差。因此我在今天才读完《在路上》，完成论文写作。

　　散文集名为《在路上》，主要内容是写作者在路上的所见、所思、所想。这个"路"既是作者足迹所到的路，也是作者真实感悟的人生之路。既是实在的路，也是心灵的路。从现实的路来说，作者主要记录自己从家乡——土家山寨新塘镇出发，走遍恩施的山山水水的旅程和情感，也记录了作者到达浙江、江苏、内蒙古的旅途上的歌吟与沉思。从心灵之路来说，作者将自己生命之路上的情感体验尽情抒发，将一个恩施土家族年轻作家的心灵展示出来，淳朴而智慧，清新而豪迈。散文集一共分五辑，分别是：一、旅途遥遥，二、烟云漫漫，三、屐痕处处，四、巴风烈烈，五、爱恨悠悠。

一

《旅途遥遥》是作者走得较远路上的歌吟和沉思。《在路上》一文，可以说是全集的内核和灵魂，"有时候，坐在车上或走在路上，心中会忽然生出一种快意，有时甚至是一种自豪，总觉得自己在奔忙，在告别往昔的起点，出发到一种设定中满带着无限可能的希望中。在奔忙中会从沉重而急促的车轮、足音中找出一种可以治愈浮躁的安慰。因此，我的旅途从不寂寞孤单，我有思想作伴"。作者有才情有思想，正是基于这样的基点，作者的路上才不会寂寞孤单。因为有思想作伴，万水千山都是思想的对象，路上的一切都是情思聚集的精华，何以会寂寞？何以会孤单？因此作者说："在路上，我不怕黑夜，不怕风霜，走过的每一寸距离，都是人生难得而又注定的风景。意义和乐趣就在于懂得欣赏。行走是一种乐趣，不光是脚步，也不仅是空间上距离的变化，人的思想也是一种长途的跋涉。人作为一个行者，是欢乐还是苦难，不是看路有多长，而是对待长路的眼光。"从这篇文章中可以找到作者在路上的纲领，他总是用充满感恩的心灵、用充满美好的眼光、用充满智慧的头脑、充满爱的双足在路上行走。

于是作者《从春天出发》，"沿着生命的惯性前行，描摹这偶然又必然的生命轨迹。在这个春天里，一切都在变化，不变的，只是年复一年的关于春天的期待和梦想"。他在浙江的温岭感慨沿海的开放和发展，也感受到家乡和沿海的差距。在沈园，作者体验着大诗人陆游和美女唐婉凄美的爱情悲剧，作者用一"怨"字凸显沈园的内核，在他们的遭遇中感悟爱情的真谛，感慨现在"不是没有悲剧，只是少了经典"。这是作者对爱情的独特思考。对绍兴，作者用"雅"来总结，充分展示着作者的才情："绍兴，一个江南的水乡，在我的记忆里定格的却是稽康的那一曲《广陵散》、王羲之的墨迹与鲁迅的粗黑的胡须，其实那更是一个民族的标志，不仅是一种真正的雅，更是绍兴永远的文化坐标"，短短几句，就将绍兴之"雅"

描绘得淋漓尽致。而对秦淮河，作者用"艳"来描绘，可见其文字的精准。"如潮的旅游者，一定比那时的雅士多，露脐装、超短裙、高跟鞋、墨镜、丝袜，在秦淮河旁逡巡穿梭，她们的艳，已经超过了那时的秦淮，可人们总是怀恋着那种薄纱下面的娇羞，怀恋那种吟诗摇扇的风雅。"这段话超越了一般的游记，展示了作者具有文化底蕴的沉思。作者对南京，则用了"殇"来命名，在这座曾发生了南京大屠杀的城市里，作者发出这样的呼声："我们哀悼，哀悼那些在日寇的枪口下丧生的同胞；我们愤怒，愤怒那些如同禽兽的暴行；我们振奋，振奋一个民族自此开始了自觉和自新，赶走侵略者，独立自由，逐渐屹立于世界民族之林！我们珍视，珍视和平与安宁；我们警醒，落后就要挨打！"这段文字把我们从"殇"的沉痛中拉起来，从而涌起一种向上力量。还有作者用"豪"来形容钱塘江潮，用"静"形容周庄，用"梦"形容西湖，都让人感觉耳目一新，同时也令人佩服作者文字运用的娴熟与精准。

二

在《烟云漫漫》《屐痕处处》和《巴风烈烈》中，更多的文章是作者写自己家乡的旅程。在自己生长的土地上，作者怀着无比热爱和自豪的心情，走遍恩施州及周边的山山水水，用欣喜和美好的眼光，一点一点扫描那充满历史掌故、淳朴风情、勤劳人民、美好山水的家乡，字里行间充满了乡情和挚爱。在《三溪杂咏》中，作者对洗爵溪这令人想象的小溪作了如此的感慨："弄不清是谁在这里洗了酒杯，反正他们都带着哀怨，带着悲怨，带着孤傲，带着豪情走过，是李白也罢，苏轼也罢，黄庭坚也罢，他们在这一线溪水旁将烂若云霞，浩瀚如海的汉文化倾下一杯，于是一条溪水从此变得灵性无比。那樽爵后来曾经对月，曾经对风，曾经对着沧桑往事，对虚幻未来一饮而尽。饮尽了风月，饮尽了潇洒，也饮尽了激愤难平，直到后来，在北顾亭边掉进江心，从此融入滚滚长江，日夜奔流。"家乡的一条小溪都如此灵性和沧桑，作者于是给恩施的山水一个令人向往的诱惑。而在《盐水溪情殇》中，作者为土家先人盐水女神的遭遇心痛不已，盐水女神为了挽留心上人化作飞虫阻挡，却被廪君射杀之，作者对此发出这样的唏嘘："化为蝴蝶的，化为狐狸的，化为白蛇的女子都是美丽而且专情的，只是这种浪漫却在远古找不到'识货'的郎君！盐水溪，洗白了山石，洗淡了岁月，洗不去这千古沉沉的哀怨和伤痕，爱的代价竟是生命的陨落！一溪清波就这样千百年不变地流淌着，流淌成不可莫名的相思与婉叹，从神话流入现实，从远古流到如今，从小溪流入江河，永远是盐水女神不尽的爱恨。"由一条溪水联想到如此丰富的内容，并展示作者对女性的尊重和爱恋，从某一种角度说，对女性尊重的人是具有人文情怀的人，这种人文情怀在作者的散文集中比比皆是，由此使得该散文集充盈着人文情怀。

作者一直为自己家乡——恩施这方山水自豪不已。在《漫步云端》中，作者为恩施大峡谷的雄伟而震撼，也为大峡谷被人类征服而自豪。而《风韵建始》，文章犹如一个建始的广告宣传单，将建始的历史、山水、文化、名人介绍得美轮美奂。建始的民歌"黄四姐"、建始的土家美女、建始的"古八景"、建始的古代"巨猿洞"、建始的当代人杰在作者的笔下熠熠生辉。在《甩甩桥后是天堂》里，作者欣喜地描绘了咸丰县朱家堡土家山寨社会主义新农村的崭新面貌与土家人的幸福生活。在《诗画家园金龙坝》中，作者为读者介绍了一个具有"绝美的自然生态、深厚的民族文化、不朽的红色记忆，以及保留较为完整的饮食、服饰、礼仪、节庆、传统农耕文化等浓郁的民俗风情"的土家山寨，并且自豪地宣称："金龙坝，这个诗画的家园正随着一个个影视作品、一篇篇诗文、一张张图片，渐渐走向山外，成为所有向往绿色、向往纯净、向往生态自然的人们共同的梦想家园。"

在《巴风烈烈》中，作者更多的选材是家乡恩施市的山水，因为热爱，也因为熟悉，作者的笔墨更加浓烈，饱含深情。在深情地走遍家乡的山山水水后，作者将自豪和热爱化作美丽的文字，满怀深情地描写和歌颂。《情漫女儿会》中，作者向人们深情地介绍了土家族这一浪漫而温馨的节日，并深情地说道："女儿会，时间之水与大山之土孕成的女儿会，正成为这个民族及生存的这片土地的一张名片，在时空的河流里，漂流着永远浪漫的神话。"这是作者的骄傲，也是土家族的魅力所在。在《泻向大地的柔情》中，作者因天地造化的自然奇观而净化心灵。在《枫香坡夜戏》中，作者因恩施侗寨人的文化生活而满怀欣喜。而在《生长在恩施》中，作者这种热爱家乡、为家乡自豪的感情得到集中的表现。在一段一段"我生在恩施、亦长在恩施"的排比段落中，作者满含深情地歌颂了家乡文化、山水、希望和发展。

三

在《烟云漫漫》中，作者的笔触更多地转向家乡的人们，在那些与自己休戚相关的同胞身上，作者展示了源于血缘的骄傲。那些勤劳善良的乡亲有着山一样的力量、水一样的柔情。在《神龙纤夫》中，作者歌颂巴东神龙溪纤夫的豪放和力量，歌颂"以天地为屋，以山水、峡谷为衣裤，坦坦荡荡豪行于世间"的雄性狂放、粗犷壮美和无畏精神。在《背力》中，作者介绍了恩施山区的一种正在消失的特殊职业——背力，回顾了背力们在漫长岁月里为恩施山区发展做出的贡献，"背力的汉子不仅是劳动者，有时，也扮演着文化传播者的角色。他们从家乡出发，一路经县过州，经历和感受沿途的风土人情，回家后就成为茶余饭后的谈资，或是成为孙儿辈的睡前故事。在他们的脚下，有万丈绝壁一马平川，有山花浪漫泥泞难行；在他们的口中，有缤纷艳丽七彩斑斓，也有孤苦伶仃饥寒交迫；在他们的身后，有浪漫邂逅美丽艳遇，也有狠毒负心玩世不恭；在他们的眼中，有父母浊泪妻儿牵挂，也有苦难当道忍辱吞声……每一步都是幸福，每一步都是苦难！每一步都是生活，每一步都是艺术！"在背力这种艰难的职业中，真切感受背力们的内心力量。作者的心和他们一起旅行并从这种力量中得到人生的启示："生命需要远行，需要负重的远行。背力，也许本就是一种宿命，对每个人而言，有一种生来就已负在我们肩上的东西，让我们一刻也不敢停留，也一直在按命运疾走，如今的码头已经漂洋过海，祖先淌出的路已不可寻，我们还要自己去找，只是挂在手上的已不再是打杵，而是那些让我们感动和记忆的情感与岁月、珍藏和留念的故事与时空、沉淀与累积的韧性与执着。"

在《爱恨悠悠》中，作者的笔触从大到小，从原先的大场景描写转到具体的个人描写和细节描写，就如同电影的近景，在细节处温馨地描写着父母的亲情，朋友的挂念。在《父亲的耳朵母亲的腿》《给母亲剪一次指甲》以及《年夜饭》中，作者深情描写了父亲母亲的平凡和伟大，以及那种浓浓的亲情。在《卿去何急》中，作者真切地怀念故去的朋友，感叹人生的短暂与永恒。在《饮一壶月光》中，作者将自己的人生经历和月光联系起来，氤氲地诉说着自己对月亮的感受以及人生的心情："原来最绚丽的月光都照在思想里，现实中月光无色无味。"这是董祖斌从人生中体会的月光，也是月光给董祖斌的启示。

《在路上》中的现实之路和心理之路在董祖斌的笔下常常交集在一起，董祖斌既在现实的路上不停地跋涉，也在心灵之路上不停地探索，当这两条路在董祖斌情感中交集时，就诞生了散文集《在路上》。比起他上一部散文集《岁月栈道》来说，少了青涩，多了成熟，少了稚嫩，多了智慧。在文学的路途上，这本散文集是董祖斌创作道路上的一个路标，会指引董祖斌沿着文学创作的大道继续向前。